Jason Starr

Dumm gelaufen

Roman

Aus dem Amerikanischen
von Hans M. Herzog

Diogenes

Die Originalausgabe erschien 2003
bei Vintage Crime / Black Lizard, New York,
unter dem Titel: ›Tough Luck‹

Umschlagfoto von Dennis O'Clair

Für Chynna Skye

Deutsche Erstausgabe

www.diogenes.ch
120/12/8/1
ISBN 978 3 257 30010 9

1

Als der stämmige, italienisch aussehende Typ im Nadelstreifenanzug Vincent's Fish Market an der Ecke Flatbush Avenue und Avenue J betrat, legte Mickey Prada die *Daily News* beiseite, die er gerade las, und sagte: »Das Übliche, stimmt's?«

»So isses, Kleiner«, sagte der massige Typ lächelnd.

Während Mickey ihn bediente – ein Pfund gekochte Shrimps und ein Döschen Cocktailsauce –, zog der Mann ein Blatt Papier heraus und hielt es Mickey vor die Nase.

»Ist das zu fassen?«, sagte er. »Ich muss heute zum Scheiß-Gericht.«

Auf dem Blatt stand eine Menge geschrieben, doch Mickey konnte nur in einer Ecke die Großbuchstaben OK in roter Schrift erkennen, ehe der Mann es wieder wegsteckte.

»Unfassbar, dass ich mit diesem Scheiß meine Zeit vergeuden muss«, fuhr der Typ kopfschüttelnd fort. »Aber ich komme ungeschoren davon. So wie immer.«

Mickey tippte den Betrag in die Kasse. Als er dem Mann das Wechselgeld auf seine fünfzig Dollar rausgegeben hatte, streckte der die Hand aus und sagte: »Ich bin übrigens Angelo. Angelo Santoro.«

Mickey wischte sich an seiner schmutzigen weißen Schürze die Hand ab und schüttelte Angelos Pranke.

»Mickey. Mickey Prada.«

An diesem Abend war Mickey bei seinem Freund Chris und sah sich auf dem neuen Farbfernseher in Chris' Zimmer das Eishockeyspiel zwischen den Islanders und den Flyers an. In einer Werbepause erzählte Mickey Chris von Angelo Santoro und dem Gerichtsdokument.

»Egal was du machst, leg dich mit diesem Typ nicht an«, sagte Chris.

»Wie meinst du das?«, fragte Mickey.

»OK, Blödmann. Du weißt doch, was OK bedeutet, oder?«

Mickey schüttelte den Kopf.

»Organisierte Kriminalität, Trottel. Dein Freund Angelo ist ein Mafioso.«

»Nun mach mal 'n Punkt«, sagte Mickey.

»Glaub mir«, sagte Chris. »Ich kenn mich da aus.«

Als Angelo ein paar Tage danach wieder in den Fischladen kam, sah Mickey ihn sich genauer an. Wie alt Angelo war, ließ sich schwer sagen, weil er pechschwarze, wahrscheinlich mit Brylcreem gefärbte Haare hatte, doch er sah aus wie vierzig, vielleicht ein paar Jahre älter. Und er hatte auf jeden Fall etwas Mafiamäßiges an sich. Was nicht nur an den nach hinten gegelten Haaren und den schicken Klamotten lag, sondern auch an seinem Auftreten, immer dieses halbe Lächeln, und dann sein Gang, der eher ein Stolzieren war.

Mickey behandelte Angelo freundlicher als sonst – er

lächelte, erkundigte sich nach seinem Befinden, packte noch ein paar Garnelen mehr in den Behälter. Auch Angelo war freundlich, redete über die Wahlen im nächsten Monat, prophezeite, dass Reagan Mondale fertigmachen würde.

An der Kasse, als Mickey den Betrag eintippte, sagte Angelo: »Du bist also Footballfan, Kleiner?«

»Stimmt«, sagte Mickey. »Woher wissen Sie das?«

»Hab dich neulich mit dem jungen Schwarzen reden hören, der hier arbeitet. Und glaubst du, dass die Jets es dieses Jahr schaffen?«

»Ich hoffe es«, sagte Mickey.

»Das wird schwer«, sagte Angelo, »so wie die Dolphins zurzeit spielen – sieben Siege, keine Niederlage. Aber der junge O'Brien macht 'n ziemlich guten Eindruck, und sie haben 'ne tolle Verteidigung. Ich hab übrigens Dauerkarten.«

»Echt?«, sagte Mickey.

»Ja, schon seit 68.«

»Haben Sie die Jets in dem Jahr gesehen, als sie den Super Bowl gewonnen haben?«

»Ich war bei jedem Spiel, auch beim Finale.«

»Sie waren *dort*?«

»Zwölfter Januar 1969. Orange Bowl, Miami, Florida. Fünfte Reihe, an der Vierzig-Yard-Linie.«

»Ach du Scheiße«, sagte Mickey.

»Du hättest an dem Tag Namath sehen sollen, Kleiner, seine Pässe zu Maynard und Sauer.« Angelo tat, als würfe er einen Football. »Echt traurig, dass ihn seine Knie im Stich gelassen haben, sonst wäre er heute noch

Quarterback. Hey, keine Ahnung, ob du Interesse hast, aber zu dem Spiel Jets gegen Giants im Dezember kann ich nicht gehen. Wenn du meine Karten willst, kannst du sie haben.«

»Ich weiß nicht«, sagte Mickey. »Ich würd echt gerne hin, aber ich kann's mir wohl kaum leisten.«

»Leisten? Wer hat denn was von leisten können gesagt? Ich *schenk* dir die Tickets.« Angelo grinste.

»Ist schon okay. Ich meine, Sie müssen das echt nicht machen.«

»Hey, beleidige mich nicht«, sagte Angelo, auf einmal ernst. »Ich sagte, ich schenke dir die Karten, und ich werde dir die Karten schenken. Ist das Mindeste, was ich für meinen Lieblingsfischverkäufer tun kann.«

»Okay«, sagte Mickey. »Wenn Sie wirklich wollen.«

Angelo lächelte wieder breit. »Das Spiel ist erst im Dezember – vorher sehe ich dich sicher noch oft. Ich bringe die Karten demnächst mal vorbei.«

»Danke«, sagte Mickey.

»Na dann, mach's gut«, verabschiedete sich Angelo.

Am nächsten Montag filetierte Mickey nachmittags auf der Arbeitsfläche hinter den Verkaufstresen Flundern. Nachdem er die Schuppen abgekratzt hatte, machte er einen kurzen Schnitt unter der einen Vorderflosse, direkt hinter den Kiemen, dann einen längeren Schnitt bis hinunter zur Schwanzflosse. Das Gleiche wiederholte er auf der anderen Seite des Fisches, dann zog er die Karkasse heraus, schob die Filets beiseite und nahm sich den nächsten Fisch vor.

Mickey zerlegte gerade eine Flunder, als Mrs. Ruiz den Laden betrat.

»Wie geht's Ihnen heute, Mrs. Ruiz?«

»Sehr gut, Mickey.«

»Was darf ich Ihnen geben?«

»Haben Sie Muscheln?«

Mickey rollte seinen rechten Hemdsärmel hoch, spannte den Bizeps an und sagte: »Jawoll.«

Als Mrs. Ruiz das Geschäft wie üblich mit zwei Pfund Miesmuscheln und zwei Pfund Venusmuscheln für ihre Paella verlassen hatte, kam Charlie nach vorn, einen großen Ghettoblaster auf der Schulter.

»Mach den Scheiß aus«, sagte Mickey.

»Also echt«, sagte Charlie, »sogar Weiße mögen diese Musik.«

»Ich mein's ernst«, sagte Mickey.

Charlie drehte leiser. »Stimmt ja – du bist Italiener. Du stehst auf diesen John-Travolta- und Bee-Gees-Scheiß. Am Wochenende machst du dich bestimmt schick wie Deney Terrio und drehst deine Donna-Summer-Mucke auf. Gib's zu, das ist die Wahrheit. Leugnen ist zwecklos.«

Als Charlie anfing, mit der Musik mitzusingen, musste Mickey unwillkürlich grinsen. *»And don't ever come down... Freebase!«*

Charlie sang weiter, während Mickey in die nächste Flunder schnitt.

»Mickey Prada, wie geht's?«

Mickey drehte sich um, und da stand Angelo, in einem seiner Nadelstreifenanzüge, auf der anderen Seite des

Verkaufstresens. Angelo hatte sich etwa eine Woche nicht mehr in dem Fischgeschäft blicken lassen, und Mickey war erstaunt, dass er seinen Namen noch wusste.

»Wie geht's denn so?«, sagte Mickey. »Hey, Angelo, das hier ist Charlie.«

Charlie und Angelo begrüßten einander, dann drehte Charlie die Musik leiser und ging einen anderen Kunden bedienen, der gerade den Laden betreten hatte.

»Du weißt, warum ich hier bin«, sagte Angelo zu Mickey.

»Kommt sofort.«

Während Mickey die gekochten Shrimps in einen Ein-Pfund-Behälter füllte, sagte Angelo: »Prada. Das ist nicht sizilianisch, oder?«

»Nö, mein Großvater kam aus dem Norden«, antwortete Mickey.

»Milano?«

»Da in der Gegend.«

»Eh, was soll's?«, sagte Angelo. »Norden, Süden, du stammst nun mal aus der alten Heimat, nur das zählt. Verrat mir noch eins, Kleiner. Was willst du aus deinem Leben machen?«

»Wie meinen Sie das?«

»Ich meine: Du arbeitest hier in einem Fischgeschäft. Gehst du auch zur Schule?«

»Ich mache ein Jahr Pause, dann gehe ich aufs Baruch College in Manhattan.«

»College?«, wiederholte Angelo, als hätte er das Wort noch nie gehört. »Was willst du da lernen?«

»Ich will Buchprüfer werden«, sagte Mickey.

»Buchprüfer?«, sagte Angelo. »Du wirst doch nicht etwa Steuerfahnder fürs Finanzamt, oder?«

Mickey lachte. »Nö, ich will in der Privatwirtschaft arbeiten. Bei einer Firma wie Ernst & Young oder so.«

»Tja, das klingt doch gut«, sagte Angelo, »nehme ich an. Aber falls du mal was anderes suchst, kannst du mit mir reden, okay? Wenn du dich mit Zahlen auskennst, kann ich dich irgendwo unterbringen, wo du nicht schlecht verdienst. Kennst du dich mit Zahlen aus?«

»Sie meinen Lottozahlen und so?«, fragte Mickey.

Angelo nickte.

»Ein bisschen«, sagte Mickey. »Ich spiele zwar nicht selbst, aber –«

»Das ist in Ordnung«, sagte Angelo, »lass es besser bleiben. Wie stehen die Chancen, beim Lotto die richtigen Zahlen zu tippen, so was wie zigtausend zu eins? Es ist wahrscheinlicher, dass ich heute sterbe, als dass ich die richtige Zahl erwische. Ich spreche von der *anderen* Seite des Geschäfts. Wenn du von Mathe Ahnung hast, kennst du dich doch mit Wettquoten und so was aus, stimmt's?«

»Danke. Aber ich werd wohl einfach weiter hier arbeiten … bis ich wieder mit dem Studium anfange.«

»Ey, deine Entscheidung«, sagte Angelo. »Du machst das, was du tun willst. Ich sag nur, du bist ein fähiger Kerl – du wirst es bestimmt mal weit bringen. Ich glaube auch nicht, dass du dafür studieren musst. Ich glaube, du könntest sofort loslegen, wenn du wolltest. Also, falls du's dir anders überlegst, lass es mich wissen, okay?«

»Mach ich«, sagte Mickey.

Mickey wog Angelos Shrimps ab, verschloss dann den Behälter. An der Kasse sagte Angelo: »Und, auf wen tippst du bei dem Spiel heute Abend?«

»Dem Spiel?«

»Football.«

»Ah ja, auf die Seahawks«, sagte Mickey.

»Die *Seahawks*?«, wiederholte Angelo. »Also echt, Dan Fouts hat den besten Wurfarm im Football. Die Chargers gewinnen heute Abend mit links.«

»Ich weiß nicht«, sagte Mickey. »Die Hawks haben die Chargers beim letzten Mal ziemlich fertiggemacht, und jetzt sind sie die Favoriten. Man muss auf die Hawks setzen.«

»Aha, du *wettest* also gern auf Football, stimmt's?«, sagte Angelo lächelnd.

»Ich wette ab und zu mal ein paar Dollar bei einem Bookie. Ist nicht der Rede wert.«

»Du musst vorsichtig sein«, sagte Angelo. »Versteh mich nicht falsch – ich hab selbst nichts gegen ein wenig Action von Zeit zu Zeit, aber man sollte sich nicht zu tief reinziehen lassen. Ich kenne Typen, die beim Zocken ihre Familien verloren, alles verloren haben. Ich kannte mal einen, war ein alter Freund, der spielte gern Lotto. Ein paar Dollar Einsatz in der Woche, er dachte: Was soll da groß passieren? Ein Jahr später ist er pleite, Frau und Kinder sind weg, er hat gar nichts mehr.«

»Das passiert mir schon nicht«, sagte Mickey.

Angelo musterte Mickey ein paar Sekunden, sagte dann: »Du bist ein kluger Junge, weißt du das? Will bloß sagen, du hast einen guten Kopf auf den Schultern. Tu mir einen Gefallen, mein Bookie ist diese Woche nicht in der Stadt. Kannst du heute Abend ein bisschen was für mich mitsetzen?«

Mickey zögerte: »Normalerweise gebe ich keine Wetten für andere Leute ab. Ist nicht böse gemeint, aber –«

»Aber in meinem Fall machst du eine Ausnahme, stimmt's?« Angelo lächelte.

»Klar«, sagte Mickey. »Wüsste nicht, was dagegen spricht. Was soll's denn sein?«

»Was sagtest du, wie war die Quote?«

»San Diego minus eins.«

»Was ist los, verschenken sie heute Abend Geld? Ich setze zehn Mal auf die Chargers.«

»Das sind fünfzig Dollar«, sagte Mickey.

»Das weiß ich«, sagte Angelo. »Das ist doch kein Problem, oder?«

»Nein, schätze nicht«, sagte Mickey. »Das heißt, normalerweise setze ich nicht so viel ...«

»Wie gesagt, ich würde meinen eigenen Bookie anrufen, aber der macht diese Woche Urlaub – West Palm Beach. Du platzierst also die Wette für mich, ja? Mir zuliebe.«

Mickey zögerte, dachte daran, wie Chris ihm eingeschärft hatte, sich nicht mit der Mafia einzulassen, doch er wusste nicht recht, wie er hätte nein sagen können. Außerdem ließ er sich nicht wirklich auf etwas ein.

»Na klar«, sagte er. »Kein Problem.«

»Gut«, sagte Angelo.

»Die Sache ist aber die, ich weiß nicht, welche Quote

mein Bookie hat. Die Chargers könnten mehr als einen Punkt zurückliegen oder – «

»Das ist unwichtig«, sagte Angelo lächelnd. »Ich vertrau dir, Kleiner.«

Etwa eine Stunde vor dem Anstoß rief Mickey seinen Buchmacher an und gab Angelos Wette durch. Die Quote lag inzwischen bei anderthalb Punkten, doch das war egal, weil die Seahawks die Chargers mit 24 zu 0 niedermachten. Mickey gewann seine 25-Dollar-Wette, doch Angelo verlor 55 Piepen – 50 für die Wette und 5 für die Buchmacherkommission.

Als Angelo am nächsten Tag in den Laden kam, verlor er über Football kein Wort. Er alberte nur mit Mickey über das kalte Wetter in New York herum und sagte, dass er eines Tages nach Miami ziehen wolle.

Als er Angelos Einkauf in die Kasse tippte, fragte Mickey: »Und, haben Sie gestern Abend das Spiel gesehen?«, in der Hoffnung, dass Angelo mit den 55 Dollar rausrücken würde.

»Ja, hab ich gesehen. Pech gehabt, was, Kleiner?« Dann sagte Angelo: »Bis dann«, nahm seine Shrimps und verließ den Laden.

Am Mittwoch betrat Angelo gegen Mittag das Fischgeschäft, er trug einen schwarzen Pulli, eine schwarze Hose und glänzende schwarze Schuhe.

»Mickey Prada«, sagte er lächelnd. »Wie geht's meinem Lieblingsfischverkäufer?«

Während Mickey ihn bediente, sprach Angelo darüber,

dass man irgendwann Reagans Bild auf den Dollarschein drucken müsse und dass die Stadt Bürgermeister Koch aus dem Amt jagen solle. Football erwähnte er mit keinem Wort, erst kurz bevor er ging sagte er: »Vergiss nicht, du kriegst von mir die Karten für das Jets – Giants-Spiel, Kleiner.«

Donnerstag kam Angelo nicht, doch am Freitag tauchte er zur üblichen Zeit auf. Nachdem er das Pfund Shrimps bestellt hatte, sagte er zu Mickey: »Ach ja, was ich noch fragen wollte, hast du die Quoten für die Spiele am Sonntag?«

»Ich hab noch nicht angerufen«, sagte Mickey und hoffte, dass Angelo nicht wieder wetten wollte.

»Nicht? Na, wenn du anrufst, setz für mich darauf.« Und Angelo schob einen gefalteten Zettel über den Tresen.

»Darüber wollte ich mit Ihnen reden«, sagte Mickey. »Ich muss meinen Bookie bezahlen, bevor ich für Sie neue Wetten abgeben kann.«

»Aber die Chargers haben verloren«, sagte Angelo.

»Ich weiß.«

»Was willst du damit sagen? Soll das heißen, du gibst mir keine Chance, das wieder auszugleichen?«

»Das liegt nicht an *mir*«, sagte Mickey.

»Hör zu. Ich kann jetzt echt keine Kopfschmerzen gebrauchen, klar?«, sagte Angelo. »Ich kümmere mich gerade um ein Problem mit so 'ner Landschaftsbaufirma. Die wildert in unserem Revier, und jetzt muss ich die Angelegenheit regeln. Du kannst dir also vorstellen, dass mir wichtigere Dinge durch den Kopf gehen als eine beschissene Footballwette für fünfzig Dollar. Also sei einfach ein braver Junge und mach diese Wette für mich, bevor ich die Geduld mit dir verliere.«

Mickey sah sich den Zettel erst an, als Angelo weg war. Angelo hatte Wetten für vier verschiedene Spiele notiert. Zusammengenommen beliefen sich die neuen Wetten auf 138 Dollar.

Charlie, der am anderen Ende des Ladens gearbeitet hatte, kam zu Mickey und fragte: »Was war denn da los?«

»Nichts«, sagte Mickey und ging durch die Doppeltür nach hinten, um allein zu sein.

Mickey wusste nicht, was er machen sollte. Weder wollte er für Angelo weitere Wetten abgeben noch auf den Wettschulden sitzenbleiben. Wenn er die Wetten nicht platzierte und die Mannschaften gewannen, würde Angelo seinen Gewinn verlangen, und Mickey müsste ihn aus eigener Tasche bezahlen.

Am Ende beschloss Mickey, die Wetten abzuschließen. Es ging ja nur um 138 Dollar, und wahrscheinlich war Angelo kreditwürdig.

Am Sonntag drückte Mickey Angelos Teams die Daumen, doch es nützte nichts. Nur eine von Angelos Mannschaften gewann, und er hatte jetzt insgesamt 140 Dollar Schulden.

Montagnachmittag betrat Angelo den Laden, als Charlie Mittagspause machte und gerade keine anderen Kunden da waren. Er erzählte Mickey eine Geschichte über einen Freund von ihm, »auch einer von unseren Leuten«, erwähnte die Wetten aber nicht. Als Mickey seinen Einkauf kassierte, sagte Angelo: »Herrje, hätte ich fast vergessen«, und griff in die Innentasche seines Jacketts, aus der Mickey den schwarzen Griff einer Waffe ragen sah. Hinter der Knarre zog Angelo einen zusammengefalteten Zettel hervor.

»Egal wie die Quoten sind«, sagte Angelo und reichte den Zettel Mickey. »Schließ die einfach für mich ab, okay, Kleiner?«

Angelo ging und zündete sich vor dem Laden eine Zigarette an, als seien Sorgen für ihn ein Fremdwort. Mickey sah sich den Zettel an:

20 MAL AUF FALCONS WENN ÜBER
20 MAL AUF FALCONS
20 MAL AUF ÜBER

»Scheiße«, sagte Mickey.

Die Gebühr des Bookies mit eingerechnet, beliefen sich die neuen Wetten auf 330 Dollar. Falls er verlor, wäre Angelo mit 470 Dollar in den Miesen.

Mickey konnte es sich zwar nicht leisten, so viel Geld vorzuschießen – er hatte nur etwa zweitausend Dollar auf der Bank, und die waren für seine Lebenshaltungskosten, wenn er im Herbst aufs College ging –, wusste aber, dass er die Wetten dennoch abschließen musste. Sollten die Wetten Erfolg haben, würde Angelo seinen Gewinn erwarten, und Mickey bliebe nichts anderes übrig, als ihn zu bezahlen.

Abends um acht rief Mickey Artie an, um die Quote für das Spiel zu erfahren. Er kannte Artie schon ewig – seit mindestens zehn Jahren. Als Mickey noch klein war, hatte sein Vater ihn fast jeden Samstag mit auf die Rennbahn genommen. Artie war Stammgast auf dem Aqueduct Racetrack, hielt sich meist im Erdgeschoss unter der Anzeigetafel auf, in der Nähe des Bagelstands. Artie war nicht selbst Buchmacher; er arbeitete für einen Buchmacher, einen gewissen Nick, dem Mickey vielleicht ein-, zweimal begegnet war. Auf der Junior High und der Highschool vertickte Mickey für Artie in seinen Kursen Football-Wettscheine. Auf diesen Scheinen standen Profi- und Collegespiele mit Quoten, die deutlich das Haus bevorteilten. Artie zahlte Mickey zehn Prozent des Gewinns, was meist auf etwa fünfzig Dollar pro Woche hinauslief.

»Die Quote ist 12, 43«, teilte ihm Artie mit. »Steigt schon den ganzen Tag. Heute Abend wetten alle auf die Skins.«

Er sagte, dauernd riefen Leute an und er könne nicht lange reden, deshalb schloss Mickey sofort Angelos Wetten auf die Falcons ab.

»Wer ist dieser Angelo überhaupt?«, fragte Artie.

Mickey war es peinlich, Artie zu gestehen, dass er den Mann kaum kannte.

»Freund von mir.«

»Und er hat die Knete?«

»Klar«, sagte Mickey überzeugt.

»Angelo weiß, dass er bis Freitag bezahlen muss, falls er verliert.«

»Das weiß er.«

»Bist du dir da sicher?«

»Na sicher bin ich mir sicher.«

An diesem Abend lief John Riggins hundert Yards mit dem Ball, und die Washington Redskins schlugen die Atlanta Falcons mit 27 zu 14. Angelo hatte alle seine Wetten verloren und schuldete Mickeys Buchmacher jetzt 470 Dollar.

Am nächsten Morgen war Mickey mies drauf. Als Mrs. Ruiz den Laden betrat und fragte: »Haben Sie Muscheln?«, hatte Mickey keine Lust auf das Spielchen und fuhr sie an: »Na klar haben wir Muscheln. Wie viel wollen Sie denn?« Den Rest des Tages war er mit den Gedanken nicht bei der Sache und verbockte ein paar Bestellungen – einer Kundin gab er Butt- statt Flunderfilets, einem Mann, der Königsmakrele verlangt hatte, gab er Butterfisch, und anstelle von Miesmuscheln füllte er Venusmuscheln in eine Tüte. Mickeys Chef Harry warnte ihn, er solle sich endlich am Riemen reißen, sonst werde er ihn »auf Dauerurlaub« schicken.

Harry Giordano war der eine Besitzer von Vincent's Fish Market, der andere war sein Bruder Vincent, der in Florida wohnte. Harry hatte einen mächtigen Bierbauch, einen buschigen Schnauzbart und war einer der größten Deppen, die Mickey kannte. Mickey nahm an, dass Vincent das Startkapital für den Laden bereitgestellt hatte, da Harry nie und nimmer schlau genug war, um Geld für ein eigenes Geschäft zusammenzusparen. Außerdem hieß der Laden Vincent's Fish Market, nicht Harry's Fish Market, ja, nicht einmal Giordano's Fish Market.

Als Mickey im Fischladen anfing, hätte er nicht gedacht, dass er länger als ein paar Wochen dort arbeiten würde. Mickey war empfindlich, was die Größe seiner Nase betraf – wenn er sich in dem dreiteiligen Spiegel im Umkleideraum von Alexander's betrachtete, staunte er manchmal, *wie* groß sie war –, und Harry riss ständig Witze darüber, am liebsten vor anderen Leuten. Eines Tages wollte ein Kunde etwas bestellen, und Mickey, der gerade mit jemand anderem sprach, hatte ihn nicht gehört. Darauf sagte Harry: »He, Pinocchio, bedien du den Mann.« Ein anderes Mal, in einer ähnlichen Situation, sagte Harry: »He, Bibo, nimm deinen Schnabel aus den Wolken, ja?« Das Schlimmste daran war, dass Mickey sich nicht wehren konnte, weil Harry sein Chef war. Nur zu gerne hätte Mickey Witze über Harrys fetten Bierbauch gerissen, wusste aber, dass Harry ihn dann gleich entlassen würde. Zwar hätte sich Mickey einen anderen Job suchen können, doch er verdiente in dem Fischgeschäft gutes Geld – 7.50 die Stunde –, und er hatte keinen langen Arbeitsweg, nur sechs Blocks. Deshalb ignorierte Mickey Harrys Beleidigungen jedes Mal einfach, und hoffte, dass Harry es irgendwann leid war, sich wie ein Arsch zu benehmen, und ihn in Ruhe ließ.

Harry hatte keine festen Arbeitszeiten. Gewöhnlich betrat er den Laden nur, um ihn auf- und wieder abzuschließen, doch manchmal blieb er auch den ganzen Tag.

Heute ging Harry gegen elf, und da kaum Kunden in den Laden kamen, lungerte Mickey die meiste Zeit nur herum, las die *Daily News* und quatschte mit Charlie.

Um eins ging Charlie Mittag essen. Gegen Viertel nach eins spazierte Angelo herein.

»Das Übliche«, sagte er zu Mickey, und dann: »Weißt

du was? Ich glaube, ich brauch mal ein bisschen Abwechslung. Wie sind die Bratfischbrötchen?«

»Ziemlich lecker«, sagte Mickey.

»Ja? Gib mir zwei«, sagte Angelo.

Während Mickey die Kabeljaufilets in der Pfanne briet, spürte er, wie sich an seinem Rücken der Schweiß sammelte. Ihm war egal, ob Angelo in der Mafia und bewaffnet war. Er wollte seine 470 Dollar haben.

»Wegen Ihren Wetten«, begann Mickey, als er die Brötchen in eine Papiertüte steckte. »Sie wissen, dass Sie jetzt mit 470 in der Kreide stehen.«

»Tatsächlich?«, sagte Angelo ungerührt. »Jetzt verstehe ich, warum du Buchprüfer werden willst – du kannst wirklich gut mit Zahlen umgehen.«

Angelo putzte sich mit einem Taschentuch die Nase, dann steckte er das Taschentuch wieder in die Jacketttasche seines Nadelstreifenanzugs.

Mickey lächelte, aber nur aus Nervosität. Die Aussicht, eventuell auf 470 Dollar Schulden sitzenzubleiben, fand er überhaupt nicht komisch.

»Jedenfalls«, sagte Mickey, »bin ich ziemlich knapp bei Kasse und hatte gehofft, heute, na ja, einen Teil des Geldes zu bekommen.«

»Du kriegst das Geld«, sagte Angelo. »Mach dir deswegen keinen Kopf. Wofür hältst du mich, für einen Dieb?«

Angelo sah Mickey finster an, dann nahm er die Tüte mit den Fischbrötchen und stolzierte zur Kasse. Es standen noch ein paar andere Leute an, doch Mickey ließ sie stehen, kam hinter dem Tresen hervor und trat auf Angelo zu.

»Es tut mir leid, Angelo, wirklich, aber ich muss wissen, wann Sie mir das Geld bringen wollen. Nicht wegen mir, wegen meinem Bookie. Ich hab bei ihm ein Limit von 250 Dollar, und da liegen Sie schon weit drüber. Er hat gesagt, er muss sein Geld bis Freitag haben.«

»Muss?« Angelos Gesicht lief puterrot an. »Hast du gerade *muss* gesagt? Ich *muss* gar nichts außer sterben. Ist das klar?«

»Ja«, sagte Mickey.

»Ich hab gesagt, du kriegst das Geld, oder?«

»Wann?«

»Wenn ich es dir gebe«, sagte Angelo.

»Kein Problem«, sagte Mickey. »Mir ist das eh egal. Wie gesagt, ist nicht wegen mir, sondern wegen meinem Bookie. Für den sind Sie nur ein Name, wie jeder andere Name auch, und –«

»Sag deinem Bookie, wenn es um Angelo Santoros Wetten geht, stellt er selbst die Regeln auf und kein anderer. Bevor dein Bookie Geld sieht, will ich die Chance haben, meine Verluste auszugleichen. Donnerstagabend gehe ich zu dem Knicks-Spiel. Ich setze hundert Mal auf die Knicks.«

»Das sind noch mal 550 Dollar«, sagte Mickey.

»Das weiß ich selber, verdammt.«

»Ich kann für Sie nichts mehr setzen, unmöglich.«

»Unmöglich?«, sagte Angelo. »Du hast mich wohl nicht richtig verstanden, sonst würdest du nämlich nicht

›unmöglich‹ zu mir sagen. Besser, du schließt diese Wette für mich ab, sonst kannst du dir die Gänseblümchen von unten ansehen.«

Donnerstagabend war Mickey nicht in der Stimmung, bowlen zu gehen, doch ihm blieb nichts anderes übrig. Mickey, Chris und zwei von dessen Freunden, Ralph und Filippo, spielten in der Bowlingbahn Gil Hodges Lanes in Canarsie in einer Amateurliga. Zu Beginn der Saison musste jeder fünfzig Dollar einzahlen, und wenn ihre Mannschaft Meister würde, würden sie zweihundert pro Nase gewinnen.

Als Mickey mit seinem Ball in der Bowlingbahn eintraf, hatte er schon seine Spielkleidung an, ein übergroßes T-Shirt mit dem Namen ihres Teams – ›The Studs‹, die Hengste – in Schreibschrift quer über der Brust. Der Mannschaftsname war Chris' Idee gewesen, und Mickey kam sich jedes Mal wie ein Vollidiot vor, wenn er das T-Shirt trug.

Chris, Filippo und Ralph warteten schon an der Schuhausleihe auf Mickey. Chris und Filippo arbeiteten zusammen bei Waldbaum's, dem Supermarkt an der Nostrand Avenue Ecke Kings Highway, entluden Waren und räumten sie in die Regale, und Chris und Filippo waren gute Freunde; aber Mickey war nur mit Chris befreundet.

Früher war Chris ein schüchterner, stiller Junge gewesen, der nie Schwierigkeiten machte, doch als er zehn war, haute sein Vater ab. Seine Mutter, die schon immer gern einen getrunken hatte, wurde zur Alkoholikerin, und Chris geriet in der Schule in Schlägereien und wurde andauernd vom Unterricht suspendiert. Eines Abends, in den Sommerferien nach der sechsten Klasse, versuchten Chris und ein paar andere Kids einen Drugstore an der Avenue U auszurauben. Ein Junge zückte ein Messer und verletzte den Besitzer im Gesicht, woraufhin Chris zwei Jahre in den Jugendknast wanderte. Als er wieder rauskam, war er zwar immer noch klein, aber ein richtiges Muskelpaket und bald einer der beliebtesten Jungs in der Gegend. In der elften Klasse, als er den Job bei Waldbaum's bekam, brach er die Schule ab.

Filippo war groß, etwa eins neunzig, und hatte denselben militärischen Bürstenhaarschnitt, seit er ein kleiner Junge war. Wenn er nicht gerade sein Studs-T-Shirt anhatte, lief er wie ein echter *cugine* herum, ein italoamerikanischer Proll mit weißem Unterhemd und Goldkettchen. Filippo und Mickey waren noch nie miteinander ausgekommen. Im Kindergarten hatte Filippo Mickey immer gehänselt und andere Kids gegen ihn aufgehetzt. In der Grundschule hatte Filippo Mickey jedes Mal, wenn er ihm auf dem Flur begegnete, auf den Kopf geschlagen oder, so fest er konnte, auf den Arm geboxt, und ein paarmal hatte er ihn nach der Schule sogar verprügelt. Auf der Junior High zertrümmerte Filippo das Schloss von Mickeys Spind, einfach nur so, und eines Tages in der Sporthalle schlich er sich an Mickey ran und zog ihm seine Turnhose runter, und alle Mädchen lachten. Auch auf der Highschool schikanierte Filippo Mickey ständig, und Mickey war froh, als Filippo von der Schule ging, um mit Chris zusammen zu arbeiten.

Ralph war älter, um die dreißig. Mickey wusste nicht viel über ihn, außer dass er wegen bewaffneten Raubüberfalls in Attica gesessen hatte und vor etwa zwei Jahren rausgekommen war. Er war ein massiger Kerl mit mehr Fett als Muskeln, und auf Rücken und Schultern wuchsen ihm schwarze Haarbüschel, die auch aus dem Halsausschnitt seines Studs-T-Shirts quollen. Seine Unterlippe hing immer runter, so dass man seine Zungenspitze und die schiefen unteren Zähne sah, und beim Atmen machte er hinten im Hals eine Art Gurgelgeräusch. Ralph war mit Filippo befreundet, und seit Chris angefangen hatte, mit Filippo abzuhängen, hing er auch mit Ralph ab. Ralph hatte noch nie ein Wort zu Mickey gesagt, und Mickey hatte ihn überhaupt nur selten reden hören, zu Filippo und Chris. Mickeys Ansicht nach war Ralph ernsthaft gestört, doch wenn er Chris darauf ansprach, sagte der immer nur: »Nö, Ralph ist einfach so.«

Mickeys Schnitt beim Bowling war 145, doch beim ersten Spiel dachte er an seine Probleme mit Angelo und war so abgelenkt, dass er nur 97 schaffte. Danach sagte Filippo zu ihm: »Ey, Mickey Maus, was ist los, steckt ein Pimmel in deinem Arsch?«

In den ersten beiden Durchgängen holte Mickey keinen einzigen Punkt, und im dritten Frame warf er zweimal in die Rinne. Als der zweite Ball aus der Bahn rutschte, brüllte Filippo: »Das reicht! Ich will diese Schwuchtel nicht mehr im Team haben! Er spielt einfach scheiße!«

Bei seinen nächsten beiden Versuchen warf Mickey

zwei Strikes und schloss das Spiel mit respektablen 134 Punkten ab. Vor dem nächsten Spiel ging er aufs Klo.

»Alles in Ordnung bei dir, Kumpel?«, fragte Chris, der hinter ihm das Klo betrat.

»Prima«, sagte Mickey.

»Bestimmt? Weiß auch nicht, du wirkst ziemlich neben der Spur. Was ist los, macht dein Alter wieder Zicken?«

»Nee, das ist es nicht.« Mickey hatte eigentlich keine Lust, über sein Problem mit Angelo zu reden, aber dann dachte er, es wäre vielleicht gut, sich ein wenig Rat zu holen.

Und so erzählte Mickey Chris von den Wetten, die er für Angelo abgeschlossen hatte, und von seinen Verlusten. Als Mickey verstummte, sagte Chris, der gerade vor dem Spiegel stand und versuchte, sich einen Pickel auf der Stirn auszudrücken: »Hab ich dir nicht gesagt, du sollst bei dem Typ vorsichtig sein?«

»Darum geht's nicht«, sagte Mickey. »Es geht darum, dass er viel Geld verloren hat und ich keine Ahnung hab, was ich machen soll.«

»Schwierig«, sagte Chris. »Na ja, einerseits schuldet dir der Typ das Geld. Andererseits kannst du dich nicht mit der Mafia anlegen. Du wirst wohl zahlen müssen.«

»Aber ich hab das Geld nicht.«

»Was soll das heißen? Ich dachte, du hättest was beiseitegelegt.«

»Vergiss es, das Geld spare ich fürs College, seit ich neun bin, verdammt noch mal. Das gebe ich jetzt nicht weg, nicht für diesen Scheiß.«

»Dann musst du drauf hoffen, dass Angelo blecht«, sagte Chris. »Wie sieht meine Frisur aus?«

Als Chris und Mickey die Toilette verließen, kamen sie an zwei Mädchen vorbei, die in die Gegenrichtung gingen. Sie hatten enge Jeans und Tube Tops an und toupierte Lockenmähnen. Von dem schweren Geruch ihrer Parfums wurde Mickey schlecht.

»O Gott, hast du die Möpse von der Kleineren gesehen?«, sagte Chris. »Unglaubliches Paar.«

»Und wenn er nicht zahlt?«, fragte Mickey.

»Was? Gefällt sie dir nicht?« Chris sah dem Mädchen nach.

»Ich kann nicht so viel Geld rausrücken«, sagte Mickey.

»Weißt du, was ich tun würde? Ich würde mich mit Artie zusammensetzen und ihm die Lage erklären. Du kennst den doch schon ewig, stimmt's? Vielleicht kannst du 'ne Art Ratenzahlung vereinbaren ... Mann, ich muss heute Nacht echt eine flachlegen.«

Noch ein Mädchen kam vorbei, und Chris drehte sich um und stierte auf ihren Arsch.

»Hallo, Lucy«, sagte er. Als das Mädchen weiterging, fuhr er fort: »Karen ... Lisa ... Amy ... Barbara ... Helen ...«

Schließlich drehte das Mädchen sich um und zeigte ihm den Stinkefinger.

»Du heißt Helen, ich hab's gewusst«, rief Chris. »Heirate mich, Helen. Na komm, ich will ein Kind von dir!«

Chris lachte, die Zunge hing ihm aus dem Mund.

»Tu mir einen Gefallen«, sagte Mickey, »erzähl das nicht den anderen.«

»Was?«

»Das mit Angelo.«

»Warum nicht?«, fragte Chris.

»Weil ich es einfach nicht will.«

»Von mir aus«, sagte Chris.

Im dritten Spiel machte Mickey 89 Punkte, das schwächste Resultat seiner Mannschaft. Falls die Studs in der nächsten Woche nicht gewannen, hatten sie keine Chance mehr, die Meisterschaft zu holen.

Als Mickey seine Bowlingschuhe am Tresen abgab, hörte er Filippo zu Chris sagen: »Ich will diese Scheißschwuchtel nicht mehr im Team haben.«

»Er wird wieder besser«, erwiderte Chris.

»Er spielt verdammt scheiße«, sagte Filippo. »Meine Großmutter im Rollstuhl kann besser bowlen als die Lusche.«

Ralph sah Mickey an, als wolle er ihn am liebsten umbringen, sein linkes Auge war zusammengekniffen und die Unterlippe hing so tief runter wie noch nie.

»Mach dir wegen denen keinen Kopf«, flüsterte Chris Mickey zu. »Das sind bloß Spastis.« Dann sagte Chris laut: »Hey, willste heute Abend noch mit uns um die Häuser ziehen? Wir gehen in ein paar Oben-ohne-Schuppen nach Manhattan, und dann fahren wir die West Side ab und suchen uns Nutten. Na los, wenn du bei den Hengsten dabei sein willst, musst du dich wie einer benehmen.«

»Nein danke«, sagte Mickey.

»Reine Zeitverschwendung«, sagte Filippo zu Chris. »Hab ich dir doch schon Millionen Mal gesagt, der Typ ist ein beschissener Arschtorpedo. Wenn der eine nackte Frau sehen würde, wüsste er nicht, was er mit ihr machen soll. Stimmt's oder hab ich recht, Mick?«

»Amüsier dich gut«, sagte Mickey zu Chris und ging.

Später, als er in seinem ramponierten 76er Pinto durch die Ralph Avenue fuhr, schaltete Mickey im Radio einen Nachrichtensender ein. Der Sportmoderator sagte, die Chicago Bulls und ihr neuer Guard Michael Jordan hätten die Knicks 121 zu 106 geschlagen, was hieß, dass Angelo Mickeys Buchmacher jetzt 1020 Dollar schuldete.

Mickey schlug mit der Faust aufs Armaturenbrett und trat das Gaspedal durch.

2

Als Mickey seine Wohnung betrat, brannte kein Licht, und sein Vater war nicht zu Hause. Was, dachte Mickey, hoffentlich nicht bedeutete, dass sein alter Herr wieder durch die Straßen irrte.

Vor ein paar Monaten war Sal Prada abends nicht nach Hause gekommen, und Mickey musste die Polizei rufen. Die fand Sal dann endlich am nächsten Morgen schlafend auf einer Parkbank in Bay Ridge, der Gegend, wo er aufgewachsen war. Es war furchtbar demütigend, als der Streifenwagen vorfuhr, alle Nachbarn standen in T-Shirts und Morgenmänteln draußen, um zu sehen, was da los war.

Mickey und sein Vater teilten sich eine kleine, schmale Wohnung im ersten Stock eines Zweifamilienhauses an der Albany Avenue. Die Wohnung hatte zwei Zimmer – Mickeys lag an einem Ende des Flurs und das seines Vaters am anderen. Dazwischen befanden sich eine winzige Küche und ein Bad, das kaum groß genug für Toilette, Waschbecken und eine Duschkabine war. Mickey konnte es nicht erwarten, endlich auszuziehen. Er hatte gehofft, noch in diesem Jahr, wenn er mit dem Studium anfing, eine eigene Bleibe zu finden, hatte aber alle seine

Pläne auf Eis gelegt, als sein Vater letzten Juli eines Abends am Esstisch zusammenbrach. Zuerst dachte Mickey, das habe etwas mit seiner Alzheimererkrankung zu tun, die sich im Laufe der letzten Jahre verschlimmert hatte, aber wie sich herausstellte, hatte Sal einen leichten Schlaganfall erlitten. Sal hatte weder Ersparnisse noch eine Rente – er bekam nur seine monatlichen Sozialhilfeschecks, was nicht viel war, weil er sein Leben lang meist schwarz gearbeitet hatte. Die Ärzte im Krankenhaus empfahlen, Sal in ein Pflegeheim zu geben oder ihn wenigstens zu Hause von einer Pflegekraft betreuen zu lassen, doch Sal weigerte sich. Obwohl Sal nie ein guter Vater gewesen war, wollte Mickey nicht, dass er in einem Heim dahinvegetierte, deshalb verschob er sein Studium und begann, Vollzeit in dem Fischgeschäft zu arbeiten. So könnte er wenigstens die Miete und die Rechnungen bezahlen, hatte Mickey sich überlegt, mehr hatte sein Vater auch nie für ihn getan. Er wollte kein Studentendarlehen aufnehmen und sich verschulden und hoffte, im nächsten Jahr genug Geld zusammengespart zu haben, um seine Ausgaben bestreiten zu können, wenn er tagsüber studierte und nur abends und an den Wochenenden arbeitete.

Nachdem Mickey die Reste einer Salami-Anchovis-Pizza aus dem Kühlschrank geholt und verdrückt hatte, ging er in sein Zimmer und schloss die Tür ab. In seinem Zimmer standen noch dieselben Möbel wie zu Kindertagen – eine Kommode, ein Nachttisch, ein federndes Einzelbett in der Ecke und ein Schwarzweißfernseher mit einer kaputten Bildröhre, auf dem alles immer körnig und schummerig aussah. Über Mickeys Bett hing ein Poster von Reggie Jackson, als er bei den Yankees spielte, und an der Wand gegenüber eins von der breit lächelnden Farrah Fawcett-Majors, deren Brustwarzen sich unter dem Badeanzug abzeichneten. Ein weiteres Poster, eines von Steve Cauthen auf Affirmed, nachdem er das 78. Kentucky Derby gewonnen hatte, klebte auf der Innenseite seiner Schranktür.

Mickey lag im Bett und sah sich das Ende des Knicks-Spiels an, dann eine Folge von *Männerwirtschaft* und *The Honeymooners*. Er hatte die Folgen schon so oft gesehen, dass er die Dialoge auswendig konnte und bei den Scherzen nicht einmal mehr lächelte, geschweige denn lachte.

Um Mitternacht, Sal war immer noch nicht zu Hause, hatte Mickey beschlossen, noch eine halbe Stunde zu warten, bis Letterman lief, doch dann hörte er, wie sich die Nebeneingangstür öffnete und die langsamen Schritte seines Vaters nach oben kamen.

Als Sal die Wohnung betrat, erwartete Mickey ihn im Flur. Man sagte Mickey immer wieder, er sähe seinem Vater ähnlich, doch Mickey hoffte, das stimmte nicht, denn er hielt seinen Vater für den hässlichsten Mann der Welt. Sal hatte einen kleinen, kahlen Kopf, einen riesigen italienischen Riechkolben, große abstehende Ohren und eine Brille, hinter der sein rechtes Auge etwa doppelt so groß wirkte wie sein linkes. Früher war Sal größer gewesen als Mickey, aber der hatte gegen Ende der Highschool einen späten Wachstumsschub bekommen, und Sal war geschrumpft. Mittlerweile überragte Mickey seinen alten Herrn um zehn, zwölf Zentimeter.

»Verdammt, wo hast du gesteckt?«, fragte Mickey.

»Was soll das heißen?«, sagte Sal, schrie es fast. Schon immer, solange Mickey zurückdenken konnte, hatte er eine laute Stimme gehabt, obwohl sein Gehör völlig in Ordnung war. »Ich bin spazieren gegangen. Wieso, darf ich keinen Scheißspaziergang machen?«

Sal ging zum Flurschrank und wollte seinen Trenchcoat aufhängen. Er brauchte etwa zehn Sekunden, um herauszufinden, wie man den Griff der Schranktür drehte, und Mickey half ihm nicht. Schließlich verstaute der alte Mann seinen Mantel, dann ging er an Mickey vorbei durch den schmalen Flur zu seinem Schlafzimmer.

Mickey folgte seinem Vater und sagte: »Du kannst nicht einfach so verschwinden. Ich hätte fast die Polizei geholt.«

»Die Polizei? Warum die Polizei holen?«

»Weil ich dachte, du hättest dich wieder verlaufen.«

»Verlaufen? Weshalb sollte ich mich verlaufen? Ich lebe seit 75 Jahren in Brooklyn. Ich kenne diese Stadt besser als jeder andere.«

»Das ist keine Stadt.«

»Hä?«

»Brooklyn ist keine Stadt, sondern ein Stadtbezirk.«

»Was redest du da für 'n Scheiß?«

»Also, wo warst du eigentlich?«

»Einkaufen.«

»Einkaufen? Wo warst du einkaufen?«

»Was soll die Frage, in dem Supermarkt am Kings Highway.«

»Welcher Supermarkt am Kings Highway?«

»Wieso? ... Bohack's.«

»Bohack's? Am Kings Highway gibt es kein Bohack's.«

»Was redest du da für 'n Blödsinn, Mi... Mi... Mi...«

»Mickey.«

»Ich kenn deinen Namen, verdammt. Glaubst du vielleicht, ich finde so einen Scheiß-Supermarkt nicht? Ich lebe seit 75 Jahren in Brooklyn. Ich kenn diese Stadt besser als jeder andere.«

»Was hast du gekauft?«, fragte Mickey. »Ich sehe keine Lebensmittel.«

Sal sah sich um.

»Ich hab die Tüte wohl schon in die Küche gestellt. Da ist 'ne Menge Essen drin, aber iss nicht alles auf einmal. Das muss die ganze Woche reichen. Ich hab Schinken und Wurst und Geflügelsalat gekauft. Heb aber den Geflügelsalat für deine Mutter auf. Sie mag den so gern, das weißt du.«

»Mom ist tot«, sagte Mickey.

»Tot!«, schrie Sal. »Was redest du da für 'n Blödsinn?«

»Sie starb vor fünfzehn Jahren bei einem Unfall mit Fahrerflucht auf dem Brooklyn-Queens Expressway, weißt du noch?«

»Ich weiß, dass sie tot ist«, sagte Sal, plötzlich wütend. »Herrgott noch mal, warum lässt du mich nicht endlich in Ruhe, verdammt?«

Mickey reichte es.

»Gute Nacht, Dad.«

»Wo willst du hin?«

»Ins Bett.«

»Willst du Samstag auf die Rennbahn? Ich geb dir zwanzig Dollar Spielgeld.«

Mickey lag im Dunkeln im Bett, mit offenen Augen. Über die Zimmerdecke huschten gelegentlich Schatten von den Scheinwerfern der Autos, die auf der Albany Avenue vorbeifuhren, und irgendwann schlief er ein.

3

In Mickeys Zimmer war es noch dunkel, als das Telefon klingelte. Ohne aufzustehen, griff er nach unten und hob den Hörer ab.

»Hallo«, nuschelte er.

»Pinocchio, red nicht mit vollem Mund.«

Mickey erkannte Harrys Stimme.

»Ja«, sagte Mickey, dem die Augen wieder zufielen.

»Tut mir leid, dass ich so früh anrufe«, sagte Harry, doch es klang gar nicht so. Harry gehörte zu den Menschen, die es genossen, andere aus dem Tiefschlaf zu reißen. »Wir haben heute im Laden ein Problemchen, und ich brauche deine Hilfe.«

Harry fuhr fort: Eine der Gefriertruhen im Laden sei letzte Nacht kaputtgegangen und sämtliche Fische darin vergammelt. Da die nächste Lieferung vom Fischmarkt in Fulton erst in ein paar Tagen anstand, müsse Mickey Harry nach Sheepshead Bay begleiten, um den Fisch direkt von den Booten zu kaufen.

»Wie viel Uhr ist es?«, fragte Mickey.

»Fünf Uhr«, sagte Harry. »In einer halben Stunde im Laden, okay?«

»Ja, ja, in Ordnung«, sagte Mickey, der Mühe hatte, die Augen offen zu halten.

Mickey schlief nochmals ein und wachte um Viertel nach fünf wieder auf. Ohne geduscht zu haben, ging er durch die dunklen Straßen zum Fischladen. Harry wartete im Pick-up. Als Mickey einstieg, begrüßten sie einander mit einem kurzen »Morgen« und schwiegen dann, bis Harry vor einem Imbiss an der Flatbush Avenue hielt und fragte: »Willst du einen Kaffee?« Mickey bejahte. Harry blieb vor dem Wagen stehen und wartete – bis Mickey begriff, dass er Geld wollte. Mickey gab Harry einen Dollar, und als er außer Hörweite war, sagte er: »Blöder Geizkragen.«

Auch der Kaffee schaffte es kaum, Mickeys Augenlider offen zu halten. Mickey und Harry trafen in Sheepshead Bay ein und mussten mit den anderen Käufern etwa eine halbe Stunde warten, bis die Fischerboote in den Hafen einliefen. Es lag noch Dunst über der Bucht, und die Sonne zeigte sich gerade erst am Horizont; ein kühler, windiger Herbstmorgen brach an.

Als Mickey die Boote und Anleger betrachtete, dachte er an die Zeit, als er acht, neun Jahre alt war und oft mit Chris und dessen Vater angeln ging. Das waren einige der seltenen Gelegenheiten in Mickeys Leben gewesen, bei denen er sich wie ein normaler Junge fühlte, der das machte, was normale Jungen machten. Am Vorabend war Mickey immer so aufgeregt gewesen, dass er kaum schlafen konnte. Dann, um fünf Uhr früh, ging er runter, und Chris und Mr. Turner holten ihn ab. Sie hatten eine dritte Angelrute für Mickey dabei, fuhren nach Sheepshead Bay und nahmen eines der Boote. Einmal fing Mickey einen dreiundzwanzig Pfund schweren Felsenbarsch. Nun ja, er hatte ihn nicht wirklich *gefangen*. Seine Angelschnur verhedderte sich mit der Schnur eines Typs auf der anderen Seite des Boots, und als der beide Schnüre einholte, hing der Fisch an Mickeys Haken. Das Foto sah sich Mickey immer noch manchmal an – Chris und er standen im Bug des Fischerboots, beide lächelnd, und hielten gemeinsam den riesigen Fisch hoch.

Die Fischerboote legten an, und Einkäufer von Restaurants und Fischgeschäften aus ganz Brooklyn stellten sich an, um den Tagesfang zu kaufen. Harry nahm ein paar Butt, Flundern, Felsenbarsche, Goldbrassen, Blaufische und Lippfische. Gegen Viertel vor sieben machten sie sich auf den Rückweg zum Fischladen, beim Fahren hörte Harry einen Radiosender, auf dem jeder zweite Song von Frank Sinatra zu sein schien.

Mickey und Charlie entluden den Pick-up, dann setzte sich Harry für den Rest des Vormittags ab. Mickey hatte vielleicht vier Stunden geschlafen und geriet in ein schlimmes Tief. Nicht einmal die Run-D.M.C.-Kassette, die Charlie auf seinem Ghettoblaster laufen ließ, vertrieb Mickeys Erschöpfung.

Nachdem Mickey und Charlie in den Auslagen Eis verteilt hatten, wuschen sie die frischen, ganzen Fische und legten sie auf das Eis, danach kamen die älteren Fische dazu, die sie nachts in Behältern im Kühlschrank gelagert hatten. Nachdem sie die Muschel-Auslagen gefüllt hatten, ruhten sie sich ein paar Minuten aus, ehe der Laden um zehn Uhr öffnete.

Den ganzen Vormittag, und besonders gegen Mittag,

sah Mickey jedes Mal zum Eingang, wenn die Klingel über der Tür ertönte, in der Hoffnung, Angelo zu sehen. Doch als gegen halb zwei die Mittagskundschaft spärlicher wurde, wusste Mickey, dass Angelo nicht kommen würde.

Etwa um zwei kehrte Harry in den Laden zurück und sagte zu Mickey: »Tja, ich fühl mich prima. Bin nach Hause gefahren und hab vier Stunden geschlafen, wie ein Säugling.« Er streckte sich übertrieben und ging dann nach hinten in den Laden.

Mickey verfluchte Harry leise, als die Türklingel ertönte und ein Mädchen eintrat. Sie hatte braune, fluffige Locken mit einem kurzen, geraden Pony, trug enge verwaschene Jeans und ein weißes Sweatshirt, das eine Schulter frei ließ. Sie mochte ein paar Pfund Übergewicht und ein paar Pickel auf den Wangen haben, war aber dennoch eins der hübschesten Mädchen, die Mickey je gesehen hatte.

»Warum machst du kein Foto, da hast du mehr von?«

Mickey sah sich um, und da stand Charlie und grinste.

»Was laberst du da?«, sagte Mickey.

»Och, komm schon, willst du mich verarschen?«, sagte Charlie. »Ich merk doch, dass du ein Auge auf das Mädchen geworfen hast.«

»Welches Mädchen?«

»Welches Mädchen?«, wiederholte Charlie. »Das ist echt witzig, Mann. Na los, worauf wartest du, eine persönliche Einladung? Geh hin und red mit ihr.«

»Wieso?«, sagte Mickey.

»Yo, mach dich einfach ran, Mann. Sie hat jedenfalls ein Auge auf *dich* geworfen.«

»Na klar.«

»Warum sollte ich dich anlügen? Sie hat dich eben von oben bis unten gemustert, dich angesehen, als wärst du ein leckeres Stück Steak im Metzgerladen. Du musst sie sowieso bedienen – warum besorgst du dir da nicht gleich ihre Telefonnummer?«

Mickey wusste, dass Charlie ihn nur neckte. Das Mädchen betrachtete den Fisch in der Auslage und überlegte, was sie nehmen sollte.

»Bedienst du die junge Dame, oder soll sie den lieben langen Tag auf ihren hübschen kleinen Füßchen rumstehen?«

Harry war aus dem hinteren Raum gekommen und stand jetzt hinter Mickey, die Hände in die Hüften gestemmt.

Mickey fiel auf, dass das Mädchen grüne Augen hatte.

»Verzeihung, kann ich Ihnen helfen?«, fragte Mickey.

»Ja«, sagte das Mädchen, »bekomme ich zwei Pfund Flunderfilets und den Felsenbarsch da drüben?«

Sie zeigte drauf.

»Möchten Sie den Barsch ganz haben oder filetiert?«, fragte Mickey.

»Ganz«, sagte das Mädchen.

»Soll ich Kopf und Schwanz abschneiden?«

»Ja bitte.«

»Wird gemacht.«

Während Mickey den Barsch zurechtschnitt, drehte er sich zu dem Mädchen um, betrachtete ihre Beine in der engen Jeans und fragte sich gerade, wie sie da reinkam, als er den Schmerz in seinem rechten Zeigefinger spürte. Er sah den Finger an, überrascht, wie viel Blut herausfloss.

»Scheiße«, sagte Mickey.

Harry sah vom anderen Ende des Tresens rüber. »O Gott! Was ist denn los mit dir, verdammt?«

»Das Messer ist abgerutscht«, sagte Mickey.

»Abgerutscht?«, sagte Harry. »Weißt du nicht, wie man einen Scheißfisch zerteilt?«

Jetzt war überall auf dem Tresen und auf dem Fisch Blut.

»Alles in Ordnung?«, fragte das Mädchen.

»Ja«, sagte Mickey. »Mir geht's gut.« Sein Finger war unwichtig, er konnte nur nicht fassen, dass er sich so zum Narren gemacht hatte.

»Sieh dir diese Schweinerei an«, sagte Harry zu Mickey. »Weißt du, was das kostet? Mach das sauber – sofort.«

Mickey wickelte seinen Finger in eine Ecke seiner Schürze, ging Richtung Küche und murmelte: »Leck mich doch.«

»Was war das?«, sagte Harry.

»Gar nichts«, sagte Mickey.

»Ich dachte, ich hätte dich etwas sagen hören.«

»Ich hab nichts gesagt«, behauptete Mickey.

Charlie war wohl gerade rechtzeitig aus dem hinteren Raum gekommen, um alles mit anzuhören, denn er sagte jetzt zu Harry: »Es war nicht seine Schuld.«

»Hab ich mit dir geredet, Budinsky?«, sagte Harry. »Warum gehst du nicht verdammt noch mal zurück an die Arbeit und kümmerst dich um deinen eigenen Kram?«

»Ich find das nur nicht in Ordnung«, sagte Charlie. »Das Messer ist abgerutscht – es war ein Unfall.«

Mickey war in der Nähe des Eingangs zum hinteren Bereich stehen geblieben. Während sich Charlie und Harry weiter stritten, kam das Mädchen zu Mickey und fragte: »Ist der Schnitt sehr tief?«

»Nicht so schlimm«, sagte Mickey.

Als sie Mickeys Finger sah, zuckte sie zusammen. »Uuh, das sieht übel aus. Muss vielleicht genäht werden.«

»Das wird schon wieder.«

»Du solltest es auswaschen und desinfizieren.«

»Ja, du hast wohl recht«, sagte Mickey.

Mickey ging durch die Türen nach hinten, zur Toilette, und wusch die Wunde aus. In dem verstaubten Schränkchen über dem Waschbecken war zwar kein Desinfektionsmittel, aber eine alte Packung mit kleinen Pflastern. Mickey klebte mehrere Pflaster über die Wunde an seinem Finger, doch sie stillten die Blutung nicht. Vielleicht hatte das Mädchen recht, und er musste wirklich genäht werden.

Mit der anderen Hand drückte Mickey fest auf den verletzten Finger und verließ das Bad. Charlie hielt sich wieder hinten auf, wirkte aber wütend und verstört. Er begann, die Messer und Schneidebretter in der Spüle zu säubern.

»Danke, dass du dich so für mich eingesetzt hast«, sagte Mickey. »Das war aber nicht nötig.«

»Hey, jemand musste etwas sagen«, entgegnete Charlie. »Das war nicht richtig.«

»Klar, aber du weißt doch, egal was du sagst, es nützt nichts.«

»Du hast recht. Harry ist ein verdammtes Arschloch, und uns behandelt er wie die Scheiße, die da rauskommt.«

»Pass auf. Er könnte dich hören.«

»Ist mir doch scheißegal, ob der Mann mich hört oder nicht«, sagte Charlie. »Soll er mich doch hören.«

Mickey kehrte durch die Pendeltüren in den Verkaufsraum zurück. Er wollte noch einmal mit dem Mädchen reden und sich für die Szene entschuldigen, die er verursacht hatte, aber sie war weg. Nur Harry war noch im Laden und saß auf einem Hocker neben der Kasse.

»Was stehst du da rum?«, sagte Harry zu Mickey. »Mach deine Sauerei sauber.«

Mickey zögerte, nahm dann einen feuchten Putzlappen und fing an, das Blut aufzuwischen.

»Was ist mit dem Mädchen?«, fragte Mickey.

»Welches Mädchen?«, sagte Harry.

»Das eben hier war.«

»Ach, *die*. Was glaubst du denn, was mit der ist? Sie ist gegangen. Bestimmt fand sie dich ekelhaft.«

Harry lachte, ging weg, drehte sich dann noch einmal zu Mickey um: »Warum willst du das überhaupt wissen?«

»Was wissen?«, sagte Mickey, obwohl er genau wusste, was Harry meinte.

»Also wirklich«, sagte Harry, »so ein hübsches Mädchen würde nie was mit'm Typen wie dir anfangen, und das weißt du genau.«

Wieder fing Harry an zu lachen, aus dem Bauch heraus, als hielte er sich für den witzigsten Menschen der Welt. Mickey wischte fertig auf und ignorierte ihn.

Mickey wusste, dass Harry bloß fies zu ihm war, doch er wusste auch, dass es stimmte – vermutlich gefiel er dem Mädchen nicht. Sie war nur nett zu ihm gewesen, weil sein Finger blutete. Hätte er sich nicht in den Finger geschnitten, hätte sie wohl kein Wort gesagt.

Später am Tag sah sein Finger immer noch übel aus, und Mickey beschloss, ihn auf jeden Fall nähen zu lassen. Ehe er gegen sieben Uhr den Laden verließ, rief er seinen Vater an und sagte ihm, er käme später nach Hause, weil er noch in die Notaufnahme gehen müsse. Wie üblich war er sich nicht sicher, ob sein Vater ihn verstanden hatte. Plötzlich wütend und frustriert legte Mickey auf.

Er ging zu Fuß etwa zehn Blocks weit zum Kings Highway Hospital, wo er über eine Stunde warten musste, bis ihn ein Arzt untersuchte. Der Arzt nähte Mickeys Finger mit vier Stichen und sagte ihm, die Fäden müssten zwei Wochen drinbleiben.

Auf dem Heimweg kaufte Mickey in John's Pizzeria an der Flatbush Avenue eine Salamipizza und zwei Limonaden. Als er nach Hause kam, wartete sein Vater neben der Tür auf ihn.

»Verdammt, wo hast du gesteckt?«, fragte Sal Prada.

Ohne seinen Vater zu beachten, stellte Mickey die Pizza auf den Küchentisch, dann ging er in sein Zimmer und zog seine schmutzigen Arbeitsklamotten aus und eine saubere Jeans sowie ein Rangers-Trikot mit der Rückenaufschrift ESPOSITO 77 an.

Mickey ging in die Küche, wo sein Vater am Tisch saß und ein Stück Pizza aß. Mickey nahm eins der Stücke aus dem Karton, hielt es mit ein paar Servietten in der Hand und verließ die Küche wieder.

»Wo gehst du hin?«, fragte Sal.

Mickey antwortete nicht. Als er die Treppe runterging, hörte er die gedämpfte Stimme seines Vaters, der ihm etwas nachschrie.

Mickey stieg in sein Auto. Er wollte mit Artie reden und fuhr zu dessen »Büro«, einem Bookie-Schuppen über einem Schuhgeschäft an der Ecke Kings Highway und East 16th Street. Mickey ging da nur gelegentlich hin, um Artie zu sehen, oder freitag- und samstagabends, wenn es in dem Wettbüro nebenan zu voll wurde.

Wie üblich quetschten sich etwa zwanzig Männer in den kleinen, von Zigaretten- und Zigarrenqualm erfüllten Raum. Überall in dem Zimmer standen Bridgetische, mit diversen Ausgaben der *Racing Form,* der *Sports Eye* und Wettscheinen übersät, und Max, ein alter Mann, nahm an einem Tisch zur Linken Wetten entgegen. In der Ecke zeigte ein an der Wand befestigter Fernseher Quoten von der Meadowlands-Rennbahn, wo, wie Mickey bemerkte, in drei Minuten das nächste Rennen startete.

Mickey ging zu Artie, der über eine *Sports Eye* gebeugt an einem Tisch in einer Ecke saß. Artie war letztes Jahr fünfzig geworden. Er war klein, kahl und trug eine dicke Brille. Er hatte eine Frau, von der er manchmal sprach, doch Mickey war ihr nie begegnet, hatte sie noch nie gesehen. Gelegentlich fragte sich Mickey, welche Interessen eine Frau, egal welche, wohl mit Artie gemeinsam haben mochte, der anscheinend seine gesamte Zeit auf Rennbahnen, in Bookie-Buden und Wettbüros zubrachte.

»Hey, Artie«, sagte Mickey.

Artie sah nicht von der *Sports Eye* auf. »Hast du mein Geld?«

»Darüber muss ich mit dir reden«, sagte Mickey.

»Ich will über nichts anderes reden als über Geld. Was ist mit deinem Finger passiert?«

»Bei der Arbeit geschnitten.«

»Das tut mir leid. Wo ist mein Geld?«

»Also echt, Artie, nun hör mir doch erst mal zu, ja?«

»Was ist Sache?«, sagte Artie. »Es ist nicht dein Geld, sondern das von diesem Angelo, stimmt's?«

»Stimmt.«

»Und was ist nun? Will er nicht zahlen?«

»Ich würd nicht sagen, dass er nicht ›will‹.«

»Hör zu«, sagte Artie ernst. »Ich habe dich gefragt, ob er für solche Beträge geradestehen kann, und das hast du bejaht. Ich hab ihn sogar noch mal 'n Zehner auf die Rangers wetten lassen und erwarte jetzt mein Geld.«

»Du verstehst das nicht«, sagte Mickey.

»Weil ich's nicht verstehen will. Ich hab es dir am Telefon ganz klar gesagt. Ich sagte: ›Angelo hat so viel Geld?‹, und du hast gesagt: ›Ja.‹ Mehr hab ich nicht gehört, und mehr will ich jetzt auch nicht hören. Er muss das Geld rausrücken und damit basta.«

»Ich habe Angelo gestern um das Geld gebeten, und er hat gesagt, er bezahlt es, wenn ihm danach ist.«

»Das ist nicht mein Problem.«

»Ich weiß. Ich habe mich nur gefragt, ob du einen Rat für mich hättest.«

»Einen Rat? Mein Rat lautet, keine Wetten für Typen abzuschließen, die nicht zahlen. Das ist mein Rat an dich.«

Es machte Mickey zwar sauer, dass Artie ihm nicht half, doch er verstand ihn auch. Artie war selbst kein Buchmacher, sondern nur ein Agent von Nick. Mickey konnte von ihm nicht erwarten, dass er seinen Job aufs Spiel setzte.

»Welches Rennen ist das hier?«, fragte Mickey.

»Das dritte.«

»Hast du Favoriten?«

»Soll das 'n Witz sein? Du stehst mit über einer Mille in der Kreide und willst wetten?«

»Ich stehe nicht in der Kreide, sondern Angelo.«

»Läuft aufs Gleiche hinaus.«

»Ich werfe bloß ein paar Piepen zum Fenster raus. Wer gefällt dir?«

»Die Sechs, vielleicht die Vier. Das ist das Scheiß-Meadowlands, als würde man an einem Rouletterad drehen. Verbinde dir die Augen und papp einen Schwanz an den Scheißesel.«

»Ich werd was setzen«, sagte Mickey.

Er ging zum Tresen und spielte für zehn Dollar eine Exacta-Zweierwette sechs-vier und für fünf Dollar eine Exacta vier-sechs. Max notierte Mickeys Wetten auf einem kleinen Zettel, dann gab er Mickey das Original und behielt den Durchschlag. Insgeheim hoffte Mickey, Angelos Geld zurückzugewinnen.

Als Mickey wieder an den Tisch kam, sagte Artie: »Dieses Rennen ist ein reines Glücksspiel. Ich werd einfach passen.«

»Lass mich mal erklären, was Sache ist«, sagte Mickey. »Dieser Angelo – er hat Mafiaverbindungen.«

»Und?«

»Und deshalb hab ich die Wetten für ihn aufgegeben.«

»Du beißt auf Granit«, sagte Artie. »Ich habe dich am Telefon nach dem Typ gefragt, und du hast dich für ihn verbürgt.«

»Ich weiß, es ist mein Fehler«, sagte Mickey. »Aber was soll ich denn machen?«

»Führ ich Selbstgespräche oder was? Wenn du dein Wettkonto auflösen willst, löse ich dein Konto auf. Wir vereinbaren einen Ratenzahlungsplan, und wenn das Konto ausgeglichen ist, kannst du wieder von vorn anfangen.«

»Du meinst, *ich* sollte es bezahlen?«

»Du hast doch Geld auf der Bank, stimmt's?«

»Das sind die Ersparnisse meines ganzen Lebens, damit ich nächstes Jahr studieren kann. Die rühr ich auf keinen Fall an, um irgendwelche dämlichen Wettschulden zu begleichen.«

Ein alter Mann auf der anderen Seite des Tischs musterte Mickey finster über eine aus der *Daily News* ausgerissene Sportseite mit Pferderennen hinweg.

»Red leiser … meine Güte«, sagte Artie. »Du klingst wie meine Scheiß-Frau, Herrgott noch mal.«

»Tut mir leid.«

»Was willst du von mir hören?«, sagte Artie.

Mickey warf einen Blick auf die Mattscheibe und sah, dass das Rennen begonnen hatte. Die Vier lag in Führung – die Sechs lief dicht am Geländer, hinter den anderen Pferden. Mickey ließ das Rennen nicht aus den Augen und fuhr fort: »Ich bin nicht dumm, Artie. Ich lauf nicht rum und setze für Typen, die ich nicht kenne. Aber dieser Angelo hat mich gebeten, die Wetten abzugeben, und ich konnte nicht nein sagen.«

»Ein Grund mehr, dass du Ratenzahlung vereinbarst oder das Geld einfach aus deiner eigenen Tasche zahlst und wieder anfängst zu sparen«, sagte Artie. »Du hast mich um Rat gefragt, und den hast du bekommen. Hak das ab unter Erfahrung. Was hast du da?«

»Vier-sechs.«

»Dein Ticket kannst du zerreißen. Die Sechs ist mausetot.«

Als Mickey hochschaute, sah er, dass das Pferd Nummer sechs am Schluss des Feldes aus dem Bild verschwand.

»Hey, denk nicht, dass ich dir nicht helfen will«, sagte Artie. »Glaub mir, wenn ich irgendwas für dich tun könnte, würde ich es tun, aber Nick hat hier allein das Sagen. Obendrein stecke ich bis zum Hals in meiner eigenen Scheiße. Ich hab bei den Rennen keinen Sieger mehr getippt seit … hab vergessen, wann ich das letzte Mal ein Scheißticket eingelöst habe. Ich hab selber Schulden und Rechnungen. Ich sollte besser zu Hause auf dem Sofa sitzen bleiben und mit meiner Scheiß-Frau fernsehen, aber wie ein Idiot komme ich jeden Abend hierher. Wie geht's übrigens deinem Vater?«

»Geht so.«

»Er schafft es nicht mehr raus auf die Rennbahn, hm?«

»Nee, die Zeiten sind vorbei«, sagte Mickey. Das Rennen in Meadowlands war gelaufen. Vier und Sechs waren Letzter und Vorletzter geworden.

»Der Vater von 'nem Freund von mir hatte diese Alzheimer-Scheiße. Das ist schwer. Meine Anerkennung, dass du das tust – dich so um ihn kümmerst. Ich hätte es nie geschafft, den Babysitter für meinen alten Herrn zu spielen, das weiß ich.«

»Ich geh dann mal«, sagte Mickey.

Als Mickey aufstand, meinte Artie: »Ich sag dir was. Ich kauf dir ein wenig Zeit. Ich denk mir eine Geschichte aus – dein Vater ist krank, war im Krankenhaus, irgendwas. Aber ich kann dir nur ein paar Tage versprechen, mehr nicht. Danach hab ich mein Pulver verschossen. Tausend und 'n paar Zerquetschte, das ist ein Haufen Kohle – du musst irgendwie anfangen, es abzubezahlen. Wenn du's aus deiner eigenen Tasche nehmen musst, musst du's aus deiner eigenen Tasche nehmen. Mehr kann ich nicht für dich tun.«

»Danke«, sagte Mickey und klopfte Artie auf den Rücken. »Du hast bei mir was gut.«

An dem Zeitungskiosk unter der Hochbahn am Kings Highway kaufte Mickey eine *Sports Eye*, dann ging er in das Wettbüro in der East 16th. Mickey kannte zwar nur wenige der Leute in dem Wettbüro mit Namen, doch er kannte fast alle Gesichter. Diese Menschen hatte er beinahe sein ganzes Leben lang immer wieder in den Wettbüros und auf den Rennbahnen gesehen.

Das Wettbüro in der 16th Street war klein – nicht mehr als als fünfzig Quadratmeter –, und unter den Neonlampen sah man den Zigarettenqualm. Es war so ziemlich das einzige Wettbüro in Brooklyn, das abends für die Traber im Roosevelt Raceway und in Yonkers geöffnet hatte, und in dem Laden drängten sich Freaks aus dem ganzen Bezirk. Es war so voll, dass man manchmal nicht rechtzeitig zum Wetten an die Schalter kam, und die Überzähligen, die es nicht mehr reingeschafft hatten, trieben sich gewöhnlich auf dem Gehsteig davor herum, pissten zwischen die Autos und tranken Bier aus Flaschen, die in Papiertüten steckten.

Als Mickey eintraf, stand auf der Straße vor dem Wettbüro die übliche Ansammlung dreckiger, müde aussehender Männer, die rauchten und ihre Rennprogramme und Infoblätter lasen. Mickey schob und lavierte sich durch die laute, aggressive Menge und sah dabei nach oben auf die TV-Monitore. Das fünfte Rennen in Yonkers startete in sieben Minuten. Es gab eine lange Schlange, um zu wetten. Mickey holte sich einen Wettschein, stellte sich hinten an und studierte sein Exemplar der *Sports Eye*, um das Rennen einzuschätzen. Es war total überfüllt, und normalerweise wäre Mickey wieder rüber in die Bookie-Bude gegangen. Doch da war Artie, und Mickey wollte nicht, dass Artie ihn wieder beim Wetten sah.

Mickey gab seine Wette Sekunden vor Schalterschluss ab und arbeitete sich dann wieder zu dem Monitor vor.

»Hey, auf was hast du getippt?«

Mickey schaute rüber und sah den Typ mit den grauen Haaren und dem buschigen grauen Schnauzbart. Obwohl sie sich fast jedes Mal unterhielten, wenn sie sich begegneten, wusste Mickey nicht genau, wie der Mann hieß. Vor ein paar Jahren hatte er sich Mickey mal vorgestellt, Ray oder Roy hieß er, glaubte Mickey.

»Auf F«, sagte Mickey.

Die offiziellen Wettbüros verwendeten Buchstaben, die den Zahlen auf der Rennbahn entsprachen, F war also die Nummer sechs.

»Der hat eine Woche ausgesetzt«, sagte der Mann.

»Sollte aber ein gutes Rennen hinlegen.«

»Ich hab auf Pferd D gesetzt.«

»Hat so gute Chancen wie jedes andere auch«, sagte Mickey.

»Gestern war ich auf der Bahn in Yonkers«, fuhr der Typ fort. »Hab im letzten Rennen die Drei genommen, brauchte es für die Zweierwette. Gegen Ende übernimmt die Drei die Spitze, und dann kommt die Zwei auf einmal aus dem Nichts und macht mich fertig. Ist das zu glauben? Kriege für die Zweierwette zweihundert und noch Kleingeld – wäre mehr gewesen, wenn die Drei gewonnen hätte.«

Mickey schüttelte den Kopf, als täte ihm der Typ leid, doch in Wahrheit war es ihm scheißegal.

Als sich die Pferde hinter der Startmaschine aufreihten, sah Mickey sich im Wettbüro um, guckte, wer noch so da war. Er entdeckte den spindeldürren Inder, der in jedem Rennen auf das Pferd Nummer acht setzte. Nahm an einem Rennen keine Acht teil, stand er nur da und gab keinen Ton von sich. Doch wenn die Acht stark aus der Maschine kam oder gegen Ende aufholte, fing er an zu schreien wie ein Verrückter: »Nun roll schon, Güterzug, roll!« Der geistig zurückgebliebene Typ mit den roten Haaren stand in der Ecke und nuschelte wie üblich vor sich hin, und in Türnähe stand der Vater mit seinen beiden Kindern. Die Kinder – Mädchen und Junge – mussten ungefähr zehn sein, und sie standen immer gelangweilt und einsam herum, während ihr Vater wettete.

Weil Mickey die Familie beobachtete, hatte er den Start des Rennens verpasst. Doch das war egal, denn seine Nummer sechs hatte den Start verschlafen und lag rasch drei Längen zurück. Die Sechs griff nie an, und das Pferd Nummer vier gewann das Rennen mit Leichtigkeit.

»Was hab ich dir gesagt?«, sagte der grauhaarige Mann zu Mickey. »Dieses Spiel ist verdammt einfach. Ich hätte mehr auf die Vier setzen sollen. Das Pferd ist eine Bank.«

Mickey zerriss seinen wertlosen Wettschein in winzige Fetzen, warf sie wie Konfetti auf den Boden. Ihm wurde klar, dass er sich selbst etwas vormachte, wenn er heute Abend wettete, Angelos Geld nachjagte. Er wollte eigentlich nach Hause fahren, doch als er sich ausmalte, wie das sein würde – mit seinem Vater streiten oder einfach nur im Bett herumliegen, zum x-ten

Mal *Männerwirtschaft* und *The Honeymooners* gucken –, beschloss er, für ein paar Rennen zu bleiben und zu sehen, ob noch irgendwas lief.

Mickey stand gerade draußen vor dem Wettbüro und las in der *Sports Eye*, als er jemanden rufen hörte: »Hey, du Loser!«

Er schaute zur Straße und sah den lächelnden Chris, der mit dem Chevy seiner Mutter in zweiter Reihe parkte. Er trug eine glänzende grellblaue Satinjacke, deren obere vier Knöpfe offenstanden, in seinem Brusthaar hing eine Goldkette. Die Haare hatte er nach hinten gegelt, und in seinem linken Ohr steckte ein Ohrring in Form eines Blitzes.

Chris sagte: »Ich wusste, ich würde dich hier finden, du Abschaum, du.«

Mickey ging zu Chris rüber. Es roch, als hätte er eine ganze Flasche Paco-Rabanne-Parfum benutzt.

»Was machst du denn hier?«, fragte Mickey.

»Ich musste für meine Mutter ein paar Besorgungen machen und kam hier vorbei«, sagte Chris. »Gewinnst du denn wenigstens was?«

»Heute Abend nicht«, sagte Mickey.

»Was ist mit deiner Hand passiert?«

»Och, gar nichts«, sagte Mickey. »Nur ein kleiner Arbeitsunfall.«

»Na klar, bestimmt hast du zu viel gewichst«, sagte Chris. »Wenigstens ist es die rechte Hand, du kannst also noch bowlen. Hey, komm heute Abend mit in die Stadt.«

»In die Stadt?«

»Na los. Ich werd in 'n paar Kneipen einfallen, mal sehn, ob ich 'ne geile Manhattan-Braut abschleppen kann. Vielleicht kriegst du ihre Freundin ab.«

»Nö, daraus wird nichts. Heute Abend nicht.«

»Wieso nicht? Was hast du vor, willste Freitagabend mit den ganzen alten Knackern abhängen?«

»Ich muss morgen früh aufstehen.«

»Warum das denn?«

»Bloß ein paar Sachen im Haus erledigen.«

»Na los, fahr mit mir in die Stadt«, sagte Chris. »Das wird dir guttun.«

Mickey sah zurück zum Wettbüro. Der Mann und seine zwei traurig wirkenden Kids lungerten davor herum, umgeben von schreienden Menschen.

»Na schön«, sagte Mickey zu Chris. »Was soll's?«

Mickey fuhr nach Hause und zog sich eine dunkelgrüne Kordhose und ein rotes Button-down-Hemd an. Als Chris hupte, ging Mickey raus.

»Was ist das für 'n Outfit?«, sagte Chris, als Mickey in den Wagen stieg. »Fährst du in die Kirche oder einen trinken?«

»Leck mich«, sagte Mickey.

»Ich zieh dich doch nur auf, Mann. Du siehst klasse aus. Heute Abend wirst du dich vor Weibern nicht retten können. Glaub mir, heute Nacht ist die Nacht, in der Mickey Prada endlich flachgelegt wird.«

4

Während Chris durch die Coney Island Avenue fuhr, eine Hand am Lenkrad, sagte er: »Ich und Filippo haben neulich *Debbie Does Dallas* gesehen, scheiße, der Film ist der Hammer, Mann. Weißt du, was witzig ist? Er spielt in Brooklyn. Bei dem Titel, *Debbie Does Dallas,* sollte man meinen, es wäre Dallas, aber er spielt komplett in Brooklyn. Da gibt es eine Szene, eine Orgie, die wurde im Umkleideraum vom Brooklyn College gedreht. Stell dir vor, du studierst da, kommst zufällig vorbei und siehst, dass da eine Orgie abgeht, was würdest du machen? Ich weiß, was ich machen würde. Ich würde meine Hose runterlassen und hätte im Nu drei Weiber auf mir drauf. O Mann, das war echt ein geiler Film.«

»Wo fahren wir eigentlich hin?«, fragte Mickey.

»Neue Bar in der 23rd Street, heißt Live Bait«, antwortete Chris. »Ein Typ auf der Arbeit hat mir davon erzählt. Er sagte, da hängen Soap-Opera-Stars ab. Vielleicht treffen wir ja Genie Francis.«

»Können wir nicht woandershin?«, sagte Mickey. »Wie wär's mit einem dieser irischen Pubs in der Second Avenue?«

»Irischer Pub?«, sagte Chris. »Was willste da machen, einen alten Mann ficken?«

»Du weißt, was ich meine. Wo es entspannter zugeht.«

»Lehn dich einfach zurück und mach dich locker. Heute Abend ist Onkel Chris für die Unterhaltung zuständig.«

Sie fuhren weiter, um den Kreisverkehr in der Nähe der Parade Grounds, in Richtung der Einfahrt zum Prospect Expressway. Chris drehte das Radio lauter, aus dem *Back in Black* dröhnte.

Als der Song zu Ende war, drehte Chris wieder leiser und fragte: »Hast du dir letzte Woche Catchen angesehen?«

»Nö.« Mickey sah aus dem Fenster.

»Du hast keine Ahnung, was du verpasst hast, Mann«, sagte Chris. »Sie hatten George ›The Animal‹ Steele dabei. Erst kommt er raus, und die Spucke tropft ihm so vom Kinn, dann fängt er an, den Ring anzuknabbern. Ich mein's ernst. Er hat die Pfosten und Seile gefressen, und sie zeigen einem, wie Baumwolle, Gummi und so was alles aus seinem Mund quillt. Das hättest du sehen sollen. Ich hab mich kaputtgelacht.«

Mickey dachte gerade an das Mädchen aus dem Fischgeschäft, sah ihre grünen Augen und ihr umwerfendes Lächeln vor sich.

»Hey, Dumpfbacke«, sagte Chris. »Dumpfbacke.«

»Ja?«, sagte Mickey, aus seinen Gedanken gerissen.

»Was ist los mit dir? Warum klinkst du dich aus? Hast du gekifft oder was?«

»Ich hab nur nachgedacht.«

»Worüber denkst du nach, Pferde?« Chris lachte.

»Ich hab an gar nichts gedacht«, sagte Mickey. Plötzlich war er wütend, ohne zu wissen, warum.

»Hey, was ich dich fragen wollte, was geht da ab mit dir und diesem Mafioso?«

»Mafioso?«, sagte Mickey, als erinnere er sich nicht. »Ach *der*. Das hat sich alles erledigt.«

»Er hat dir das Geld gegeben?«

»Ja, er hat mir das Geld gegeben.«

»Siehst du?«, sagte Chris. »Du hast dir für nichts und wieder nichts in die Hose gemacht.«

Sie fuhren durch den Brooklyn Battery Tunnel in die Stadt. Auch wenn East Flatbush, Mickeys Wohngegend, nur gut zwölf Kilometer von Manhattan entfernt war, hätte es auf einem anderen Kontinent liegen können. Kaum jemand aus seiner Gegend fuhr in die Stadt, wenn er nicht dort arbeitete oder einen anderen Grund hatte.

Auf der Fahrt den Broadway hinauf durch Soho sagte Chris: »Glaubst du, in diesen beschissenen alten Häusern wohnen Leute? Die haben nicht mal Wände, und man sieht die ganzen Rohre in der Decke.«

Ein paar Minuten später, sie fuhren gerade durchs Village, machte sich Chris über die Kids mit grünen hochgegelten Haaren und Irokesenhaarschnitten lustig.

»Guck dir den an. Der sieht aus wie ein Scheißindianer. Ist das nicht unfassbar, dass Leute *Geld* bezahlen, um so auszusehen?«

Sie fuhren weiter bis zur 23rd Street und fanden eine Parklücke nicht weit von der Bar. Sie waren nur ein paar Straßen vom Baruch College entfernt, wo Mickey in diesem Jahr sein Studium hätte beginnen sollen.

»Willst du da echt rein?«, sagte Mickey zu Chris, während sie in der Schlange auf die Türkontrolle warteten.

»Was passt dir an dem Laden nicht?«, sagte Chris.

»Sieht alles so steif aus.«

»Was laberst du da für 'n Quatsch? Warte, bis du die scharfen Weiber in dem Laden gesehen hast. Und die zieren sich auch nicht lange. Diese Manhattan-Mädels lassen nix anbrennen, verstehste? Ich wünschte, ich hätte 'n bisschen Koks dabei.«

»Wieso?«, fragte Mickey.

»Du kennst doch den Spruch«, sagte Chris. »Mutti, der Mann mit dem Koks ist da. Wenn du diesen Mädels ein bisschen Koks gibst, nehmen sie dich mit aufs Klo und lutschen dir den Rost vom Rohr.«

Der Türsteher winkte Chris rein, ließ sich aber Mickeys Führerschein zeigen. Chris hatte Mickey letztes Jahr einen getürkten Führerschein besorgt, laut dem er neunzehn war. Der Türsteher blickte ein paarmal von Mickey zum Ausweis und zurück, ehe er Mickey einließ.

»Komm schon«, sagte Chris lächelnd zu Mickey. »Heute Abend geht noch was!«

Der vordere Barbereich war proppenvoll mit Typen, die reich aussahen – einige in Anzügen und Krawatten, andere trugen Izod-Hemden mit hochgestellten Kragen – und schönen Frauen in teuren Klamotten. Mickey kam sich völlig fehl am Platz vor. Auch Chris in seinem Italo-Outfit passte nicht hierher.

Chris schlängelte sich vor Mickey durch die Menge,

lächelte allen Frauen zu, an denen er vorbeikam, und ein paarmal sagte er einer etwas ins Ohr. Irgendein Song mit *»turning japanese«* im Refrain dröhnte aus den Boxen, und Mickey hörte nicht, was Chris sagte, aber keins der Mädchen blieb stehen, und manche zogen im Weggehen eine angewiderte Grimasse.

Am Tresen kaufte Chris Mickey ein Bud und ein Schnapsglas mit etwas Grünem drin.

»Was ist das?«, fragte Mickey.

»Einfach runter damit«, sagte Chris.

Mickey kippte das grüne Zeug runter, verzog das Gesicht, als wäre es Gift, spülte dann mit Bier nach.

»Na los, lächeln«, sagte Chris. »Wenn du rumstehst und wie ein verdammter Miesepeter aussiehst, guckt dich kein Mädchen an.« Chris lächelte demonstrativ. »Siehst du die Blondine da drüben? Die mit den großen Möpsen und dem Knackarsch?«

Mickey sah hin. Das Mädchen hatte glatte, schulterlange Haare und sah aus, als wäre sie in einem schicken Apartment *uptown* aufgewachsen, vielleicht an der Park Avenue. Sie war mit einem anderen Mädchen da, das genauso aussah, aber braune Haare hatte.

»Ja, was ist mit ihr?«, fragte er.

»Ist sie nicht verdammt scharf?«, sagte Chris. »Mit ihren großen Blow-job-Lippen und den blonden Haaren, genau wie Bambi Woods.«

»Wer?«, sagte Mickey.

»Debbie«, sagte Chris. »Na los, du kriegst die Freundin.«

»Nun mach mal halblang.«

»Was ist das Problem?«

»Glaubst du nicht, die Mädchen sind in einer anderen Liga?«

»Wie meinst du das?«

»Die werden nicht mit uns reden wollen.«

»Wie kommst du denn darauf?«

»Ich merke so was. Die wollen irgendwelche reichen Wallstreet-Typen aufreißen, deshalb sind sie hier.«

»Pass auf, wie der Doktor operiert«, sagte Chris.

Mickey folgte Chris kopfschüttelnd zu den beiden Mädchen. Chris redete auf die Blondine ein. Das andere Mädchen sah Mickey an, flüsterte dann ihrer Freundin etwas zu und ging weg.

Chris redete weiter auf die Blonde ein. Weil Mickey sich dumm vorkam, wie er so allein dastand, ging er zum Tresen zurück und trank sein Bud aus. Nach ein paar Minuten kam Chris zurück.

»Billige Scheiß-Manhattanschlampe«, sagte Chris.

»Was ist passiert?«, fragte Mickey.

»Ich hab mich mit ihr unterhalten, sie zum Lachen gebracht und so was, dann erzählt sie mir, sie ist heute Abend mit jemandem hier. Ich wusste, dass sie mir Scheiße erzählt, mir was vorlügt, hatte aber keinen Bock auf solche Spielchen, verstehste? Sie ist ja auch nicht die letzte Tussi auf dem verdammten Planeten ... Was war denn mit deiner Tussi?«

»Wir haben Samstag ein Date«, sagte Mickey.

»Weißt du, was dein Problem ist?«, sagte Chris. »Deine Einstellung, das ist dein Problem.«

»Meine Einstellung?«

»Genau.«

»Das Mädchen hat mich stehenlassen.«

»Aber warum hat sie dich stehenlassen? Das musst du dich fragen. Wenn du etwas zu ihr gesagt oder auch nur gelächelt hättest, wäre sie vielleicht geblieben. Du kannst ein Mädchen nicht einfach angucken, als würdest du die ganze Welt hassen, und dann glauben, du kannst sie flachlegen.«

Chris nahm ein Päckchen Zigaretten aus seiner Jackentasche und hielt Mickey eine hin.

»Nein danke.«

»Noch ein Problem«, sagte Chris. »Wenn du in eine Bar gehst, musst du rauchen. Weiber stehn auf Kerle, die rauchen. Außerdem, wenn Rauch an deine Klamotten kommt, würdest du auch nicht wie der Scheißfischmarkt in Fulton riechen.«

»Du kannst mich mal«, sagte Mickey.

Chris lachte. »Also echt jetzt, Mickey, du bist mein Freund und überhaupt, aber jeder weiß, dass du wie Charlie der Thunfisch riechst.«

»Arbeite du mal in 'nem Fischgeschäft, dann wirst du schon sehen, wie du am Ende des Tages riechst.«

»Kannst du nicht wenigstens duschen?«

»Leck mich am Arsch.«

»Ich versuch ja nur, dir ein Freund zu sein«, sagte Chris, »aber du musst etwas unternehmen, denn kein Mädchen will mit dir reden, wenn du riechst, als hättest du gerade ein Aquarium geschrubbt.«

»Komm, lass uns einfach hier verschwinden«, sagte Mickey. »Wir gehen irgendwo was essen oder so.«

»Wieso, willst du ’n Kännchen Kaffee und ein Stück Kuchen, Oma?«

Chris bestellte noch ein Bier und einen Kurzen. Mickey stand herum und trank Wasser, während Chris ein Bier nach dem anderen trank und bei einem Mädchen nach dem anderen abblitzte. Jedes Mal, wenn ihn ein Mädchen zurückwies, schien er noch wütender zu werden.

Etwa eine Stunde war vergangen, seit Mickey aufgehört hatte zu trinken. »Na«, sagte er, »bist du bereit, das Handtuch zu werfen?«

»Was ist mit ihr?«

Mickey folgte Chris’ Blick nach rechts und sah ein hageres Mädchen mit aschblonden Haaren, das neben einem Mädchen mit einer roten Kurzhaarfrisur stand. Zwei Männer in schicken schwarzen Anzügen unterhielten sich mit ihnen.

»Ich glaube, die sind vergeben«, sagte Mickey.

»Scheiß auf vergeben«, sagte Chris, der nun sichtlich besoffen war. »Die beiden Typen sind eben erst aufgekreuzt. Mir gefällt die Blonde – die hat so was Nuttiges, Madonnamäßiges. Hallo, Süße. Guck hierher. Scheißegal, pass auf mein Bier auf.«

Chris wankte zu den beiden Mädchen rüber. Er sagte etwas zu der Blonden, die sich gleich abwandte. Plötzlich sah Chris wütend aus. Er packte den Arm der Blonden. Sie wollte sich losreißen, aber Chris ließ nicht locker. Als die beiden Anzugträger versuchten, ihn von dem Mädchen wegzuziehen, ging der auf die beiden los. Chris landete ein paar Treffer, und einer der Typen boxte Chris ins Gesicht. Der Rausschmeißer kam und zerrte Chris weg. Er fluchte und schrie immer noch, als der Rausschmeißer ihn aus der Bar schob.

Mickey ging nach draußen. Der Rausschmeißer drückte Chris gegen eine Mauer und redete auf ihn ein. Chris' Gesicht war rot angelaufen, und er schrie immer noch. Die Haut unter seinem rechten Auge war grell rosa, und von seinen Lippen troff Blut.

Schließlich kehrte der Rausschmeißer in die Bar zurück, und Mickey trat zu Chris.

»Prima gelaufen«, sagte Mickey.

Chris' Frisur war zerstrubbelt, und er schwitzte.

»Na komm«, sagte Mickey, »machen wir, dass wir hier wegkommen.«

»Vergiss es«, sagte Chris. »Ich hab gesagt, ich sorge dafür, dass du heute flachgelegt wirst, und das wirst du auch.«

Mickey folgte Chris zum Wagen und versuchte ihn zu überreden, nach Brooklyn zurückzufahren, doch Chris wollte nichts davon wissen.

Am Auto angelangt, sagte Mickey: »Lass mich fahren.«

»Vergiss es«, sagte Chris. »Du fährst wie eine Frau.«

»Ich steig nicht zu dir in den Wagen. Du hattest bestimmt sechs Bier – und dann noch die vielen Kurzen.«

»Dann nimm die U-Bahn nach Hause. Ist mir scheißegal.«

Mickey dachte darüber nach, aber als Weißer morgens um eins mit der U-Bahn nach Brooklyn zu fahren, war so was wie ein Todesurteil.

»Na los, gib mir einfach die Schlüssel«, sagte Mickey.

»Steig ein, oder ich fahr allein.«

Mickey blieb am Bordstein stehen.

»Auch gut«, sagte Chris und fuhr los, die 23rd Street entlang. Mickey lief hinter dem Wagen her, schlug gegen die Beifahrertür. Chris hielt an, und Mickey stieg ein.

»Das ist echt Kacke«, sagte Mickey. »Ich geh nie wieder mit dir aus.«

»Ooch, jetzt muss ich aber weinen.« Chris lachte.

»Fahr langsamer«, sagte Mickey.

»Soll das 'n Witz sein? Man nennt mich Mario Andretti, verdammt. Pass mal auf.«

Chris trat in dem Moment das Gaspedal durch, als die Ampel auf Rot sprang, und schlüpfte gerade noch durch, bevor auf der Fifth Avenue der Verkehr anfuhr. Lachend zog er haarscharf an einem Taxi vorbei. Der Taxifahrer zeigte ihm den Stinkefinger, worauf Chris vor das Taxi schwenkte und abrupt auf die Bremse trat. Der Taxifahrer bremste auch, um Chris' Wagen nicht zu rammen.

»Was soll der Scheiß?«, sagte Mickey.

Chris machte den Motor aus, stieg aus dem Wagen und ging nach hinten zu dem Taxi, die Autoschlüssel nahm er mit. Mickey sah zu, wie Chris und der Taxifahrer einander anbrüllten, dann stieg der Fahrer aus seinem Taxi, und Chris fing mitten auf der 23rd Street eine Schlägerei mit ihm an. Der Fahrer, dem Aussehen nach Pakistaner oder Inder, versuchte Chris zu schlagen, verfehlte ihn aber, dann stieß Chris ihn gegen das Taxi und schlug und trat auf ihn ein. Der Fahrer sank auf die Knie, sein Turban wickelte sich auf und fiel zu Boden, doch Chris ließ nicht locker, trat ihn ins Gesicht, bis Blut aus seiner Nase rann.

Ein paar Autos hatten angehalten, und einige Leute standen herum und sahen zu. Endlich ließ Chris vom Taxifahrer ab und stieg wieder zu Mickey in den Wagen.

»Gib mir die Autoschlüssel«, sagte Mickey.

»Rutsch rüber«, befahl Chris.

»Nein«, sagte Mickey.

»Du hast die Wahl. Rutsch rüber oder steig aus.«

»Arschloch.« Mickey rutschte vom Fahrersitz. Chris ließ den Motor an und raste davon.

»Scheiße«, sagte Chris nach einem Blick auf seine Hosenbeine. »Der Mistkerl hat mir auf die Jeans geblutet.«

»Guck auf die Straße«, sagte Mickey.

»Das mach ich doch, mach ich doch.«

»Du bist ein echter Vollidiot. Hast du vergessen, dass du vorbestraft bist? Wenn die Cops dich erwischen, wie du dich mit Rausschmeißern und Taxifahrern prügelst, stecken sie dich in den Knast. Diesmal kein Jugendknast – du kommst ins richtige Gefängnis.«

»Der Typ hat mir den Stinkefinger gezeigt.«

»Und?«

»Siehst du? Das ist dein Problem, Prada. Du lässt zu, dass die Leute auf dir rumtrampeln. Du musst lernen, zur Abwechslung selber mal zu trampeln.«

Auf der 7th Avenue überfuhr Chris eine rote Ampel.

»Wohin fahren wir überhaupt, verdammt?«, fragte Mickey.

»Dich flachlegen lassen. Was sonst?«

Jetzt wurde Mickey klar, was Chris vorhatte.

»Auf keinen Fall«, sagte Mickey.

»Zu spät«, sagte Chris.

»Mach schon, fahr einfach rechts ran.«

»Nö.«

Chris raste weiter die 23rd Street entlang, bog dann scharf rechts in die 10th Avenue ab.

»Du bist ein echter Wichser, ist dir das klar?«, sagte Mickey.

»Na so was, und ich dachte, ich tu dir einen Gefallen«, sagte Chris, »damit du endlich mal rankommst.«

»Ich will zu keiner Nutte, klar?«

»Was möchtest du denn? Dein Leben lang Jungfrau bleiben?«

»Wie kommst du denn drauf, dass ich noch Jungfrau bin?«

Chris sah Mickey von der Seite an. »Raus damit, wen hast du denn gefickt, Linda Gianetti? Mit ihr war nichts, hast du mir erzählt.«

Mickey erinnerte sich an sein Date mit Linda in der zehnten Klasse. Er war mit ihr ins Kino gegangen, wo sie sich E.T. ansahen, und ziemlich am Schluss, als E.T. nach Hause telefonierte, legte er ihr seine Hand aufs Knie. Als der Film zu Ende war, sagte Linda, sie sei müde und wolle nach Hause, und danach mochte sie nie wieder mit ihm ausgehen.

»Vielleicht hab ich gelogen«, sagte Mickey.

»Na klar«, sagte Chris. »Kein Typ auf der Welt würde je lügen, wenn er Sex gehabt hat. Typen lügen nur, wenn sie *keinen* Sex hatten.«

Chris bog links in die 27th Street ab, vorbei an stillgelegten Fabrikgebäuden.

»Würdest du bitte anhalten und mich fahren lassen?«, sagte Mickey.

»Kommt nicht in Frage«, sagte Chris. »Erst musst du Betty kennenlernen.«

»Wer ist Betty?«

»*Das* ist Betty.«

Mit quietschenden Bremsen fuhr Chris an den Bordstein und hielt. Eine große Schwarze in einem Büstenhalter mit Leopardenmuster und einem schwarzen Leder-Minirock stolzierte auf Pumps mit mindestens zehn Zentimeter hohen Absätzen zum Wagen.

Chris stieg aus, ging um den Wagen herum und redete mit Betty. Mickey sah zu, wie Chris sein Portemonnaie zückte und Betty ein paar Scheine gab. Betty hielt nur mit Mühe die Balance, als stehe sie unter Drogen oder sei betrunken. Dennoch wurde Mickey unwillkürlich spitz. Betty hatte einen sexy Körper – große, pralle Brüste, lange Beine – und ein erstaunlich attraktives Gesicht für eine Nutte … Schöne Haut, die Lippen knallrot geschminkt.

Chris kehrte zum Auto zurück und sagte: »Fröhliches Ficken«, dann ging er. Betty öffnete die Fahrertür und sagte zu Mickey: »Kommste auf die Rückbank, Süßer?«

Mickey wusste, wenn er diese Sache nicht durchzog,

hätte er es sich mit Chris endgültig verdorben. Außerdem sah Betty gut aus.

Mickey zog den Knopf der Fondtür hoch und stieg aus. Betty setzte sich auf die Rückbank. Ehe Mickey zu ihr stieg, sah er zu Chris hinüber, der ein paar Meter weiter stand. Chris grinste und schob seinen Zeigefinger mehrmals in die halbgeschlossene Faust.

Der Rücksitz von Chris' Wagen war mit Zeitungen, Limodosen und anderem Müll übersät. Mickey wischte möglichst viel Abfall auf den Boden, dann setzte er sich neben Betty und schloss die Tür.

»Irgendwas hier drin riecht *übel*«, sagte Betty und verzog das Gesicht.

Mickey roch nichts Ungewöhnliches, von Bettys intensivem Parfum einmal abgesehen. »Ist bestimmt nur das Auto«, sagte Mickey. »Mein Freund ist ein echter Chaot.«

»Das Auto isses nich«, sagte Betty, »du bist es. Du riechst nach Fisch.«

»Oh, das liegt bloß daran, dass ich in einem Fischgeschäft arbeite«, sagte Mickey und dachte: Was kann es wohl Demütigenderes geben, als sich von einer billigen Nutte anhören zu müssen, man rieche schlecht?

»Dein Körper ist sauber?«, fragte Betty.

»Klar«, sagte Mickey. »Natürlich.«

»Wir werden sehen. Zieh die Hose runter, damit ich dir den Schwanz lutschen kann.«

Mickey zog sich die Hose bis zu den Knöcheln runter. Sein Herz raste, und er fing an zu schwitzen.

»Dein Freund sagt, es ist dein erstes Mal.«

»Es ist nicht mein erstes Mal«, sagte Mickey entschieden.

»Egal, mir ist das gleich.«

Bettys kalte, trockene Hand glitt in Mickeys Unterhose. Dass jemand anderes seinen Schwanz anfasste, fühlte sich seltsam, aber gut an. Mickey wusste nicht, was er jetzt tun, ob er sie auch berühren sollte. Er fuhr ihr mit den Fingern durch die pomadigen Haare, doch das kam ihm nicht richtig vor, deshalb legte er die Hand statt dessen auf ihr Bein.

»Fühlt sich an, als wärst du bereit für mich«, sagte Betty.

Sie zog ihren Rock hoch, dann nahm sie Mickeys Hand und schob sie ihren Oberschenkel hinauf. Im Wagen war es dunkel – das einzige Licht kam von den Straßenlaternen. Mickey schloss die Augen, und allmählich dämmerte ihm, dass etwas nicht stimmte.

Mickey riss seine Hand weg, sprang vom Sitz auf und stieß mit dem Kopf gegen die Wagendecke.

»Was ist los?«, fragte Betty.

Plötzlich klang ihre Stimme tiefer, männlicher.

Mickey zog die Hose hoch und stürzte, so schnell er konnte, aus dem Auto. Chris stand auf dem Gehsteig und hatte einen Lachanfall.

»Feiert schön weiter, Jungs«, sagte Betty zu Chris, als er arschwackelnd davonging.

Chris lachte immer noch, weit vornübergebeugt, so dass sein Kopf fast die Knie berührte.

Mickey, purpurrot im Gesicht, sagte: »Gib mir die Scheißautoschlüssel, du Arschloch.«

5

Als Vincent's Fish Market am Samstag um zehn Uhr öffnete, hoffte Mickey, dass Harry für den Rest des Tages verschwinden würde, aber da Charlie noch nicht aufgetaucht war, musste Harry bleiben. Gegen halb elf rief Harry bei Charlie zu Hause an, doch niemand ging ran.

»Der soll mal besser 'ne gute Entschuldigung haben, sonst werf ich ihn raus«, sagte Harry.

Gegen Mittag hoffte Mickey, Angelo würde auftauchen, um endlich seine Schulden zu begleichen. Das letzte Mal hatte er Angelo am Dienstag gesehen, und Mickey fragte sich, ob er ihn je wiedersehen würde.

Harry probierte es mehrmals bei Charlie, doch um halb zwei ging immer noch niemand ran. Mickey hatte den ganzen Morgen ohne Pause durchgearbeitet und war erschöpft. Er bekam Angst, dass er wieder mit dem Messer abrutschen und sich schneiden könnte, deshalb ging er kurz in den Deli um die Ecke und kaufte sich ein Pastrami-Sandwich und einen Becher Kaffee.

Als Mickey in den Fischladen zurückkam, stand Charlie neben der Kasse. Charlies linker Arm war eingegipst, und er hatte Schürfwunden im Gesicht.

»O Gott, was ist denn passiert?«, fragte Mickey.

»Er erzählt mir gerade die Geschichte«, sagte Harry. Dann wandte er sich an Charlie: »Hast du denn mitbekommen, wie sie aussahen?«

»Ein paar von ihnen«, sagte Charlie, »aber das ändert nichts. Die Cops haben gesagt, sie suchen nach ihnen, aber ich weiß, das ist bloß Gerede. Die Cops kümmert doch einen Dreck, was zwei Schwarzen passiert. Aber wenn wir weiß und die anderen schwarz gewesen wären, dann hätte sie die noch in derselben Nacht verhaftet – garantiert.«

»Hey, ich hab dir das schon mal gesagt, aber du hörst mir ja nie zu. Du musst aufpassen, wo du nachts hingehst. Halt dich aus weißen Wohngegenden fern.« Harry nahm seine Schürze ab. »Jedenfalls bin ich froh, dass du lebst, und jetzt kann ich zu meinem Zahnarzttermin, der eigentlich vor drei Stunden gewesen wäre. Übrigens kriegst du heute nur den halben Tag bezahlt.«

»*Was?*«, sagte Charlie. »Sie sehen doch, was mir passiert ist, oder?«

»Ja, und es tut mir sehr leid«, sagte Harry, »aber das ist keine Entschuldigung dafür, nicht anzurufen. Du hast meine Privatnummer – du hättest mich heute Morgen anrufen können.«

»Oh, also echt, Mann.«

»Bis dann«, sagte Harry und lächelte, als er den Laden verließ.

»Blöder Wichser«, sagte Charlie. »Wenn ich mir den Arm amputieren lassen müsste, würde er versuchen, mir den Lohn zu kürzen. Was für ein beschissener Deckskerl.«

»Was ist denn passiert?«, fragte Mickey.

»Hast du ihn gehört? ›Halt dich nachts aus weißen Wohngegenden fern.‹ Was kann ich dafür, dass ich schwarz bin? Ich sitz doch nicht den ganzen Abend bei mir zu Hause rum, als gäb's für mich 'ne Ausgangssperre. Der kann mich mal, Mann.«

»Na los, erzähl schon«, sagte Mickey.

Charlie atmete tief durch. »Mein Cousin war gestern Abend DJ bei 'ner Party in Mill Basin, dem sechzehnten Geburtstag von 'nem Mädchen. Ich will ja selber auch DJ werden, darum hab ich ihn begleitet. Jedenfalls sind wir gerade am Gehen, stehen draußen vor dem Haus, als Jerome, mein Cousin, anfängt, mit einem weißen Mädchen zu quatschen. Auf einmal kommen ein paar weiße Jungs raus und beschimpfen uns, nennen uns Nigger und so 'n Scheiß. Mein Cousin schimpft zurück, da geht einer der Weißen weg und kommt mit so 'nem Baseballschläger aus Aluminium wieder. Mein Cousin und ich, wir rennen weg, zu unserem Auto. Aber der Typ holt uns ein, schwingt den Schläger. Mich hat er am Arm erwischt, doch ich hab's in den Wagen geschafft. Aber Jerome, den haben sie draußen gegen den Wagen gedrückt. Der Typ drischt mit dem Schläger auf ihn ein, und ich sitze im Wagen und sehe zu. Aber was sollte ich machen, verdammt? Ich dachte, wenn ich die Tür aufmache, zerren die Kerle mich raus und schlagen mich auch zusammen. Also hab ich nur auf die Hupe gedrückt, und dann kamen Leute, und die Typen sind einfach weggerannt. Jerome war übel zugerichtet, Mann. Jede Menge Blut, gebrochene Knochen und so 'n Scheiß überall, aber sein Zustand ist jetzt stabil. Es kommt in die Zeitung – jemand von der *Post* hat gestern Abend im Krankenhaus mit uns gesprochen.«

»O Gott«, sagte Mickey.

»Egal«, sagte Charlie. »Ich fühl mich nur beschissen, weil ich nichts unternommen habe. Hab nur im Auto gesessen und zugesehen.«

»Du hast dich richtig verhalten. Wärst du ausgestiegen, hätten sie dich umbringen können.«

»Oder vielleicht hätte ich meinem Cousin den Arsch gerettet.«

»Oder vielleicht hast du ihm ja den Arsch gerettet«, sagte Mickey. »Hättest du nicht auf die Hupe gedrückt, wäre niemand rübergekommen und hätte die Typen vertrieben. Wenn du rausgegangen wärst, hätten sie vielleicht euch beide umgebracht.«

»Ja, vielleicht hast du recht. Trotzdem kommt es mir so vor, als hätte ich ihn im Stich gelassen.«

»Soll ich dir was holen?«, fragte Mickey. »Etwas zu trinken? Willst du was von meinem Sandwich abhaben?«

»Schon in Ordnung«, sagte Charlie. »Ich will das Ganze einfach vergessen. Deshalb bin ich heute zur Arbeit gekommen. Damit mein Leben weitergeht, verstehst du? Ich lass nicht zu, dass mich diese Scheißkerle zu Hause einpferchen.«

Mickey nahm einen Bissen von seinem Sandwich und spülte ihn mit einem Schluck Kaffee herunter. Nach dem nächsten Bissen hörte er die Türklingel, und herein kam das Mädchen, das gestern im Fischladen gewesen war. Heute war sie stark geschminkt, besonders um die

Augen herum, und offenbar hatte sie etwas mit ihrem Haar gemacht, denn es sah voller und fluffiger aus, als Mickey es in Erinnerung hatte. Ihre Beine in der engen, lila Acid-Washed-Jeans sahen perfekt aus, und sie hatte einen weiten weißen Pulli an.

»Kennst du mich noch?«, fragte das Mädchen.

Mickey wusste nicht, was er sagen oder machen sollte. Er stand nur da und glotzte. Er erinnerte sich, dass er noch ein Stück Sandwich im Mund hatte, und schluckte es runter, dann sagte er: »Klar kenne ich dich noch. Hey, das mit gestern tut mir echt leid. Mein Chef ist manchmal ein richtiges Arschloch.«

»Amen«, sagte Charlie.

»Und was ist mit *dir* passiert?«, fragte das Mädchen Charlie.

»Gar nichts. Bin gestern Abend nur vom Fahrrad gefallen.« Zu Mickey sagte er: »Ich geh mal abwaschen«, dann verschwand er im hinteren Raum.

»Also, was kann ich dir geben?«, fragte Mickey das Mädchen.

»Nichts, danke. Eigentlich bin ich nur hier, um nachzusehen, wie es dir geht.«

»Echt?«, sagte Mickey.

»Ja«, sagte das Mädchen. »Es tat mir leid, dass ich gestern einfach gegangen bin, aber man hat im Auto auf mich gewartet, und ich wollte von deinem Chef nichts kaufen. Wie geht's dem Finger?«

»Prima, siehst du?« Mickey hielt seine bandagierte Hand hoch.

»Nun, das freut mich.«

»Und du möchtest nichts?«, fragte Mickey. »Scholle und Flunder sind heute frisch. Auch die Königsmakrele ist wirklich gut.«

»Nein, tut mir leid. Vielleicht ein andermal. Jedenfalls bin ich froh, dass es dir bessergeht. Bis die Tage also.«

»Tschüss«, sagte Mickey.

Er sah dem Mädchen nach, als sie den Laden verließ. Charlie kam wieder nach vorn und sagte: »Wo ist sie hin?«

»Sie ist gegangen«, sagte Mickey.

»Hast du die Nummer?«, fragte Charlie.

»Nö«, sagte Mickey.

»Was redest du da, Willis?«, sagte Charlie. »Merkst du nicht, dass das Mädchen läufig war?«

»So ist das nicht. Sie war nur hier, um zu sehen, wie es mir geht.«

Charlie glotzte Mickey an, die Hände vor dem Brustkorb verschränkt.

Mickey blieb noch ein paar Sekunden stehen, dann ging er um die Theke herum und sprintete zur Tür hinaus. Er schaute in beide Richtungen, die Flatbush Avenue rauf und runter, sah das Mädchen aber nirgends. Gerade wollte er in das Fischgeschäft zurück, als er sie aus dem Videoverleih gegenüber kommen sah. Mickey stürzte sich in den Verkehr und übersah den Kombi, der direkt auf ihn zuraste. Der Fahrer machte eine Notbremsung, und der Kombi hielt quietschend an, wenige Zentimeter vor Mickey.

»Vollidiot!«, schrie der Fahrer, aus dem Fenster gelehnt.

Mickey ging weiter über die Straße, ohne das Motorrad zu bemerken, das sich aus der anderen Richtung näherte. Das Motorrad schoss an Mickey vorbei, verfehlte ihn knapp. Mickey wartete kurz, ließ noch zwei Autos vorbeifahren, dann sprintete er auf den Gehsteig, wo das Mädchen ihn anstarrte, mit halboffenem Mund.

»Alles in Ordnung?«, fragte sie.

»Ja«, sagte Mickey und rang nach Atem. »Mir geht's gut.«

»Du wärst fast überfahren worden.«

»Ich weiß, tut mir leid. Ich hab dich gesehen und hatte einfach nur Angst, du würdest in ein Auto steigen und wegfahren.«

Mickey sah das Mädchen an. Ihm fiel wieder ihr Duft auf, dasselbe tolle Parfum wie gestern.

»Möchtest du vielleicht mal essen gehen oder ins Kino?«, fragte Mickey. »Wenn nicht, ist das auch in Ordnung. Ich will nur sagen, ich –«

»Sehr gern«, sagte das Mädchen.

»Wirklich?«, sagte Mickey. »Ich meine, das ist toll. Hast du denn auch ein Telefon?«

»Ob ich ein *Telefon* habe?«

»Eine Telefonnummer, wollte ich sagen.«

»Hast du einen Zettel dabei?«

»Nein, aber wenn du sie mir sagst, vergesse ich sie nicht.«

Das Mädchen nannte Mickey ihre Telefonnummer und sagte dann: »Aber woher weiß ich, dass du es bist, wenn du anrufst?«

»Tschuldige, ich bin Mickey.«

Das Mädchen sang: »*Oh Mickey, you're so fine, you're so fine you blow my mind, hey Mickey.*«

Mickey lächelte. »Nach wem frage ich, wenn ich anrufe?«

»Rhonda.«

»Rhonda«, wiederholte er. »Prima.«

Beide lachten nervös. Mickey fiel auf, dass Rhondas Zähne nicht perfekt waren – die beiden Schneidezähne ragten etwas zu weit heraus, und der eine stand ein wenig vor dem anderen –, dennoch war es das hübscheste Lächeln, das er je gesehen hatte.

Als Mickey merkte, dass er sie schon wieder anstarrte, sagte er: »Ich werd dich also auf jeden Fall bald anrufen.«

»In Ordnung«, sagte Rhonda. »Tschüss.«

Mickey sah Rhonda nach, ihm gefiel, wie ihre Oberschenkel in der engen Jeans beim Gehen gegeneinanderrieben. Als sie am Ende des Blocks ankam, drehte sie sich zu Mickey um und lächelte, dann bog sie um die Ecke und war weg.

Als Mickey mit leuchtendem Gesicht in den Fischladen zurückkam, sagte Charlie: »Siehst du? Wer ist denn jetzt froh, dass ich heute zur Arbeit gekommen bin?«

Am Sonntag, Mickeys freiem Tag, wachte er gegen zehn Uhr auf und briet sich Eier mit Speck, für seinen Vater, der noch schlief, ließ er ein wenig in der Pfanne übrig. Nach dem Frühstück sah er sich im Fernsehen eine Folge von *Davey and Goliath* an, einer christlichen Kinderserie, dann blätterte er in alten Ausgaben von

Sports Illustrated, bis um eins das Spiel Jets gegen Colts anfing.

In der Halbzeit des Vier-Uhr-Spiels – Giants gegen Buccaneers – schlenderte Mickey zu Rocco's Pizzeria an der Avenue J und holte eine Salamipizza fürs Abendessen. Als er in die Wohnung zurückkam, hörte er aus dem Bad seinen Vater schreien.

»Was ist los?«, sagte Mickey im Flur. »Was hast du?«

»Hol mich hier raus!«, brüllte Sal. »Hol mich hier raus, verdammt!«

»Schließ einfach die Tür auf«, sagte Mickey, der vergeblich am Türknauf drehte.

»Du hast mich hier eingesperrt, du Dreckskerl! Ich mach dich kalt!«

Sal fing an, gegen die Tür zu hämmern. Dann klopfte jemand an die Wohnungstür.

Es war Joseph, der Vermieter, der in der Wohnung im Erdgeschoss wohnte.

»Ist schon gut!«, schrie Mickey. »Das ist nur mein Vater!«

»Bringst du ihn endlich zum Schweigen, verdammt?«, schrie Joseph zurück. »Es ist Sonntag, Herrgott noch mal!«

Sal brüllte und fluchte immer noch, hämmerte hektisch gegen die Badezimmertür. In der Wohnung unter ihnen bellte wütend Blackie, Josephs Deutscher Schäferhund.

»Tritt zurück«, sagte Mickey.

Sal schrie und hämmerte weiter.

»Ich sagte, tritt zurück!«

Als schließlich kurz Ruhe herrschte, warf sich Mickey mit der Schulter voran gegen die Tür, aber sie ging nicht auf.

»He, was zum Teufel machst du da?«, rief Joseph aus dem Treppenhaus.

Mickey warf sich wieder und wieder gegen die Tür, bis das Schloss nach seinem vierten Versuch nachgab und die Tür aufschwang.

Sal stand zusammengesunken in der Ecke neben der Kloschüssel und wirkte verängstigt.

»Ist schon gut, Dad«, sagte Mickey. »Alles in Ordnung.«

Mickey machte einen Schritt auf seinen Vater zu und streckte die Hand nach ihm aus, doch da stieß Sal ihn plötzlich beiseite, dass er fast in die Duschkabine stürzte.

»Scheiße, was ist nur los mit dir?«, sagte Mickey, als Sal durch den Flur in sein Zimmer ging und die Tür hinter sich zuknallte.

Später montierte Joseph provisorisch einen Hakenriegel an der Badezimmertür und teilte Mickey mit, im nächsten Monat würden hundert Dollar Mietaufschlag fällig, für ein neues Schloss und die Türreparatur.

Den restlichen Tag verbrachte Mickey allein in seinem Zimmer. Nach dem Spiel der Giants nahm er den Hörer ab und wählte die ersten sechs Ziffern von Rhondas Telefonnummer, dann legte er jedoch wieder auf. Es wäre ohnehin nur Zeitverschwendung, dachte er sich.

Montagnachmittag gegen zwei Uhr kam Angelo Santoro in Vincent's Fish Market stolziert. Er trug einen langen schwarzen Wollmantel über einem dunklen Anzug.

»Wie geht's denn so, Kleiner?«, sagte Angelo.

»Ganz gut«, sagte Mickey und hoffte, Angelo würde sein Portemonnaie herausholen.

Angelo bemerkte Charlie im Laden und fragte: »Was ist denn mit dir passiert?«

»Bin vom Fahrrad gefallen«, antwortete Charlie.

»Das tut mir leid«, sagte Angelo. Dann drehte er sich wieder zu Mickey um und sagte: »Können wir uns unter vier Augen sprechen? Vielleicht kurz nach draußen gehen oder so?«

Mickey warf einen Blick auf Angelos Mantel, sah aber keine Wölbung, wo eine Knarre sein könnte. Er nahm seine Jacke und folgte Angelo ins Freie.

»Tut mir leid, dass ich in letzter Zeit ein wenig inkognito war«, sagte Angelo zu Mickey, sobald sie draußen waren. »Ich hatte geschäftlich viel für meinen Boss zu erledigen, weißte. Das verstehst du hoffentlich.«

»Ich verstehe«, sagte Mickey. »Natürlich verstehe ich. Ich meine, ich wusste, es musste etwas in der Art sein.«

Angelo nahm ein Päckchen Zigaretten aus seiner Manteltasche. »Rauchst du?«

»Nein danke«, sagte Mickey.

»Kluger Mann. Wahrscheinlich lebst du so zehn Jahre länger. Ich? Vermutlich werde ich meine Enkel nie kennenlernen. Aber das geht in Ordnung. Man muss das Leben leben, um das Leben zu lieben, stimmt's?« Angelo zündete seine Zigarette an und nahm einen tiefen

Zug. Nachdem er den Qualm aus Mund und Nase geblasen hatte, sagte er: »Und, hast du die Quoten für das Spiel heute Abend?«

Mickey lächelte und hoffte, dass Angelo nur einen Scherz machte. Doch so wie Angelo ihn ansah, auf seine Antwort wartete, wusste Mickey, dass er es ernst meinte.

»Ich kenne die Quoten nicht.« Mickey lächelte nicht mehr.

»Ist auch egal«, sagte Angelo. »Diese Woche lasse ich es locker angehen. Setz nur zwei Dollar auf die Seahawks, klar?«

»Zwei Dollar« hieß das Zweihundertfache des Mindesteinsatzes von fünf Dollar oder weitere elfhundert *richtige* Dollar einschließlich Kommission.

»So leid es mir tut«, sagte Mickey, »aber das kann ich nicht machen. Ich meine, nicht … mein Bookie sagt nur, ich muss erst das Geld von den anderen Wetten haben.«

»Ich kenne den Betrag«, erwiderte Angelo, »und wenn du die Wahrheit wissen willst, für mich ist das Kleingeld. Wenn ich einen Vergnügungstrip nach Vegas mache, geb ich an 'nem Wochenende zehn Riesen aus. Ich hab noch nie gehört, dass ein Bookie einem Mann bei tausend Mäusen nicht die Chance gibt, sie auch wieder reinzuholen.«

»Ich versteh Sie ja. Wirklich. Wenn Sie vielleicht nur diesmal Ihre Schulden bezahlen würden, dann könnte ich mit meinem Bookie reden und –«

»Wieso hast du mir das nicht vor meiner ersten Wette erzählt?«

»Wie meinen Sie das?«

»Warum hast du mir nicht erzählt, dass dein Bookie dich an der kurzen Leine hält?«

»Keine Ahnung«, sagte Mickey. »Das heißt, ich –«

»Hättest du es mir gesagt, hätte ich meine Zeit nicht damit vergeudet. Ich hätte gewusst, wenn ich größere Beträge wette, kann ich Verluste nicht wieder reinholen. So wie ich das sehe, ist es deine Schuld. Also, was sollten wir deiner Ansicht nach unternehmen?«

»Ich glaube nicht, dass es meine Schuld ist«, sagte Mickey.

»Was willst du damit sagen? Soll das etwa heißen, es ist *meine* Schuld?«

»Nein.« Mickeys Gesicht lief rot an. »Ich glaube nicht, dass irgendwer Schuld hat. Ich glaube –«

»Ruf deinen Bookie an«, sagte Angelo.

»Das würd ich ja gern, Angelo, aber –«

»Lässt du mich ausreden? Ruf deinen Scheiß-Bookie an. Falls die Wette verliert, bin ich morgen Mittag hier, um den ganzen Betrag zu bezahlen, reinen Tisch zu machen. Falls die Wette gewinnt, nehmen wir sie mit rüber in die nächste Woche. Sag deinem Bookie, ich will die Quote, die heute in der Zeitung steht – Seattle minus dreieinhalb Punkte. Wenn er damit ein Problem hat, sag ihm, er soll Angelo Santoro von der Colombo-Familie anrufen. Glaubst du, er hat damit ein Problem?«

»Ich schließe Ihre Wette nicht ab«, sagte Mickey.

Angelo musterte Mickey lange, etwa fünf Sekunden lang.

»Wie war das?«, sagte Angelo.

»Ich sagte, ich schließe Ihre Wette nicht ab. Ich hätte die anderen auch nicht abgeben sollen.«

»Weißt du eigentlich, mit wem du es zu tun hast, verdammt?«, fragte Angelo.

»Ja, ich weiß, mit wem ich es zu tun habe«, sagte Mickey.

Angelo grinste. Er schaute nach rechts und links, sah, dass niemand in der Nähe war, dann boxte er Mickey in den Bauch. Mickey klappte zusammen, keuchte, schnappte nach Luft.

»Entschuldige, hat das weh getan?«, sagte Angelo, dann schlug er wieder zu, noch fester. Angelo sagte etwas auf Italienisch, das Mickey nicht verstand, dann packte er Mickey am Hals, unter dem Kinn, und hob ihn hoch.

»Pass auf, was du sagst und zu wem du es sagst, wenn du nicht als Hackfleisch enden willst. Wenn du mich nicht respektierst, heißt das, du respektierst meine ganze Familie nicht, ist das klar? Ich sagte: Ist das klar?«

Mickey bekam nicht genug Luft, um zu sprechen, deshalb nickte er nur.

»Gut«, sagte Angelo. Er sah auf seine Uhr, dann fuhr er plötzlich mit freundlicher Stimme fort: »Ich muss los, Kleiner. Drück heute Abend den Seahawks die Daumen, ja? Hey, und das mit den Jets-Giants-Karten hab ich auch nicht vergessen – ich bring sie dir morgen Nachmittag mit. Mach's gut.«

Angelo ging in aller Ruhe die Straße entlang und bog um die Ecke.

Mickey richtete sich langsam auf. Ihm war übel, und

der Schmerz in der Magengegend ließ nicht nach. Allmählich konnte er wieder atmen, aber gehen noch nicht. Etwa eine Minute lang stand er da und hielt sich den Bauch, dann ging er fluchend zurück in das Fischgeschäft.

»Was ist los?«, fragte Charlie.

»Gar nichts«, sagte Mickey. Er ging hinter den Tresen und versuchte, mit einem feuchten Lappen ein wenig sauberzuwischen, doch bei jeder Bewegung hatte er Magenschmerzen.

»Eben warst du noch quietschvergnügt«, sagte Charlie, »jetzt siehst du aus, als wäre jemand gestorben. Wer ist dieser Angelo überhaupt?«

»Niemand«, murmelte Mickey.

»Was?«, fragte Charlie.

»Nur ein Typ, den ich kenne«, sagte Mickey lauter.

»Und über was wollte er mit dir draußen reden?«

»Nichts Besonderes.« Mickey schrubbte die Arbeitsplatte so fest, dass sein Handgelenk schmerzte.

»Hat er dir die Jets-Giants-Karten schon gegeben?«, fragte Charlie.

»Nein«, sagte Mickey und hoffte, Charlie würde endlich still sein.

»Wenn du diese Tickets kriegst, nimmst du mich hoffentlich mit. New York gegen New York. Das Spiel wird der Wahnsinn, Alter.«

Mickey nahm zwei Pfund Flunderfilets von der Arbeit mit nach Hause, hatte aber weder Hunger noch Lust, für seinen Vater zu kochen. Er ließ den Fisch im Kühlschrank und fuhr mit dem Wagen zum Kings Highway.

Er fand eine Lücke neben einer Parkuhr und ging hoch in die Bookie-Bude.

»Ich hoffe, du hast mein Geld«, begrüßte ihn Artie.

»Wir müssen reden«, sagte Mickey.

»Das klingt gar nicht gut.«

»Ich mein's ernst«, sagte Mickey.

»Hör zu«, sagte Artie. »Ich hab noch ein paar Tage für dich rausgeschlagen, mehr war nicht drin. Tut mir leid, keine Fristverlängerungen mehr.«

»Ich will keine Fristverlängerung. Können wir nicht irgendwohin?«

»Ich bin gerade erst gekommen.«

»Wenigstens in den Flur. Gib mir zwei Minuten. Nur zwei Minuten, versprochen.«

Kopfschüttelnd folgte Artie Mickey aus dem Bookie-Schuppen. Sie gingen die Treppe hinunter und nach draußen. Unter der Hochbahn, neben der Pizzeria, blieben sie stehen.

»Hast du schon gegessen?«, fragte Mickey.

»Ich dachte, du wolltest reden«, sagte Artie.

»Aber wenn du Hunger hast, kauf ich dir ein Stück. Komm schon.«

»Erzählst du mir jetzt, was zum Teufel los ist?«, sagte Artie. »Und ich will nichts davon hören, dass Angelo nicht bezahlt, denn davor hab ich dich gewarnt, bevor du seine erste Wette platziert hast.«

»Es ist jetzt noch komplizierter«, sagte Mickey.

»Ich geh wieder nach oben –«

»Nun hör mir doch mal zu. Ich stecke in Schwierigkeiten. In großen Schwierigkeiten.«

»Bring mir einfach etwas Geld«, sagte Artie. »Und wenn's nur fünfhundert Mäuse sind. Für den Rest überlegen wir uns einen Ratenzahlungsplan.«

»Er will, dass ich noch mehr für ihn setze.«

»Vergiss es –«

»Bitte, hör mir einfach zu.«

»Du kannst erzählen, was du willst, erst muss ich Bargeld sehen, vorher nehme ich weder von dir noch von Angelo Wetten an.«

»Er sagt, wir hätten keine andere Wahl.«

»Wer sind wir denn, Fred und Ginger?«

»Er hat gesagt, er gehört zur Colombo-Familie.«

»Es ist nicht besonders schwierig, sich als Mafioso auszugeben«, sagte Artie. »Man guckt sich ein paarmal *Der Pate* an, dann schafft das jeder.«

»Ich hab auch drüber nachgedacht«, sagte Mickey, »aber es ergibt keinen Sinn. Warum sollte jemand nur so tun, als wäre er in der Mafia?«

»Puh, keine Ahnung. Vielleicht um ein paar Gratis-Footballwetten abzuschließen?«

»Schon, aber weshalb sollte jemand so einen Aufwand betreiben, jeden Tag in den Fischladen kommen und sich wie ein Mafioso kleiden?«

»Na schön, wie heißt dieser ›Angelo‹ mit Nachnamen?«, sagte Artie. »Ich hör mich mal um, vielleicht finde ich raus, ob er echt ist oder nicht.«

»Das musst du nicht machen«, sagte Mickey.

»Du kennst seinen Nachnamen nicht, stimmt's?«

»Natürlich kenne ich den – er heißt Santoro.«

»Santoro? Wie in Salvatore Santoro?«

»Wer?«

»Salvatore Santoro – Tom Mix. Er ist der Unterboss für die Lucchese-Familie. Liest du keine Zeitung?«

Jetzt kam der Name Santoro Mickey irgendwie bekannt vor.

»Was hat das damit zu tun?«, fragte Mickey.

»Schon mal daran gedacht, dass dich dein Freund Angelo belogen hat, was seinen Namen angeht?«

»Möglich wär's.«

»Möglich?« Artie lächelte. »Angelo hat dir erzählt, er gehöre zur *Colombo*-Familie, nicht zur Lucchese-Familie.«

»Und? Vielleicht gibt es ja zwei Santoros in zwei unterschiedlichen Mafia-Familien.«

»Sieh's ein«, sagte Artie, »du bist verarscht worden.«

»Du kannst mich mal«, sagte Mickey. »Du hast ja keine Ahnung. Angelo Santoro kann sehr wohl Mafioso sein. Wieso denn nicht?«

»Was soll eigentlich das Gequatsche?«, sagte Artie. »Wenn du unbedingt glauben willst, dass Angelo Mafioso ist, dann glaub's halt. Ich dachte, wir sprechen über mein Geld.«

»Keine Bange, du kriegst dein Geld.«

»Wann, Ginger?«

»Nimm noch diese eine Wette von mir an.«

»Nein.«

»Komm schon.«

»Du kannst mich mal.«

»Ich schwör's, das ist das letzte Mal –«

»Die Antwort lautet nein – NEIN. Das ist zu deinem

Besten, Mickey. Du kennst den Spruch aus dem Wettbüro – ›Wette mit deinem Kopf, damit dir die Wetten nicht über den Kopf wachsen‹. Tja, die Sache ist dir über den Kopf gewachsen. Ein gutes Stück drüber.«

»Wie wär's, wenn du mir die Nummer eines anderen Bookie gibst?«

»Tu dir selbst den Gefallen«, sagte Artie, »hör auf, solange du im Rückstand bist. Verschieb dein Studium, such dir einen Teilzeitjob, arbeite nachts, an Wochenenden, im Call-Center, parke Autos – wie auch immer, sieh zu, dass du diese Sache ins Lot bringst.«

»Danke«, sagte Mickey und ließ ihn stehen.

»Du hast noch bis Mittwoch«, rief Artie ihm nach. »Und mach keine Dummheiten. Egal was du tust, gib für diesen Typ keine Wetten mehr ab. Ich warne dich – der bringt nur Ärger.«

Während er auf dem Kings Highway nach Hause fuhr, spielte Mickey in Gedanken beide Varianten durch. Wenn er die Wette nicht abgab und die Seahawks verloren, stünde Angelo immer noch mit 1020 Dollar bei Artie in der Kreide. Wenn er die Wette abschloss und die Seahawks gewannen, würde Angelo morgen im Laden auftauchen und annehmen, seine Schulden hätten sich auf zwanzig Piepen reduziert, und Mickey müsste die tausend Dollar Unterschied gegenüber Artie ausgleichen. Mickey wäre so oder so am Arsch, und er entschied, dass er Angelos Wette irgendwie abschließen musste. Wenigstens bestand so die Chance, dass Angelo fast auf null kam.

Mickey hielt an einer Telefonzelle und rief Nick an, Arties Chef.

»Hey, Nick, hier ist Mickey … Mickey Prada. Sie wissen schon, Arties Freund.«

Mickey kannte Nick kaum, und erst nach ein paar Sekunden sagte Nick: »Ja, klar.«

»Verzeihen Sie die Störung, aber ich habe Artie am Kings Highway nicht angetroffen, wollte aber eine Wette für das Footballspiel heute Abend loswerden.«

»Was willst du?«, fragte Nick.

»Ist nicht für mich, sondern für meinen Freund Angelo. Er will zweihundert Mal Seahawks.«

»Angelo?«, sagte Nick. »Ist das nicht der Typ, der laut Artie immer noch Geld schuldet?«

»Schon, aber Angelo hat heute Nachmittag gezahlt. Ich hab das Geld in meiner Tasche dabei, in diesem Augenblick.«

»Alles?«, sagte Nick.

»Ja, alles«, sagte Mickey.

»Na schön, wenn du's sagst«, erwiderte Nick.

Als Mickey seine Wohnungstür öffnete, roch er gekochten Fisch. Er ging in die Küche. Sal Prada saß am Tisch, aß gedünstete Flunder mit Spaghetti an Tomatensauce und las Zeitung.

»Du hast selber gekocht«, stellte Mickey überrascht fest.

»Natürlich hab ich gekocht«, sagte Sal. »Wieso sollte ich nicht kochen? Wenn du was willst, auf dem Herd steht noch mehr.«

Mickey häufte Spaghetti und Fisch auf einen Teller, setzte sich gegenüber von seinem Vater an den kleinen Resopaltisch und aß. Sie redeten zwar nicht, aber wenigstens gab es keinen Streit.

Nach dem Essen ging Mickey in sein Zimmer und sah sich das Footballspiel an. Mickey drückte den Seahawks die Daumen, doch das half nichts. Sie schlugen die Raiders zwar mit 17 zu 14, lagen aber nicht mit dreieinhalb Punkten vorn, somit verlor Angelo seine Wette um einen halben Punkt. Jetzt schuldete er Artie und Nick 2120 Dollar, und plötzlich war sich Mickey absolut sicher, dass er Angelo Santoro nie wiedersehen würde.

6

Mickey wog gerade für Mrs. Murphy Jakobsmuscheln ab, als Charlie sagte: »Da kommt dein Freund.«

Nach einer weiteren fast schlaflosen Nacht war Mickey den ganzen Vormittag wie gelähmt gewesen, hatte sich halbtot gefühlt. Doch seine Augen weiteten sich, und er drehte sich abrupt um, in der Hoffnung, Angelo zu sehen. Doch Chris kam auf den Tresen zu, und Mickey, der tief Luft geholt hatte, atmete wieder aus.

»Ja, gib mir bitte fünf Pfund von den Gratis-Shrimps«, sagte Chris.

Auf Chris' T-Shirt stand »I'M WITH STUPID«, mit einem Finger, der nach links zeigte.

»Was gibt's?«, sagte Mickey, wandte sich ab und verschloss den Muschelbehälter.

»Ich hab grad Pause von der Arbeit und dachte, ich schau mal vorbei«, sagte Chris. »Kannst du mir ein bisschen Essen gratis rüberschieben?«

»Nein.«

»Na komm, dein Chef erwischt dich schon nicht.«

»Was willst du?«, blaffte Mickey ihn an.

»Da ist jemand *echt* mies drauf«, sagte Chris. »Willst du später vorbeikommen und 'n bisschen Eishockey gucken?«

»Heute nicht«, sagte Mickey.

»Wieso, haste ein Date?«

Chris grinste, als wäre das vollkommen unmöglich.

Zwei neue Kundinnen betraten den Laden. Charlie bediente die eine, und Mickey die andere, Mrs. Dembeck, die zwei Pfund Wolfsbarschfilets verlangte. Während Mickey den Fisch zerlegte, sagte er zu Chris: »Ich bin gerade ziemlich beschäftigt.«

»Kommst du nachher vorbei oder was?«

»Ich kann nicht«, sagte Mickey.

»Hoffentlich bist du nicht immer noch sauer wegen neulich nachts«, sagte Chris. »Ich wollte dich nur veralbern, ein bisschen Spaß haben. Außerdem war ich so was von breit. Ich weiß nicht mal mehr, wie ich nach Hause gekommen bin.«

»Damit hat es nichts zu tun.«

»Bestimmt? Weil, ich kann mich an kaum etwas erinnern aus dieser Nacht, außer dass du aus dem Auto geschossen kamst, als ob dein Schwanz in Flammen steht.« Chris fing an zu lachen. »Na komm, du musst zugeben, dass es zum Schießen komisch war. Wie du aus dem Wagen kamst, der Ausdruck auf deinem Gesicht, und hinter dir dieses Mannweib. Ich fasse es nicht, dass du diesen Freak fast gebumst hättest.«

Mrs. Dembeck schaute herüber.

»Ups«, sagte Chris und hielt sich die Hand vor den Mund. »Tschuldigung.«

»Darf's noch etwas sein?«, fragte Mickey die alte Frau.

»Nein, das wäre alles«, antwortete sie, Chris immer noch böse anstarrend.

»Ich ruf dich an«, sagte Mickey zu Chris.

»Egal. Hey, vergiss nicht, dass Donnerstagabend Bowling ist.«

»Stimmt«, sagte Mickey, der das völlig vergessen hatte.

»Wir müssen gewinnen, sonst können wir uns die Play-Offs abschminken. Also ruh dich heute Abend aus, klar? Dass du mir nicht in der West Side rumkurvst und nach Typen mit Titten suchst.«

Laut lachend machte sich Chris aus dem Staub. Mickey entschuldigte sich bei Mrs. Dembeck, als er ihren Einkauf in die Kasse tippte. Sobald Charlie mit seiner Kundin fertig war, sagte er zu Mickey: »Dein Freund sollte aufpassen, was er sagt.«

»Wer, Chris?«

»Kein Scherz, Mann«, fuhr Charlie fort. »Einer wie der wird leicht mal umgelegt, wenn er zu dem Falschen was Falsches sagt.«

»Chris ist Chris«, sagte Mickey. »So ist er nun mal.«

Mickey bediente weiter. Um zwei Uhr war von Angelo immer noch nichts zu sehen.

»Ich mach Mittagspause«, sagte Mickey zu Charlie.

Es war Hochbetrieb – fünf Kunden warteten darauf, bedient zu werden.

»Na hör mal, kannst du nicht warten?«, fragte Charlie.

Mickey verließ den Laden.

Aus einer Telefonzelle Ecke Flatbush und Avenue K rief Mickey Artie an.

»Du dämliches Stück Scheiße«, sagte Artie.

»Bleib locker«, sagte Mickey.

»Ich soll locker bleiben? Heut Morgen telefoniere ich mit Nick, sagt er: ›Mickey Pradas Freund Angelo hat gestern Abend also schon wieder verloren.‹ Und ich: ›Schon wieder?‹ Ich schwör's, fast hätte ich 'n beschissenen Schlaganfall bekommen. Das ist also dein Dank dafür, dass ich dir eine Fristverlängerung verschafft hab. Du hättest hören sollen, was Nick über dich gesagt hat. Er wollte jemanden zu dir schicken, um die Schulden einzutreiben, aber ich hab zu ihm gesagt: ›Lass mich das klären.‹ Was vielleicht ein Fehler von mir war – wär vielleicht nicht das Schlechteste, wenn jemand bei dir vorbeikommt, um dich ein bisschen zu vermöbeln, dir eine Lektion zu erteilen – mich so zu hintergehen.«

»Ich habe das Geld«, sagte Mickey.

»Hoffentlich hast du das Geld, du blöder Wichser. Und zwar gefälligst heute.«

»Du hast Mittwoch gesagt.«

»*Heute.*«

»Wie wär's mit Donnerstagabend? Ich komme im Bookie-Büro vorbei.«

»Hast du das Geld oder nicht?«

»Ich hab's, ich hab's.«

»Erzähl mir ja nicht, dein Mafiosofreund hat gelöhnt?«

»Doch, hat er«, log Mickey.

»Weißt du was, ist mir eigentlich scheißegal«, sagte Artie. »Komm bloß am Donnerstag vorbei.«

»Artie, es tut mir leid.«

»Du kannst mich auch mal«, sagte Artie.

Beim Abendessen war Sal Prada wieder einmal verwirrt, redete über Mickeys Mutter, als wäre sie noch am Leben, bis Mickey es nicht mehr aushielt.

»Sie ist tot!«, schrie er. »Sie ist verdammt noch mal tot, und du bist auch tot! Du bist ein lebendes Gemüse!«

Mickey ging in sein Zimmer und schloss die Tür ab. Das Zimmer kam ihm kleiner vor als je zuvor. Er hatte auch das Gefühl, als fehlte die Luft zum Atmen, da war ein fader, modriger Geruch. Mickey öffnete ein Fenster, doch das half kaum.

Mickey machte den Fernseher an und sofort wieder aus. Er war die Glotze leid, er war sein ganzes Leben leid. Er dachte an seine Freunde aus der Highschool – Robert, Mark und Steve –, die dieses Jahr ihr Studium begonnen hatten. Robert besuchte das Boston College, Mark die Uni von Massachusetts, und Steve ging auf die State University of New York in Albany. Sie hatten Zimmer in Studentenwohnheimen, waren ständig von gut aussehenden Mädchen umgeben, studierten, gingen auf Partys und schlossen neue Freundschaften. Mickey konnte sich gar nicht vorstellen, wie es wäre, woanders zu leben, in einer anderen Stadt. Er konnte sich nicht einmal vorstellen, wie es wäre, ein anderes Zimmer zu haben.

Als Rhonda ans Telefon ging, wünschte Mickey, er hätte sie nicht angerufen. Das war ein großer Fehler gewesen – »Oh, hi«, sagte sie und klang, als hätte sie vergessen, wer er war. Doch er fing trotzdem an, mit ihr zu reden. Zuerst war es zäh, er überlegte die ganze Zeit krampfhaft, was er sagen sollte, doch nach einer Weile wurde die Unterhaltung natürlicher, und er lachte sogar ein wenig, hatte seinen Spaß, vergaß, dass er mit einem Mädchen sprach, das er kaum kannte. Es gelang ihm sogar, seinen Ärger mit Angelo zu vergessen.

Mickey und Rhonda unterhielten sich über Brooklyn – wo sie aufgewachsen waren, welche Schulen sie besucht hatten – und über Filme und Fernsehserien. Sie war ein großer Fan der *Honeymooners*. Sie kannte so viele Sprüche aus der Serie wie Mickey, und als sie eine perfekte Alice Cramden gab – »Ich nenn dich Killer, weil du mich umhaust« –, ließ Mickey sich nicht lumpen und erwiderte in seiner besten Ralph-Cramden-Stimme: »Und ich nenn dich Bellevue, weil du 'ne Macke hast!«

Als Mickey auf die Uhr sah, stellte er verblüfft fest, dass er über eine Stunde lang mit ihr telefoniert hatte.

»Und, wollen wir Freitagabend zusammen essen gehen?«, fragte Mickey.

»Sehr gern«, sagte Rhonda.

Er versprach, sie um acht Uhr zu Hause abzuholen. Als er aufgelegt hatte, war er eine Weile aufgeregt, dachte aber dann: Wem mach ich hier was vor? Rhonda hatte erzählt, sie studiere auf dem Brooklyn College im ersten Semester Englisch, was immer Mickeys schlechtestes Fach gewesen war. Bücher mochte er nicht – außer Sportbücher –, und wenn er in der Schule welche lesen musste, hatte er stattdessen immer die Zusammenfassungen in den *Cliff Notes* gelesen. Außerdem hatte Rhonda gesagt, sie wohne in der East 23rd Street, einer viel besseren Wohngegend als der von Mickey. Er wusste, mit einer Englischstudentin, die wahrscheinlich aus einer perfekten Familie kam, würde er nichts gemeinsam haben. Er stellte sich vor, wie er ihr Freitagabend im Restaurant gegenübersaß und nichts zu sagen hatte. Wahrscheinlich würde es der schrecklichste Abend seines Lebens werden.

Wie Mickey es erwartet hatte, war Angelo bis Donnerstagnachmittag nicht aufgetaucht, um seine Schulden zu bezahlen. Jetzt blieb Mickey nichts anderes übrig – er musste die Schulden bei Artie mit seinem eigenen Geld bezahlen, und er konnte rein gar nichts dagegen machen.

In der Flatbush Federal Savings Bank, Ecke Flatbush und Hillel Avenue, füllte Mickey ein Auszahlungsformular über elfhundert Dollar aus. Auch wenn das etwa tausend Dollar weniger waren als seine Schulden und noch etwa neunhundert auf seinem Konto lagen, wollte er nicht sein *ganzes* Geld weggeben. Für die Differenz würde er mit Artie irgendwie einen Ratenzahlungsplan vereinbaren müssen.

Mickey schob sein Sparbuch und das Auszahlungsformular unter dem Plexiglasfenster durch und fühlte sich, als würde er gerade ausgeraubt. Während er zusah, wie die Kassiererin die Hundert-Dollar-Scheine abzählte, dachte er an den Tag, als er das Konto eröffnet hatte, mit neun Jahren. Mickey hatte in der Woche davor auf der Rennbahn 32 Dollar gewonnen, und sein Vater war mit ihm eines Nachmittags in die Bank gegangen, um ein Treuhandkonto einzurichten. Danach hatte Mickey immer eingezahlt, wenn er Geld übrig hatte. Stunden hatte er allein in seinem Zimmer verbracht und sein Sparbuch durchgeblättert, sich vorgestellt, wie sein Geld eines Tages auf hunderttausend Dollar oder noch mehr anwachsen würde. Doch all die Zeit und Energie, die er in dieses Sparkonto investiert hatte, waren vergebens gewesen.

Unglaublich, dass die Hälfte der Ersparnisse seines ganzen Lebens in einen einzigen Briefumschlag passte. Mickey machte sich auf den Rückweg zur Arbeit, und als er langsam und niedergeschlagen die Flatbush Avenue entlangging, hoffte er, dass Angelo wirklich in der Mafia war. Wenigstens wüsste er dann, dass er sein Geld nicht grundlos weggegeben hatte; er wüsste, dass er keine andere Wahl hatte.

Charlie hatte sich den Nachmittag freigenommen, um seinen Cousin im Coney Island Hospital zu besuchen. Als Mickey in den Fischladen zurückkam, bediente Harry an der Theke gerade eine Kundin, eine alte Dame.

»Hey, Bibo, mach mir ja nicht die Fliege, ich muss mit dir reden.«

Ohne Harry zu beachten, ging Mickey nach hinten und band seine Schürze um.

»Hey, wo gehst du hin?«, rief Harry ihm nach.

Als Mickey wieder nach vorn kam, war die Kundin weg.

»Verdammt, was ist denn mit dir los?«, sagte Harry.

»Lassen Sie mich in Ruhe«, sagte Mickey.

»Soll das 'n Witz sein? Wenn du noch einmal so mit mir redest, mir scheißegal, dann fliegst du hier raus.«

»Und wie reden Sie immer mit mir?«, sagte Mickey plötzlich.

»Wie war das?«, sagte Harry. »Was redest du da für 'n Scheiß?«

»Nicht nur heute – die ganze Zeit, jeden Tag hier bei der Scheißarbeit, ich hab's verdammt satt!«

»Wenn du's so satthast, da ist die Tür, verdammt. Wenn ich von dir noch ein einziges Mal solche Ausdrücke höre, kannst du gehen, das ist mir scheißegal!«

Mickey dachte darüber nach – zur Tür hinausgehen, nie wieder Harry sehen oder nach Fisch stinken. Es kam ihm wie eine Spitzenidee vor, bis ihm einfiel, dass er seine gesamten Ersparnisse gleich einem Bookie geben würde und es sich nicht leisten konnte, seinen Job zu verlieren.

»Es interessiert mich nicht, was du satthast«, fuhr Harry fort. »Ich bin dein Chef, und du bist mein Angestellter, und wenn du noch mal so was sagst, bist du weg vom Fenster. Verstanden?«

»Ja.«

»Wie war das?«

»Ja«, sagte Mickey lauter.

»Gut, und vergiss es nicht. Also, was ich dir sagen wollte, wir haben hier im Laden ein Problemchen, über das ich mit dir reden will. Hörst du mir zu?«

Mickey unterbrach seine Tätigkeit und sah Harry an.

»Jemand hat Geld aus der Kasse genommen«, sagte Harry. »Letzte Woche haben an einem Tag etwas über hundert Dollar gefehlt. Gestern waren achtzig weg. Ich weiß, dass du es nicht warst, und ich weiß, dass ich es nicht war, also bleibt nur eine Person übrig.«

»Das muss ein Irrtum sein«, sagte Mickey.

Harry schüttelte den Kopf. »Nö, kein Irrtum. Das ist nicht nur ein, sondern zwei Mal passiert. Charlie hat zu dir nicht darüber gesprochen, oder?«

»Hören Sie, Charlie würde nicht stehlen«, sagte Mickey.

»Nun, jemand hat gestohlen. Wenn ich es nicht war und wenn du es nicht warst –«

»Charlie war es auch nicht. Unmöglich.«

»Ich will es ja auch nicht glauben«, sagte Harry. »Ich mag den Kerl, aber wahrscheinlich hätte ich damit rechnen müssen.«

»Wie meinen Sie das?«

»Um das zu kapieren, braucht man keinen Doktortitel. Charlie kommt aus sozial schwachen Verhältnissen, stimmt's? Außerdem hat er anscheinend eine Menge Wut im Bauch, singt ständig diese Rap-Texte, und dann das, was ihm neulich abends passiert ist. Vielleicht will er es den Weißen heimzahlen, deshalb hat er mich beklaut. Hör zu, ich bin kein Seelenklempner, ich kann den Kerl nicht analysieren. Ich weiß nur, dass in meiner Kasse Geld fehlt, und das hat sich nicht einfach in Luft aufgelöst.«

»Egal, was Sie erzählen«, widersprach Mickey, »ich kenne Charlie, und ich weiß, so was würde er nicht machen.«

»Na schön, du bist mit ihm befreundet, stimmt's?«, sagte Harry. »Warum redest du nicht mit ihm und findest raus, was er dazu zu sagen hat?«

»Ich werde ihn nicht beschuldigen.«

»Auch gut, dann muss ich ihn wohl einfach entlassen.«

»Das können Sie nicht tun.«

»Warum nicht? Man muss schließlich kein Albert Einstein sein, um Fisch auszunehmen. Ich häng ein Schild ins Fenster, und schon stehen Highschool-Kids Schlange um diesen Job … He, versteh mich nicht falsch. Ich will ihm nicht den Stiefel geben, aber ich lasse auch keinen Dieb für mich arbeiten.«

»Also gut, ich frag ihn«, sagte Mickey.

»Gut«, sagte Harry. »Und jetzt zurück an die Arbeit, klar? Und wenn ich aus deinem Mund wieder so'n Mist höre, hänge ich *zwei* Stellenangebote ins Fenster.«

Nachdem Mickey seinem Vater das Abendessen gebracht hatte – Pfeffersteak aus dem China-Restaurant an der Nostrand Avenue –, fuhr er in den Bookie-Schuppen zu Artie. Sie gingen nach unten in den Vorraum, und Mickey gab Artie den Umschlag. Artie beschwerte sich über die fehlenden 1020 Dollar und warnte Mickey, Nick werde Zinsen fordern.

»Über wie viel Knete reden wir hier?«, fragte Mickey.

»Weißnich«, sagte Artie, »vielleicht zwanzig, dreißig Prozent pro Woche – Nick ist immer noch ziemlich angepisst. Aber was juckt's dich? Ist ja nicht dein Geld. Du solltest einfach froh sein. Wäre Angelo nicht mit der Kohle rübergekommen, hättest du den ganzen Betrag an der Backe gehabt.«

»Stimmt«, sagte Mickey, »da kann ich *wirklich* froh sein.«

Als Mickey später in der Bowlingbahn ankam, merkte

er, dass er seinen Ball zu Hause vergessen hatte. Es war zu spät, um ihn noch zu holen, das Spiel seiner Mannschaft begann in fünf Minuten.

»Nicht zu fassen«, sagte Filippo, als er das erfuhr. »Beim wichtigsten Spiel des Jahres lässt der Typ seinen Ball zu Hause. Jetzt werden wir wegen dieser Scheißschwuchtel verlieren.«

Mickey blickte Filippo finster an und sagte: »Ist nicht so schlimm. Ich finde schon einen anderen Ball.«

»Du kannst meinen ausleihen«, bot Chris an. »Wir beide haben die gleiche Fingergröße. Hab aber letzte Nacht mit so'm Mädchen rumgefummelt, könnte also etwas klebrig sein da drin.«

Chris lachte. Filippo lachte auch, griff sich an die Eier, dann klatschte er sich mit Chris ab.

Mickey setzte sich und zog seine Bowlingschuhe an. Filippos Freundin Donna war mitgekommen, um sich das Spiel anzusehen. Donna wohnte bei Mickey um die Ecke, war aber ein paar Jahre jünger, er kannte sie kaum. Doch Donnas Schwester Connie hatte er gekannt. Connie war so alt wie Mickey und auf der Junior High eines der beliebtesten Mädchen gewesen. Sie ging mit allen Italo-Typen aus, und Chris behauptete, Connie sei das erste Mädchen gewesen, mit dem er Sex hatte, und zwar in der siebten Klasse. In der zehnten Klasse erkrankte Connie an irgendeinem Krebs und starb etwa ein Jahr später.

Donna war früher einmal schüchtern und bieder gewesen, doch nach Connies Tod begann sie plötzlich, nuttige Klamotten anzuziehen, toupierte ihre Haare so hoch wie möglich und lief immer mit einer ungefähr fünf Millimeter dicken Make-up-Schicht herum.

Während Filippo seine Bowlingschuhe holte, unterhielt Chris sich mit Donna. Beide lachten, und dann legte Chris ihr den Arm um die Schultern.

Als Filippo zurückkam, sagte er: »Hey, pass auf, wo deine Hände hinfassen.«

»Was?«, sagte Chris. »Da ist für alle genug.«

Chris und Donna lachten beide, doch Filippo schien es nicht lustig zu finden.

Chris und Donna unterhielten sich weiter – Chris war so ins Gespräch vertieft, dass er gar nicht auf Mickey achtete, der vielleicht einen Meter von ihm entfernt saß. Derweil setzte sich Filippo neben Ralph und zog seine Schuhe an. Ralph sah ein paarmal zu Mickey rüber, mit runterhängender Unterlippe.

Die andere Mannschaft – vier massige, rüpelige, betrunkene Kerle in weißen T-Shirts, auf denen vorne »The Kings« stand – saß auf der anderen Seite des Punktrichtertischs.

Der Schmerz darüber, dass er die Hälfte seiner gesamten Ersparnisse Artie gegeben hatte, setzte Mickey immer noch zu, und er ließ seine Wut an den Pins aus. Er holte hintereinander 184, 204 und 244 Punkte – sein bestes Drei-Spiel-Ergebnis aller Zeiten. Im dritten Spiel warf er bis zum achten Frame ohne den geringsten Fehler, umgeben von einer Menge Leute, die zusahen und ihn anfeuerten.

Die Studs gewannen mühelos, mit 55 Pins Vorsprung, und rückten auf den zweiten Tabellenplatz vor.

»Reife Leistung, Mick«, sagte Filippo und tätschelte ihm den Rücken. »Ich wusste, du würdest heute Abend ein großes Spiel hinlegen, Stud.«

»Tu uns einen Gefallen«, meinte Chris, »vergiss deinen Ball nächste Woche wieder, hm?«

Sogar Ralph schüttelte Mickey die Hand und sagte etwas zu ihm: »Gutes Spiel.«

Als Mickey seine Schuhe abgab, kam Chris auf ihn zu und sagte: »Hey, wir wollen noch in ’nen Diner fahren und ’n Happen essen. Kommst du mit?«

»Warum nicht?«, sagte Mickey. Nach dem Bowling war er guter Laune und wollte noch nicht nach Hause.

Draußen vor der Bowlingbahn, auf dem Parkplatz, knutschte Filippo mit Donna herum.

»Hey, lass mir was übrig«, sagte Chris.

Filippo hörte auf, Donna zu küssen, ließ den Mund aber nahe an ihren Lippen. Seine Hände kneteten ihren Arsch.

»Fahrt vor«, sagte er, »wir treffen uns in ’n paar Minuten.«

Chris, den Filippo zur Bowlingbahn mitgenommen hatte, fuhr mit Mickey zu dem Diner, Ralph wartete noch auf Filippo.

»Und, was hältst du von Donna? Verdammt scharf, hm?«, sagte Chris im Auto zu Mickey.

»Sie ist in Ordnung«, sagte Mickey.

»In Ordnung? Hast du ihren Vorbau gesehen? Ich schwör’s, jedes Mal, wenn ich die Dinger sehe, werden sie größer. Und weißt du, was das Beste daran ist? Sie ist letzte Woche sechzehn geworden. Alter, die würd ich gern mal vernaschen.«

Sie bogen auf den Parkplatz des Arch Diner ein, nur einen Block von der Bowlingbahn entfernt. Als sie aus dem Wagen stiegen, schlug ihnen Abwassergestank entgegen, der von der anderen Straßenseite herüberwehte.

Mickey und Chris setzten sich in eine Nische am Fenster, und Maria kam, um ihre Bestellungen entgegenzunehmen. Maria war um die vierzig, sah aber gut aus für ihr Alter, mit ihren langen dünnen Beinen und den strammen, spitzen Brüsten. Sie war immer nett zu Mickey und Chris, lächelte und blinzelte ihnen zu und nannte sie »Süßer« und »Engel«.

Mickey bestellte eine Coke, und Chris eine Egg Cream. Wie üblich flirtete Chris mit Maria. Er sagte ihr, wie sexy sie heute Abend aussah, und fragte, ob sie ihn eines Tages heiraten würde. Maria war keine Spielverderberin, lachte und ließ sich darauf ein, doch Mickey spürte, dass sie es satthatte, Abend für Abend zur Arbeit zu kommen und sich von notgeilen Teenagern anmachen zu lassen.

Ralph und Filippo tauchten auf und setzten sich zu Mickey und Chris in die Nische.

»Ich hätte nicht herkommen sollen«, sagte Filippo. »Donna wollte, dass ich mit zu ihr gehe. Gestern Nacht hab ich sie viermal gefickt, und sie hat nach mehr gebettelt. Meine Eier haben so weh getan, dass ich nicht einschlafen konnte.«

»Du musst aufpassen«, meinte Chris. »Ihr Alter macht voll auf Beschützer und so. Weißt du noch, als er in der achten Klasse Kenny Thomas im Bett von ihrer Schwester Connie erwischt hat? Mit ’ner Baseballkeule ist er auf ihn losgegangen, hat ihm fast den Schädel zertrümmert.«

»Ich bin nicht blöd«, sagte Filippo. »Ich ficke Donna nicht bei ihr zu Hause. Ich nehm sie mit zu *mir* nach Hause. Meiner Mutter isses egal, solange meine Bettwäsche sauber bleibt.«

»Hey, Mickey«, sagte Chris, »hier ist ein Witz für dich. Ein Rabbiner und ein Priester sitzen in einem Flugzeug, klar? Das Flugzeug stürzt ab, es gibt nur einen Fallschirm. Sagt der Rabbi zu dem Priester: ›Nehmen Sie den Fallschirm, meinem Vater gehört ein Süßwarenladen!‹«

Bei der Pointe fing Chris an, so hysterisch zu lachen, dass ihm die Zunge aus dem Mund hing, und Filippo und Ralph stimmten mit ein. Mickey verstand den Witz zwar nicht, lachte aber ebenfalls.

»Vollidiot!«, brüllte Chris und zeigte auf Mickey. »Das war gar kein echter Witz. Ich wusste, du würdest drauf reinfallen.«

»Du bist so was von dämlich, Mickey«, sagte Filippo. Dann wurde er plötzlich wütend: »Scheiße, was wolln die denn hier?«

Filippo starrte zum Eingangsbereich des Diner, wo vier Schwarze in einer Nische saßen.

»Es ist ein freies Land«, sagte Chris.

»Scheiß auf frei«, erwiderte Filippo. »Nigger sollen gefälligst in East New York bleiben.«

Filippo stand schon halb auf, da sagte Chris: »Na komm, bestell einfach was zu essen und vergiss es.«

»Wie soll ich bitte vergessen, dass vier Bimbos hinter mir sitzen?«

»Na komm schon«, sagte Chris.

Filippo setzte sich wieder hin. »Vorgestern bin ich mit Kenny durch die Gegend gefahren, wir haben Bier getrunken, da sehen wir einen Nigger die Avenue K langlaufen, Höhe 43rd Street – mitten in unserem Scheißviertel. Und ich sage: ›Pass mal auf‹, und fahr auf den Gehsteig. Ihr hättet das Gesicht von dem Bimbo sehen sollen, als er plötzlich das Auto auf dem Gehsteig sieht, das von hinten auf ihn zurast.« Filippo lachte. »Er ist weggelaufen, aber Mann, das war echt zum Schießen.«

»Also, was wollt ihr, Leute, ich bin am Verhungern«, sagte Chris und musterte seine Speisekarte.

»Wir hätten uns den Nigger vorknöpfen sollen wie die in Mill Basin«, fuhr Filippo fort. »Habt ihr gehört, was da neulich nachts los war? Wie sie diese Nigger mit'm Baseballschläger verdroschen haben? Geschieht ihnen recht – Scheiß-Bimbopack, wollen unsere Freundinnen vögeln.«

»Halt die Klappe«, sagte Mickey.

Filippo sah Mickey verdutzt an. »Was hast du gerade gesagt?«

»Du hast mich gehört«, sagte Mickey. »Ich hab's satt, mir dein Gelaber anzuhören, warum hältst du also nicht einfach die Klappe?«

Filippo beugte sich über den Tisch und versuchte, Mickey zu schlagen. Der duckte sich rechtzeitig weg, und die Faust zischte an seinem Gesicht vorbei.

»Komm, bleib mal locker«, sagte Chris zu Filippo.

Filippo lachte. »Hab dir einen Schreck eingejagt, hm?«,

sagte er zu Mickey. »Was ist los? Bist du jetzt ein Niggerfreund *und* 'ne Schwuchtel?«

»Ich arbeite mit einem der Typen zusammen, die an diesem Abend angegriffen wurden, klar?«

»Ach du Scheiße«, sagte Chris zu Mickey. »Warum hast du mir nichts gesagt?«

»*Der* Typ war das?«, sagte Filippo. »Hab den Scheißnigger nie gemocht – wenn ich bei dem Fisch kaufe, guckt der mich immer an wie Kunta Kinte. Hab mich immer gefragt, warum sie in dem Fischgeschäft überhaupt 'n Nigger einstellen. Echt jetzt, warum stellt der Besitzer nicht einfach einen normalen Weißen ein?«

Mickey sah kopfschüttelnd aus dem Fenster.

»Ich war bloß neugierig«, fuhr Filippo fort, »wie es ist, wenn man den ganzen Tag lang mit 'm Bimbo zusammenarbeitet? Esst ihr zusammen schon Wassermelonen und Fried Chicken?«

»Es reicht, lass ihn in Ruhe«, sagte Chris.

»Ooch, guck mal, wie wütend ich ihn gemacht hab«, sagte Filippo feixend. »Was ist denn los? Du und der Nigger, seid ihr jetzt zusammen schwul oder was?«

»Lass ihn in Frieden«, sagte Chris.

»Was denn? Ich stell ihm doch nur 'ne Frage. Der Kerl hat einen Mund – soll er den doch benutzen.«

»Ernsthaft mal, lass ihn in Ruhe«, wiederholte Chris. »Er hat doch heute gut für uns gebowlt, oder?«

»Ja«, sagte Filippo, »was nicht heißt, dass Mickey Maus hier nicht gerne mal'n schwarzen Schwanz lutscht.«

»Los, Leute«, sagte Chris, »lasst uns die süße Maria herholen, damit wir bestellen können.«

»Er hat recht.« Mickey legte seine Speisekarte hin.

»Womit hab ich recht?«, fragte Filippo.

»Mit Charlie und mir«, sagte Mickey. »Wir geben uns alle Mühe, es geheim zu halten, weißt du, aber tagsüber gehen wir zwei ins Hinterzimmer und ficken uns die Seele aus dem Leib.«

»Siehst du? Was hab ich dir gesagt?«, meinte Filippo zu Ralph.

Ralph guckte nur stumm.

»Er verarscht dich«, sagte Chris zu Filippo.

»Nee, ich merk doch, dass er die Wahrheit sagt«, behauptete Filippo. »Ich wusste schon immer, dass er schwul ist – schon als er ein kleines Kind war. Wisst ihr noch, wie wir als Kinder manchmal auf der Straße Hockey gespielt haben? Mickey wollte nie mit uns spielen. Weil es ihm zu ruppig war. Bestimmt saß er zu Hause und hat mit seinen Barbie-Puppen gespielt.«

»Stimmt, genau so war's«, sagte Mickey. »Ich habe eine ganze Barbie-Puppensammlung. Ich habe auch eine Ken-Puppe. Aber mit Ken spiele ich viel mehr als mit Barbie.«

»Mit dem Typen will ich nicht mal mehr am selben Tisch sitzen«, sagte Filippo. »Sonst hole ich mir noch Aids.«

»Was ist Aids?«, fragte Chris.

»So 'ne neue Schwuchtelkrankheit«, sagte Filippo. »Wenn du 'ner Schwuchtel die Hand schüttelst, sirbst du.«

»Na los, bestellen wir einfach was zu essen«, setzte Chris wieder an.

»Und ich wusste, dass der Nigger, mit dem er zusammenarbeitet, auch ein Hinterlader ist«, sagte Filippo. »Der geht immer so komisch, als hätte er 'n Schwanz im Arsch.«

»Du kannst mich mal«, sagte Mickey.

»Was war das?«, sagte Filippo. »Du hörst es wohl nicht gern, wenn man sich über deinen Lover lustig macht? Soll ich ihn vielleicht lieber ›Buschmann‹ nennen?«

Mickey musterte Filippo finster.

»Was hast du vor«, sagte Filippo, »willst du mich mit deiner Nagelfeile hauen? Oder deinen Affenfreund anrufen, damit er mich verprügelt?«

Mickey wollte auf Filippo losgehen, über den Tisch hinweg. Chris beugte sich vor und hielt Mickey zurück.

»Schlag mich nicht«, flehte Filippo. »Schlag mich bitte nicht! Ich will nicht an Aids sterben. Bitte, bitte!«

»Also echt, ihr Deppen«, sagte Chris. »Wollt ihr hier rausgeworfen werden oder was?«

Mickey stand auf, legte zwei Dollar auf den Tisch und ging zur Tür.

»Hey, wo gehst du hin?«, rief Chris. »Komm schon.«

Mickey verließ den Diner und ging auf sein Auto zu, das am anderen Ende des Parkplatzes stand.

»Hey, Mickey!«, rief Chris irgendwo hinter ihm. »Mickey!«

Mickey drehte sich nicht um. Als er in seinen Wagen stieg, packte ihn Chris von hinten an der Schulter.

»Lass mich los«, sagte Mickey.

»Komm schon«, sagte Chris. »Komm wieder rein.«

»Leck mich. Ich fahr nach Hause.«

»Filippo darfst du gar nicht beachten. Du weißt doch, der redet nur Scheiße.«

»Filippo ist mir egal.«

»Was hast du dann?«

»Lass mich einfach in Ruhe, okay?«

»Mach dich locker, Mann«, sagte Chris. »Meine Güte, du bist achtzehn und klingst wie mein verdammter Großvater. Ich weiß echt nicht, was dein Problem ist.«

»Willst du wissen, was mein Problem ist?«, sagte Mickey. »Heute habe ich die Hälfte meiner gesamten Ersparnisse verloren – klingt das, als hätte ich ein Problem? Lässt du mich jetzt gefälligst verschwinden?«

»Was redest du denn da?«

Mickey hatte Chris eigentlich nichts von dem Geld erzählen wollen, das er Artie gegeben hatte, und bereute es sogleich.

»Vergiss es«, sagte Mickey.

»Nein, erzähl schon, was hast du gemacht«, fragte Chris, »dein ganzes Geld auf der Rennbahn verjubelt?«

Da Mickey dachte, nun sei es eh egal, erzählte er Chris, was geschehen war.

Danach sagte Chris: »Du bist so ein bescheuerter Vollidiot. Warum hast du für ihn Wetten abgeschlossen?«

»Leck mich doch«, sagte Mickey.

Mickey stieg in seinen Wagen und knallte die Tür zu. Als er den Motor anließ, klopfte Chris gegen die Fensterscheibe. Mickey verdrehte die Augen und kurbelte dann die Scheibe runter.

»Ich fass es nicht, dass du dein Sparkonto geplündert

hast«, sagte Chris. »Warum bist du nicht vorher zu mir gekommen?«

»Wieso?«

Mickey fing an, die Scheibe wieder hochzukurbeln. Chris legte die Hand drauf.

»Willst du dein Geld zurückhaben?«, fragte Chris. »Falls ja, kann ich dir dabei helfen.«

»Was quatschst du da für 'n Scheiß?«, sagte Mickey.

Chris sah sich kurz um, vergewisserte sich, dass niemand in der Nähe war, und sagte dann: »Ich kann dir dein Geld nicht zurückgeben, aber ich kann dir helfen, welches zu kriegen. Ralph, Filippo und ich – wir haben da so 'ne Sache am Laufen. Ich hab die Knete unter meiner Matratze gebunkert und spare für'n neuen Firebird.«

»Was ist das für eine *Sache*?«

»Bloß eine Sache, um an Geld zu kommen. Wenn du mit einsteigst, kannst du in einer Woche das ganze Geld, das du heute verloren hast, wieder reinholen, mit ein bisschen Glück sogar an einem Tag. Die wollen dich wahrscheinlich nicht dabeihaben, aber wenn ich Druck mache, lassen sie dich schon mitmachen, und wenn du willst, mach ich das.«

»Ist es was Illegales?«

»Du hast doch gesagt, du willst dein Geld zurück, stimmt's?«

Mickey starrte Chris ein paar Sekunden an und sagte dann: »Lass mich los.«

Chris nahm die Hand von der Fensterscheibe, stand da und sah Mickey nach, wie er davonfuhr.

Als Mickey die Haustür öffnete, empfing ihn beißender Uringestank. Blackie, der Hund von Mickeys Vermieter, hatte ein Problem mit der Blase und konnte manchmal nicht an sich halten, bis er ins Freie kam.

Blackie bellte giftig, während Mickey die dunkle, steile Treppe zu seiner Wohnung hinaufstieg. Mickey öffnete die Tür und griff nach dem Lichtschalter, als jemand ihn packte und gegen die Wand stieß. Mickey spürte die scharfe Klinge eines Messers an seinem Kinn.

Der Mann, der Mickey festhielt, atmete schwer und keuchend.

»Dad?«, sagte Mickey mit schwacher Stimme.

»Was zum Teufel suchst du in unserer Wohnung? Hä? Willst du uns ausrauben?«

»Ich bin's, Dad. Mickey.«

»Wer? Was quatschst du da für 'n Scheiß, du Dreckskerl?«

Mickey fühlte, wie die Messerspitze sich in sein Kinn bohrte, und ihm wurde klar, dass sein Vater ihm problemlos die Kehle aufschlitzen konnte. Mickey packte seinen Vater am Handgelenk, direkt über der Hand, die das Messer hielt, und drückte, so fest es ging, zu.

»Du Dreckskerl«, sagte Sal Prada.

Als die Messerspitze sich nicht mehr in Mickeys Haut bohrte, stieß er seinem Vater ein Knie in die Eier. Sal stöhnte auf, dann hörte Mickey das Messer zu Boden fallen. Mickey kniete sich hin und tastete herum. In der Wohnung war es nicht stockdunkel – von den Straßenlaternen fiel ein wenig Licht herein –, aber Mickeys Augen hatten sich noch nicht an die Finsternis gewöhnt, und er sah kaum etwas. Endlich ertastete Mickey die Klinge, doch ehe er das Messer fassen konnte, hatte sein Vater es schon genommen. Wieder packte Mickey sein Handgelenk; er konnte nur mit der rechten Hand drücken, die nicht genäht worden war. Sie rangen auf dem Fußboden miteinander. Mickey wusste nicht, wo das Messer war, und hatte Angst, es würde gleich in seiner Brust landen.

»Lass los!«, rief Mickey. »Lass einfach los!«

Mickey erhaschte einen Blick auf das Gesicht seines Vaters – Sal Prada sah aus wie ein Irrer, mit gefletschten Zähnen und weit aufgerissenen Augen. Sal stürzte nach vorn, und Mickey spürte einen Schnitt in seinem linken Arm, über dem Ellbogen.

»Verdammter Idiot!«, schrie Mickey. »Was ist nur los mit dir?«

Sal versuchte wieder, auf Mickey einzustechen, aber diesmal sah der die Klinge rechtzeitig. Er packte die Hand seines Vaters, die den Griff umschlossen hielt, und schaffte es allmählich, dessen Finger von dem Messer zu lösen. Schließlich nahm Mickey das Messer an sich. Als er aufstand, packte sein Vater eines seiner Beine. Mickey trat seinen Vater gegen den Kopf, der ließ ihn los. Mickey ging ans Ende des Flurs und knipste das Flurlicht an.

Sal Prada stand da, völlig verwirrt. Mickey untersuchte seinen Arm. Er blutete zwar, doch der Schnitt war nicht so tief, wie er befürchtet hatte.

»Du hättest mich umbringen können, du Scheißidiot«, sagte Mickey. »Bist du denn völlig durchgedreht?«

»Was machst du denn hier?«, fragte Sal. »Eben ist ein Kerl ins Haus eingebrochen. Ich hab ihn gesehen.«

Mickey ging ins Bad und ließ im Waschbecken Wasser über seinen Arm laufen. Die Blutung hörte rasch auf, doch ihm war klar, dass es noch viel schlimmer hätte kommen können.

Während er die Wunde verband, kam er zu dem Schluss, dass er so nicht weiterleben konnte. Er würde seinen Vater in einem Heim unterbringen, ein längst überfälliger Schritt. Das würde Problem Nummer eins lösen. Doch er brauchte immer noch Geld, um die restliche Schuld bei Artie zu begleichen und seine eigenen Ausgaben zu zahlen, wenn er im nächsten Jahr sein Studium begann.

Mickey sah sich das Ende der Spätnachrichten an, und dann die Folge von *Männerwirtschaft*, in der Oscar in die Abspeckklinik geht. Mickey hatte diese Folge schon Dutzende Male gesehen, er lag im Dunkeln im Bett und starrte bloß auf den Bildschirm, achtete kaum auf die Handlung.

Während *The Honeymooners* – der Folge, in der Ralph seinen Chef zum Essen einlädt und versucht, die Rechnung zu übernehmen, die er sich nicht leisten kann – rief Mickey Chris an.

»Ich komme gerade zur Tür herein«, sagte Chris.

»Wegen der Sache, über die wir vorhin auf dem Parkplatz gesprochen haben«, sagte Mickey.

»Was ist damit?«

»Ich bin dabei«, sagte Mickey.

7

Chris wartete vor seiner Haustür.

»Meine Mom ist zu Hause, lass uns in mein Zimmer raufgehen«, sagte Chris.

Mickey folgte Chris, vorbei am Wohnzimmer, wo sich Mrs. Turner in ihrem Nachthemd auf dem Sofa fläzte, bei laufendem Fernseher, eine Flasche Gin auf dem Boden neben ihr. Ihr Mund stand halb offen, und sie schnarchte laut. Sie hatte einmal gut ausgesehen, lange blonde Haare gehabt und immer hautenge, sexy Klamotten getragen. Jetzt hatte sie gut zwanzig Kilo zugelegt, ihr Gesicht war faltig und verhärmt, und ihre Haare kurz und allmählich grau.

Chris schloss in seinem Zimmer die Tür ab, räumte etwas schmutzige Wäsche von einem Stuhl und forderte Mickey auf, sich zu setzen. An der hinteren Wand hingen Poster von Rush, Led Zeppelin und Gladys Portugues, und über seinem Bett hatte Chris die neuesten Centerfolds aus *Penthouse* und *Hustler* mit Heftzwecken an der Wand befestigt.

Chris setzte sich vis-à-vis von Mickey auf das Bett und sagte: »Also, wieso hast du deine Meinung geändert?«

»Ich weiß noch nicht, ob ich meine Meinung geändert habe«, antwortete Mickey. »Erst will ich hören, worum es bei der Sache geht.«

»Ich kann dir nichts sagen, wenn du nicht wirklich mitmachen willst. Ich hab im Diner mit Ralph und Filippo gesprochen – sie sind einverstanden, du musst mir aber dein Wort geben.«

»Komm schon, sag's mir einfach«, drängte Mickey ihn.

Nach einer Kunstpause sagte Chris: »Wir brechen in ein Haus in Manhattan Beach ein.«

»Du willst mich verarschen«, sagte Mickey.

»Was?«, machte Chris.

»Das ist *alles*?«, sagte Mickey.

»Hör dir das erst mal an, okay?«

»Ich glaube, ich habe genug gehört.«

»Hör einfach zu. Wie gehen nicht zu irgendeinem Haus, klingeln und brechen ein, wenn niemand aufmacht. Wir sind ja nicht blöd. Wir haben alles genau durchdacht. Wir wissen, dass niemand da sein wird, wir wissen, was im Haus ist, und wir wissen genau, wie man rein- und wieder rauskommt.«

»Ach ja?«, sagte Mickey. »Und woher wisst ihr das alles?«

»Weil Filippos Cousin da wohnt.«

»Sein Cousin?«

»Der Typ fährt mit seiner Frau übers Wochenende in die Pocono Mountains«, erzählte Chris. »Die haben da oben noch ein Haus – na ja, ein Landhaus halt – und fahren da andauernd hin. Sie brechen Freitag auf, kommen Sonntag wieder. Am Samstag wird also niemand zu Hause sein.«

»Damit ich das richtig versteh«, sagte Mickey. »Filippo will seinen eigenen Cousin ausrauben?«

»Der hat Geld wie Heu«, sagte Chris.

»Trotzdem ist er sein Cousin.«

»Ein Drecksack ist er auch. Filippo sagt, er betrügt ständig seine Frau, schläft mit Nutten, so was alles. Und das Zeug, was wir mitnehmen – das ist alles versichert. Der Hauptgewinn, der Diamant-Verlobungsring von der Frau, hat zwei Karat, das ist auf der Straße gut und gern zwanzig Riesen wert. Filippo hat seine Mutter mit der Frau reden hören – sie trägt den Ring nie und hat ihn auch nicht in irgendeinem Safe. Sie hat auch noch anderen Schmuck in dem Haus. Wir müssen nur rausfinden, wo sie ihn aufbewahrt, und mit einem Mann mehr haben wir da bessere Chancen, haben wir uns gedacht.«

»Du hast eine Vollmeise«, sagte Mickey.

»Wieso?«, fragte Chris. »Wir haben alles durchgeplant. Beim letzten Mal sind für mich tausend Piepen rumgekommen, aber wir glauben, dass wir diesmal mehr abräumen können.«

»Wen habt ihr das letzte Mal ausgeraubt?«

»Filippos Großmutter.«

Mickey schüttelte den Kopf. Er fasste es nicht, dass er sich das überhaupt anhörte.

»Dabei hätte sogar noch mehr für uns rausspringen können«, fuhr Chris fort. »Wir haben ein Geräusch gehört und sind nach kurzer Zeit abgehauen, aber das war gar nicht nötig gewesen. Darum glauben wir alle, ein Mann mehr wäre 'ne Hilfe. Mit einem zusätzlichen Mann hätten wir vielleicht das Hochzeitsarmband seiner Großmutter und das schicke Tafelsilber gefunden, dann wären locker zwei Riesen mehr dringewesen.«

»Ich breche in kein Haus ein«, sagte Mickey, »und ich werde auf keinen Fall Filippos Cousin ausrauben.«

»Hey, du hast mich angerufen«, sagte Chris. »Ich wollte dir nur helfen, weil du mir leidgetan hast, aber wenn du nicht dein ganzes Geld zurückhaben willst, plus noch was obendrauf, ist das in Ordnung. Es war sowieso schwierig, Ralph und Filippo zu überreden. Sie wollten lieber diesen Jimmy nehmen, aber ich hab ihnen gesagt, entweder bist du dabei oder ich steige aus, und das hat schließlich den Ausschlag gegeben. Wenn wir den Ring finden, sind für jeden von uns mindestens fünf Riesen drin. Aber wenn es dich nicht interessiert, für ein Viertelstündchen Arbeit fünf Riesen zu verdienen, absolut ohne Risiko – deine Sache.«

Am liebsten wäre Mickey gleich heim, doch das Geld ging ihm nicht aus dem Sinn – fünf Riesen, genug, um Artie zu bezahlen, sein Sparkonto wieder zu füllen, im Frühling das Studium zu beginnen und sein ganzes Leben wieder auf die Reihe zu bekommen.

»Wie wollt ihr das denn machen«, sagte Mickey, »einfach die Tür einschlagen?«

»Nö, die sprengen wir mit einer Stange Dynamit in die Luft.« Chris verdrehte die Augen. »Ralph hat mal in der Avenue U für einen Schlosser gearbeitet. Er kann jedes Schloss knacken, und er kann auch Alarmanlagen ausschalten. Was wir abräumen, bringt Ralph alles zu einem Hehler nach Queens. Angenommen, wir kriegen

Sachen im Wert von dreißig Riesen. Die verkaufen wir dem Hehler für zwanzig, und zack – jedem bleiben fünf Riesen.«

»Und wenn die Polizei dahinterkommt?«, fragte Mickey.

»Wie denn?«, sagte Chris.

»Tja, keine Ahnung. Was, wenn die herausfinden, dass nur bei Filippos Verwandten eingebrochen wird?«

»Das sind zwei Häuser in zwei völlig unterschiedlichen Gegenden in Brooklyn«, sagte Chris. »Das von Filippos Großmutter ist in Canarsie, das von seinem Cousin in Manhattan Beach. Die einzige Verbindung ist Filippo, aber wie sollten die Cops das rauskriegen? Außerdem, genau deshalb haben wir einen Monat gewartet. Damit zwischen den beiden Einbrüchen eine gewisse Zeit liegt. Wie gesagt, wir haben an alles gedacht.«

Mickey stellte sich vor, wie das wäre – mehr Geld zu haben als vor Angelos erster Wette, bei seinem Vater auszuziehen, in eine eigene Wohnung, vielleicht nach Manhattan.

Nachdem Mickey etwa eine Minute überlegt hatte, sagte er: »Du bist dir also sicher, dass Filippos Cousin in den Poconos sein wird, ja?«

8

Charlie stand am Tresen und schnitt mit einer Hand Thunfischsteaks zu, der andere Arm mit dem Gips hing an seiner Seite. Der Ghettoblaster auf dem Boden neben ihm spielte leise Rapmusik.

»Gemeinsam haben wir zwei Hände«, sagte Mickey und hielt seine Hand mit dem verbundenen Finger hoch.

»Stört mich nicht«, sagte Charlie. »Mit einer Hand mach ich eben die Hälfte der Arbeit, basta.«

»Wie geht's deinem Cousin?«, fragte Mickey.

»Den haben sie gestern aus dem Krankenhaus entlassen«, erzählte Charlie. »Er hat eine Gehirnerschütterung und einen Schädelbruch, ein paar Knochen sind auch gebrochen. Im Moment hat er Mühe, sich an Dinge zu erinnern, aber die Ärzte sagen, das gibt sich wieder.«

»Das ist cool«, sagte Mickey. »Hoffentlich kriegen sie die Schweine, die das gemacht haben.«

»Da kannst du lange warten. Wir müssen in dieser Stadt zuerst einen schwarzen Bürgermeister kriegen, vorher haben die Schwarzen von der Polizei nichts zu erwarten.«

»Hey, ich muss mit dir über was anderes reden«, sagte Mickey. »Es geht um etwas, das Harry gestern zu mir gesagt hat.«

»Wenn das Arschloch will, dass ich früher komme, sag ihm, das kann er vergessen. Ich hab's ihm gesagt – morgens muss ich meinen kleinen Bruder zur Schule bringen.«

»Darum geht's nicht. Anscheinend hat's im Laden kürzlich eine Art Problem gegeben. Wenigstens sagt Harry das.«

Charlie unterbrach seine Arbeit, hielt das Messer seitlich am Körper. »Was für ein Problem?«

»Harry sagte, in der Kasse hätte Geld gefehlt.«

»Überrascht mich nicht.« Charlie wandte sich wieder dem Fisch zu und schnitt weiter. »Der Typ ist der dümmste Wichser auf der Welt – wahrscheinlich kann er noch nicht mal das Einmaleins. Glaubst du, da kann er das Geld in der Kasse zählen?«

»Ist mir eigentlich egal«, erwiderte Mickey, »aber Harry sagte, es sei zweimal passiert.«

»Dann hat er sich vielleicht zweimal verrechnet«, sagte Charlie. »Wäre nicht das erste Mal, dass der Mann seinen Kopf im Arsch stecken hat.«

»Ja«, sagte Mickey, »vermutlich hast du recht.«

Später kehrte Harry in den Laden zurück, um abzuschließen, und kurz darauf ging Charlie.

»Und«, fragte Harry Mickey, sobald Charlie weg war, »hast du irgendwas rausgefunden?«

»Er sagt, er war's nicht.«

»Na klar«, sagte Harry. »Der Typ ist ein geborener Dieb *und* ein geborener Lügner. Tja, du hast dein Bestes versucht. Dann müssen wir ihn wohl auf frischer Tat erwischen.«

Seit ihrem Telefongespräch hatte Mickey nicht viel an Rhonda gedacht, doch als er von der Arbeit nach Hause kam, war er wegen ihres Dates an diesem Abend erstaunlich nervös. Er duschte, wusch sich zweimal die Haare, rieb sich mehrmals mit Seife ein und spülte sie zweimal ab, um den Fischgeruch von seinem Körper zu kriegen. Er dachte, das müsste ihm einigermaßen gelungen sein, rieb sich aber noch Achseln, Rücken, Brust und Bauch mit Old Spice ein, nur um ganz sicherzugehen.

Beim Rasieren schnitt er sich ein paarmal und musste kleine Fetzen Klopapier auf die Schnitte pappen, damit sie nicht mehr bluteten. Gerade wollte er sich in seinem Zimmer anziehen, als ihm klar wurde, dass er keine guten Klamotten hatte. Er wünschte, er hätte früher daran gedacht, dann hätte er noch was gekauft, wenigstens eine lange Hose. Er zog ein rotes Hemd mit Nadelstreifen an, das ein wenig spannte, und eine beige Kordhose, die total aus der Mode war. Er hatte nichts Besseres anzuziehen, und es war ohnehin zu spät, um ein neues Outfit zusammenzustellen, also musste er wohl oder übel das Beste daraus machen. Fluchend kämmte er sich die Haare, roch dabei seinen eigenen Atem. Er hatte mittags ein Stück Salami-Bratwurst-Pizza gegessen und musste sich die Zähne putzen. Auf dem Weg ins Bad sah er im Flur dichten Qualm. Er hielt sich die Hand vor den Mund und ging in die Küche, wo er die Quelle des Qualms entdeckte – zwei vor sich hin kokelnde Fische in einer Bratpfanne. Er drehte das Gas ab und stellte die Bratpfanne in die Spüle, wobei eine mächtige Wolke fischigen Qualms entstand, die ihm direkt ins Gesicht stieg.

»Dad!«, schrie Mickey. »Dad!«

Sal Prada kam in die Küche gelaufen.

»Was zum Teufel ist hier los?«, sagte er. »Willst du den beschissenen Regenschirm abfackeln?«

»Den was?«

»Du hast einen Brand verursacht.«

»*Du* warst das«, sagte Mickey. »Du hast die Scheißpfanne auf dem Herd stehen lassen.«

»Ich habe nie eine Pfanne auf den Herd gestellt, du verlogener Dreckskerl.«

»Mir steht dieser Scheiß bis hier«, rief Mickey. »Nächste Woche bist du hier weg – ich stecke dich in ein Heim, wo du hingehörst!«

»He, wo willst du denn hin, verdammt? Was wird aus meinem Abendessen?«

Mickey ging in sein Zimmer, um sein Portemonnaie zu holen, dann schob er sich an seinem Vater vorbei, der ihn immer noch anschrie, und verließ die Wohnung. Sein Auto hätte innen dringend mal aufgeräumt werden müssen, doch es war schon nach acht Uhr, und um acht hätte er eigentlich Rhonda abholen sollen. Er schob den größten Müll – einen Pizzakarton, eine Kartoffelchipstüte, ein Whopper-Einwickelpapier – unter den Vordersitz.

Je weiter Mickey auf der Avenue I fuhr, an der Bedford Avenue vorbei, desto größer und schöner wurden die Häuser. Es standen mehr Bäume an der Straße – an einigen hing noch orangefarbenes und rotes Laub –, und man sah Vorgärten mit großen Rasenflächen, hohen Büschen und Blumenbeeten. In Mickeys Gegend gab es fast keine Vorgärten, nur eingezäunten Beton. Die Häuser in Rhondas Straße sahen groß und teuer aus, und Mickey wusste, er musste sich heute Abend keine Sorgen machen, ob er die falschen Klamotten anhatte oder komisch roch; er hatte bei ihr ohnehin keine Chance.

Er entdeckte Rhondas Haus, eines der hübschesten in der Straße. Es war zweistöckig, hatte einen großen Rasen im Vorgarten, und in der breiten Auffahrt stand ein neuer hellbrauner Mercedes.

Mickey parkte am Straßenrand gegenüber von dem Haus, dann ging er die Stufen hinauf und klingelte. Während er wartete, betrachtete er sein Spiegelbild in dem kleinen Glasfenster in der Tür und sah, dass er vergessen hatte, die winzigen Fetzen Toilettenpapier von seinem Gesicht zu entfernen. Hektisch riss er die Papierfetzen ab, dann ging die Tür auf, und ein kleiner Mann mit Halbglatze und dunklem Bart stand vor ihm.

»Hi, ich bin Mickey. Ich bin hier, um Rhonda abzuholen.«

»Komm rein, ich bin Rhondas Vater«, sagte der Mann, ohne zu lächeln. Mickey kannte seine Stimme vom Telefon.

Das Haus war innen so schön wie von außen. Auf dem Boden lagen edle, vielleicht orientalische Teppiche, und an den Wänden hingen Spiegel und Gemälde. Sie gingen in das Wohnzimmer, wo zwei Sofas und ein Stuhl standen. Beide Sofas hatten Schonbezüge aus Plastik.

Rhondas Vater setzte sich auf den Stuhl, sagte: »Nimm Platz«, und wies auf eins der Sofas.

Als Mickey sich auf die Sofakante setzte, knisterte das Plastik unter ihm, und er bemerkte auf dem Kaminsims rechts, wo Rhondas Vater saß, einen siebenarmigen Leuchter. Mickey war bisher nicht auf die Idee gekommen, dass Rhonda Jüdin sein könnte, doch jetzt leuchtete es ihm ein. Sie sah weder irisch noch italienisch aus, und in dieser Gegend hinter der Bedford Avenue wohnten viele reiche Juden.

Mickey betrachtete immer noch die Menora, als Rhondas Vater sagte: »Du arbeitest also in einem Fischgeschäft.«

»Ja, das stimmt«, sagte Mickey und roch den Fischgeruch an seinem Körper. »Vincent's in der Flatbush Avenue. Waren Sie schon mal dort?«

»Nein, aber ich glaube, ich habe es schon mal gesehen. Ist das denn dein Plan fürs Leben? Fischhändler sein?«

»Nein«, sagte Mickey.

»Studierst du?«

»Momentan nicht«, sagte Mickey. »Aber ich möchte im Frühjahr aufs College gehen.«

»Du *möchtest* im Frühjahr aufs College gehen. Nun, das ist ausgesprochen ehrgeizig.«

Mickey rang sich ein Lächeln ab.

»Du hast also die Highschool abgeschlossen, nehme ich an?«, fragte Rhondas Vater.

»Ja«, sagte Mickey.

»Warum die Wartezeit? Warum nicht sofort mit dem Studium anfangen?«

»Weiß auch nicht. Na ja, ich dachte, ich mache einfach eine Pause.«

»Um in einem Fischladen zu arbeiten?«

»Nein. Eigentlich doch. Ich meine, ich arbeite schon lange in dem Fischladen, ich mache also keine Pause, um da zu arbeiten.«

»Hi, Mickey.«

Rhonda stand neben der Tür. Sie hatte enge Jeans, einen hellblauen flauschigen Pulli an und trug dreieckige lila Plastikohrringe.

Nachdem er sie ein paar Sekunden angestarrt hatte – sie war noch hübscher als in seiner Erinnerung –, sagte Mickey: »Du siehst toll aus.«

»Danke … du auch«, sagte sie. »Du hast also meinen Dad kennengelernt?«

»Ja«, sagte Mickey.

»Mickey und ich haben gerade über seine Studienpläne gesprochen«, sagte Rhondas Vater.

Rhonda kam ein paar Schritte auf Mickey zu, blieb dann stehen und musterte Mickeys linke Wange.

»Du blutest, glaube ich«, sagte sie.

Mickey berührte seine Wange und betrachtete dann die Kuppe seines Zeigefingers, an der Blut klebte.

»Verzeihung.« Er kam sich wie ein Idiot vor. »Ist hier ein Badezimmer?«

»Klar«, sagte Rhonda. »Am Ende des Flurs rechts.«

Im Bad fluchte Mickey leise vor sich hin, während er sich das Blut von der Wange wusch. Am liebsten hätte er sich zu einer Kugel zusammengerollt und wäre auf der Stelle gestorben. Aber dann kehrte er doch in die

Diele zurück. Rhonda wartete mit ihrem Vater und einer sehr schlanken Frau mit kurzen, roten Haaren und blasser Haut neben der Haustür.

»Mickey, ich möchte dir meine Stiefmutter Alice vorstellen.«

»Sehr erfreut«, sagte Alice. Sie lächelte, als sie Mickey die Hand schüttelte, Rhondas Vater stand neben ihr.

Rhonda verabschiedete sich von Vater und Stiefmutter, und Mickey sagte, wie sehr es ihn gefreut habe, sie beide kennenzulernen. Dann verließen er und Rhonda das Haus.

»Mein Vater hat dich vorhin wohl ins Verhör genommen, hm?«, sagte Rhonda.

»Nein, eigentlich nicht.« Dann sagte er: »Irgendwie schon.«

»Ich schwör's, er ist manchmal so was von peinlich«, sagte Rhonda. »Er führt sich auf, als wären wir in den fünfziger Jahren. Er besteht darauf, die Tür zu öffnen, und fragt jeden aus, den ich ins Haus bringe.«

»Ist schon in Ordnung. Bestimmt ist er sehr nett, wenn man ihn besser kennt. Deine Stiefmutter wirkt auch nett.«

»Lass dich nicht täuschen«, sagte Rhonda. »Sie kann manchmal ein richtiges Ekel sein.«

Mickey öffnete zuerst die Beifahrertür und hielt sie Rhonda auf. Als er selbst eingestiegen war, fiel ihm sogleich sein intensiver Fischgeruch wieder auf, doch er beschloss, nichts dazu zu sagen, so wie er auch zu seinem blutenden Gesicht schweigen würde.

Erst nach drei Startversuchen sprang der Motor endlich

an. Mickey warf einen Blick nach rechts, um zu sehen, ob Rhonda von seinem Auto und allem anderen an ihm angewidert war, doch zu seinem Erstaunen schien sie zufrieden.

»Ich sollte das mit meinem Vater wohl erklären«, sagte Rhonda, als sie Richtung Avenue J fuhren. »Also, er hat ein Problem damit, dass ich mit nichtjüdischen Jungs ausgehe. Du bist doch kein Jude, stimmt's?«

»Nö«, sagte Mickey.

»Das dachte ich mir. So oder so, mir ist das egal, aber mein Vater ist in der Hinsicht ein echter Arsch. Verstehst du, ich bin ziemlich religiös erzogen worden. Na ja, nicht superreligiös. Wir waren konservative Juden.«

»Ah.« Mickey stellte sich Rhonda vor, wie sie mit diesen Männern in schwarzen Zylindern und den langen Schläfenlocken vor der Synagoge stand.

»Aber jetzt bin ich liberal«, sagte Rhonda. »Das heißt, ich feiere alle jüdischen Feiertage und so was, aber damit hat sich's. Mein Vater ist aber immer noch ziemlich religiös. Was bist du denn?«

»Italiener«, sagte Mickey.

»Find ich prima. Religion ist mir nicht so wichtig. Ich glaube, im Grunde sind alle Menschen gleich.«

Rhonda erzählte weiter von sich. Ihre Eltern hatten sich vor drei Jahren scheiden lassen, und ihre Mutter wohnte jetzt in Los Angeles. Rhonda ging auf das Brooklyn College, aber nur, weil ihr Vater sie gedrängt hatte, in der Nähe zu studieren, und im nächsten Jahr hoffte sie, auf die NYU oder Columbia zu wechseln. Als sie bei Cookie's ankamen – einem Restaurant in der Avenue M, das für seine große Salatbar bekannt war, mit Shrimps, so viel man essen konnte –, bemerkte Mickey erstaunt, wie rasch die Zeit vergangen war. Ihm kam es so vor, als wären sie erst vor ein, zwei Minuten aus Rhondas Straße weggefahren, und es hatte keine peinlichen Gesprächspausen gegeben.

Sie parkten um die Ecke von dem Restaurant, und Mickey ging um den Wagen herum und öffnete Rhondas Tür. Sie mussten auf einen Tisch warten, daher standen sie eine Weile im Eingangsbereich des Restaurants herum und unterhielten sich dabei beinahe pausenlos. Rhonda fragte Mickey, warum er nicht gleich nach der Highschool angefangen hatte zu studieren. Mickey erzählte ihr von der Alzheimererkrankung und dem Schlaganfall seines Vaters und dass er sich seit dem Sommer um seinen Vater kümmerte.

»Das finde ich großartig«, sagte Rhonda.

»Was denn?«

»Wie sehr du deinen Vater liebst. Ihr zwei müsst euch sehr nahe sein.«

Mickey dachte daran, wie sein Vater neulich in der Nacht versucht hatte, ihn umzubringen. »Ja, das kann man wohl sagen.«

Eine Kellnerin führte sie zu einem Tisch hinten im Raum. Rhonda fragte Mickey nach seiner Mutter, und Mickey erzählte, sie sei bei einem Autounfall auf dem Brooklyn-Queens Expressway ums Leben gekommen.

»Das tut mir sehr leid.« Rhonda beugte sich über den Tisch und legte ihre Hand auf die von Mickey. »Du arbeitest sehr hart, nicht wahr?«, sagte sie.

Obwohl Mickey seine Hände gründlich geschrubbt hatte, sahen sie immer noch schmutzig aus und waren voller Schnitte und Kratzer.

»Entschuldige«, sagte er. »Meine Hände werden halt so vom Ausnehmen der Fische.«

»Ich mag sie«, sagte Rhonda. »Sie haben eine Menge Charakter.«

Rhonda ließ Mickeys Hand los, was Mickey schade fand.

Während sie Salat und Hähnchen mit Kartoffelpüree aßen, redeten und lachten sie weiter. Rhonda erzählte Mickey, dass sie Englischlehrerin auf der Highschool werden und eines Tages nach Europa reisen wolle. Mickey sagte, er wolle Buchprüfer werden, dann erzählte er ihr, wie er den Namen Mickey bekommen hatte.

»Am Tag meiner Geburt spielten die Yankees gegen die Orioles. Mickey Mantle schlug im neunten Inning einen Homerun, der das Spiel entschied, und mein Vater sagte zu meiner Mutter: ›Nennen wir den Kleinen Mickey.‹ Und jahrelang hat mein Vater immer zu mir gesagt: ›Du hattest Glück, dass an dem Tag nicht Boog Powell einen Homerun geschlagen hat.‹«

Rhonda lachte, und Mickey war überrascht, wie gut das Date lief. Rhonda wusste, dass er kein Geld hatte und aus einer seltsamen Familie kam, aber es schien ihr nichts auszumachen.

Zum Nachtisch fuhr Mickey mit Rhonda zu Jan's an der Nostrand Avenue. In dem Laden waren eine Menge Teenager, und Mickey gefiel, wie ein paar Typen Rhonda musterten, als er mit ihr an einem Tisch Platz nahm. Sie bestellten »das Spülbecken«, eine große Schüssel mit allen möglichen Eiskremsorten und Sirup.

Rhonda sagte: »Ich will mich nicht in dein Leben einmischen oder so, aber darf ich dir einen Vorschlag machen?«

»Klar«, sagte Mickey.

»Am Brooklyn College gibt es einen Ausbildungsgang Rechnungswesen«, erzählte Rhonda, »und da sind bestimmt einige Kurse, die du belegen könntest. Warum machst du im nächsten Semester abends nicht den einen oder anderen Kurs? Das würde wahrscheinlich nicht allzu viel Zeit beanspruchen – du könntest also tagsüber immer noch in dem Fischladen arbeiten. Und währenddessen Scheine für einen Abschluss sammeln.«

»Das ist eine gute Idee«, sagte Mickey. »Aber ich werde im Januar mit dem Studium beginnen.«

»Ach ja? Hast du mir nicht am Telefon erzählt, du würdest erst im nächsten Jahr anfangen?«

»Inzwischen haben sich meine Pläne geändert«, sagte Mickey. »Ich hab mir überlegt, warum hinausschieben, wenn ich nicht unbedingt muss?«

Während Rhonda über irgendetwas anderes weiterredete, betrachtete Mickey ihren Mund. Ihre Lippen sahen so gut aus, wie sie das Eis aßen. Mickey hätte sie am liebsten auf der Stelle geküsst – sich einfach über den Tisch gebeugt und es hinter sich gebracht.

»Alles okay mit dir?«, fragte Rhonda.

»Ja, prima«, sagte Mickey.

»Es sah gerade so aus, als würdest du auf einmal schielen.«

»Nee, ich hab nur über etwas nachgedacht«, sagte Mickey. »Entschuldige.«

»Du hast einen langen Arbeitstag hinter dir, bestimmt bist du müde.«

»Nee, ich fühl mich gut, wirklich«, sagte Mickey.

Rhonda sah auf die Uhr und gähnte.

»Ist wohl doch schon ziemlich spät«, sagte sie.

Mickey wollte nicht, dass das Date zu Ende ging. Er wollte mit Rhonda einen langen Spaziergang machen, vielleicht in der Nähe von Sheepshead Bay. Nachts war es schön dort, bei den Hafenanlagen. Das wäre ein guter Ort, um sie zu küssen.

»Du solltest mich jetzt wirklich nach Hause fahren«, sagte Rhonda. »Mein Vater bringt mich um, wenn ich heute zu spät nach Hause komme.«

»Es ist doch noch nicht spät, oder?«, sagte Mickey.

»Doch, es ist schon halb elf.«

Mickey war erstaunt – als er das letzte Mal auf die Uhr gesehen hatte, war es neun Uhr gewesen, und das schien erst ein paar Minuten her zu sein.

Mickey zahlte an der Kasse die Rechnung, dann gingen Rhonda und er nach draußen. Auf dem Weg zu dem Auto auf dem Parkplatz hielt Mickey Rhondas Hand. Sie fühlte sich warm und weich an.

Während der Fahrt auf der Nostrand Avenue bekam Mickey kaum Luft. Er überlegte hin und her, wo er sie küssen sollte – im Wagen oder vor dem Haus.

»Hey, ich habe eine Idee«, sagte Rhonda. »Bringst du mir irgendwann mal Autofahren bei?«

»Na klar«, sagte Mickey.

»Ich habe immer noch einen Lernführerschein«, erklärte Rhonda, »bin aber nie dazu gekommen, die praktische Fahrprüfung zu machen. Und, o mein Gott, mein Vater ist der schlechteste Fahrlehrer der Welt. Im Ernst, er ist wirklich schlau, aber dann guckt er dauernd über seine Schulter, wenn ich fahre, das macht mich total nervös. Ich hab aber so ein Gefühl, dass es mit dir neben mir viel angenehmer wäre.«

»Mache ich gerne«, sagte Mickey. »Jederzeit.«

Sie bogen in die Avenue I ein und kamen bald zu Rhondas Haus. Mickey hatte gehofft, irgendwo parken zu können, um sie dann zu küssen, doch es gab keine Parklücken, und er musste in zweiter Reihe halten. Bei laufendem Motor schaute er ihr ein paar Sekunden lang in die Augen, bis sie sagte: »Na dann, gute Nacht.«

Sie öffnete die Tür, um auszusteigen. Mickey hätte sich ohrfeigen können, dass er diese Gelegenheit nicht beim Schopf gepackt hatte.

Da sah sich Rhonda zu ihm um: »Möchtest du mich bis zur Tür bringen?«

»Na klar«, sagte Mickey und dankte Gott.

Er machte den Motor aus, ging um den Wagen herum und hielt Rhonda die Beifahrertür auf. Sie folgten dem betonierten Weg bis zu den Stufen vor dem Eingang. Rhonda blieb stehen und drehte sich zu Mickey um. Er wollte sich gerade zu ihr vorbeugen, als sie sagte: »Magst du Musicals?«

»Musicals?«, wiederholte Mickey.

»Ja, Musicals«, sagte Rhonda. »Du weißt schon, Broadway-Musicals.«

»Keine Ahnung. Das heißt, ich habe noch nie eins gesehen.«

»Du hast noch nie ein Broadway-Musical gesehen?«

»Nö«, sagte Mickey. »Na ja, mal eins im Fernsehen. *Jesus Christ Superstar*.«

»O mein Gott, ich nehme dich auf jeden Fall am Sonntag mit. Ich habe zwei Karten für *Cats*. Eigentlich sollte ich mit meiner Stiefmutter hin, aber ihr ist etwas dazwischengekommen. Du kannst am Sonntag, nicht wahr?«

»Klar«, sagte Mickey.

»Toll. Wir können ja zusammen die U-Bahn nehmen, oder –«

»Nein, ich kann fahren«, sagte Mickey.

»Echt? Also, das Musical fängt um drei an, vielleicht könntest du mich ja gegen elf abholen. Wir können vorher noch irgendwo Mittag essen.«

»In Ordnung, ich werde da sein … ich meine: hier sein.«

Mickey lachte, hatte plötzlich einen trockenen Mund. Rhondas Blick war leicht nach unten gerichtet, auf Mickeys Lippen. Mickey wusste, das war seine Chance, doch er rührte sich nicht. Er stand einfach stocksteif da, machte gar nichts, und er hasste sich dafür. Dann tat er es. Seine Zunge war in ihrem Mund, wirbelte gegen ihre Zunge, und es kam ihm vor, als wäre alles andere verschwunden – es gab nur ihre Zungen und Lippen und sonst gar nichts.

Mickey wünschte sich, dass dieser Kuss nie endete, doch schließlich löste sich Rhonda von ihm und sagte: »Gute Nacht, Mickey.«

»Gute Nacht«, sagte Mickey.

Mickey sah Rhonda nach, als sie ins Haus ging, und noch lange, nachdem die Tür ins Schloss gefallen war, blieb er da stehen.

9

Den ganzen Samstag musste Mickey ständig an Rhonda denken. Er ging Gespräche vom Vorabend noch einmal durch, erinnerte sich, wie leicht es gewesen war, mit ihr zu reden, und wie stolz er gewesen war, mit ihr zusammen zu sein. Er dachte auch daran, wie gut es sich angefühlt hatte, ihre Hand zu halten und ganz besonders, Rhonda zu küssen. Es war nicht so wie bei anderen Mädchen, wenn man sie zum ersten Mal küsste; er war kein bisschen nervös gewesen und hatte das Gefühl gehabt, sie schon hundertmal geküsst zu haben. Wenn bei der Arbeit die Klingel über der Tür läutete, schaute Mickey jedes Mal auf, egal was er gerade tat, in der Hoffnung, sie zu sehen, und spürte gleich darauf einen Stich der Enttäuschung. Er wusste nicht, wie er bis morgen durchhalten sollte. Er wollte sie jetzt sofort sehen – einfach seine Schürze hinwerfen, zu ihrem Haus laufen und sie an sich drücken. Er hatte sich eindeutig verliebt.

Mickey war selbst überrascht, er hatte geglaubt, es würde noch Jahre dauern, bis er sich einmal verliebte, und er hätte nie gedacht, dass es dann eine wie Rhonda sein würde. Er hatte sich seine zukünftige Frau immer als schlichtes, unauffälliges Mädchen vorgestellt, zwar nicht hässlich, aber auch nicht schön. Sie wäre aber ein nettes Mädchen, jedenfalls eine, mit der er sich gut verstand, und sie würden zusammenkommen, weil sie es satthatten, allein zu sein, und es allmählich ruhiger angehen und eine Familie gründen wollten. Doch jetzt hatte er Rhonda, ein Mädchen, von dem er nie geglaubt hätte, dass sie ihn mögen würde. Sie war schön, klug, witzig, und, was am besten war, offenbar mochte sie ihn ebenso sehr wie er sie. Er stellte sich vor, wie toll es im Frühjahr sein würde, wenn er sein Studium begonnen hätte und sie in die Bibliothek gehen oder einfach irgendwo im Park abhängen und gemeinsam lernen könnten. Dann, im nächsten Jahr, wenn sie vielleicht auf die NYU oder die Columbia University ging, könnten sie zusammen mit der U-Bahn nach Manhattan fahren und sich immer zum Mittag- oder Abendessen treffen.

Irgendwann nachmittags, als Mickey gerade in Tagträume versunken aus dem Schaufenster starrte, tauchte Harry hinter ihm auf: »Hey, Hans-guck-in-die-Luft, was ist los, hast du vergessen, dein Hirn einzustöpseln? Ich hab dir gerade gesagt, du sollst den Boden im Bad feucht wischen – das Rohr in der Decke tropft mal wieder.«

Mickey lächelte; selbst Harry konnte seine gute Laune nicht trüben.

Später, zu Hause, überlegte Mickey, ob er Rhonda anrufen sollte, nur so, um ihr zu sagen, wie schön der Abend gestern gewesen war. Er war sich aber nicht sicher, ob es klug war, so früh anzurufen, nur einen Tag nach ihrem ersten Date, deshalb machte er stattdessen den Fernseher an.

Um neun Uhr hielt Mickey es nicht mehr aus.

»Rhonda, hier ist Mickey.«

»Mickey«, sagte Rhonda. »Wie gut, dass du anrufst. Es ist wegen morgen.«

»Dir ist etwas dazwischengekommen«, sagte Mickey und spürte die Enttäuschung.

»Nein, natürlich klappt es. Es ist nur, dass mein Vater sich wie ein Idiot aufführt. Das geht nicht persönlich gegen dich – so ist er nun mal. Wenn ein bisschen Zeit vergangen ist, macht ihm das bestimmt nichts mehr aus, aber kannst du mich morgen an der Ecke Bedford und Avenue J abholen, nur damit er nicht sauer wird?«

»Kein Problem«, sagte Mickey.

Mickey hatte eigentlich nur kurz mit Rhonda telefonieren wollen, doch sie kamen ins Plaudern, und das Gespräch nahm kein Ende. Rhonda erzählte Mickey von ihrem Bruder, der mit zwölf an einem Hirntumor gestorben war, und Mickey sprach über den Autounfall seiner Mutter. Er erzählte, dass er sich noch Wochen nach ihrem Tod nicht getraut hatte, in ein Auto zu steigen, und wie schwierig es gewesen war, allein mit seinem Vater aufzuwachsen. Noch nie hatte Mickey mit jemandem über so private Dinge gesprochen, und sich zu öffnen fühlte sich seltsam und gut an.

Später merkten Mickey und Rhonda, dass sie einen gemeinsamen Bekannten hatten. In der vierten Klasse war Mickey mit einem gewissen Ronny Feldman befreundet gewesen. Rhonda hatte mit Ronny im Jahr zuvor eine Kinderfreizeit besucht, und Mickey und Rhonda waren beide auf der Party zu Ronnys neuntem Geburtstag gewesen. Während sie mit Mickey sprach, fand Rhonda ein Foto von dieser Party, auf dem sie und Mickey direkt nebeneinander standen.

»Siehst du, dass wir uns begegnet sind, war bestimmt Schicksal«, sagte Rhonda und versprach, das Bild am nächsten Tag mitzubringen.

Mickey hätte am liebsten noch weitertelefoniert, aber ein Blick auf die Uhr zeigte ihm, dass es nach elf war. Er konnte kaum glauben, dass sie über zwei Stunden lang telefoniert hatten.

Mickey verabschiedete sich, doch dann sprachen sie am Ende noch eine Viertelstunde weiter, ehe er auflegte. Er fühlte sich zwar benommen, aber auch voller Energie, genau wie gestern, als er nach dem Date nach Hause gefahren war.

Immer noch angenehm beduselt, zog Mickey sich an, um Chris und die anderen zu treffen.

Wenige Minuten vor Mitternacht verließ Mickey in einer schwarzen Hose, schwarzen Schuhen und einem marineblauen Parka seine Wohnung und ging über die Straße zu Chris' Haus, vor dem in zweiter Reihe ein recht neu aussehender roter Buick Skyhawk mit New-Jersey-Kennzeichen wartete.

Mickey war schon fast bei dem Wagen, als Chris die hintere Tür öffnete und sagte: »Moment.«

Chris warf Mickey, der stehen geblieben war, ein Paar gelbe Spülhandschuhe zu.

»Zieh die zuerst an«, sagte Chris. »Wir wollen keine Fingerabdrücke im Auto.«

Als Mickey die Handschuhe überstreifte, fragte Chris: »Was ist mit der Jacke? Hab ich dir nicht gesagt, du sollst ganz in Schwarz kommen?«

»Ich hab keine schwarze Jacke.«

»Auch egal«, sagte Chris.

Chris rutschte rüber. Mickey zögerte, dann stieg er ein und schloss die Tür hinter sich. Ralph saß auf dem Fahrersitz und Filippo vorne neben ihm. Ralph ließ den Motor an und fuhr los.

»Ich hab alles, was du brauchst«, sagte Chris zu Mickey. »Hier ist deine Skimaske – zieh sie erst im Haus an. Hier ist deine Taschenlampe – das Gleiche, erst im Haus einschalten. Und hier ist dein Wäschesack, da füllst du das Zeugs rein.«

Chris lehnte sich zurück und sah betont ernst nach vorn. Ralph machte das Autoradio an – irgendein Oldies-Sender spielte *Daydream Believer*. Ein paar Minuten vergingen, ohne dass jemand ein Wort verlor. Das erstaunte Mickey, denn Chris hasste Musik aus den Sixties und hätte normalerweise gemotzt, bis Ralph den Sender wechselte. Und Filippo konnte normalerweise seine Klappe nicht halten.

Als Frankie Valli *Big Girls Don't Cry* sang, waren immer noch alle stumm und ernst, als wären sie unterwegs zu einer Beerdigung.

Am liebsten hätte Mickey Ralph aufgefordert, rechts ranzufahren und zu halten. An der nächsten roten Ampel könnte er aussteigen, zu Fuß nach Hause gehen und die ganze Sache vergessen. Der Wagen hielt, und Mickey legte seine Hand auf den Türgriff, doch er konnte ihn nicht öffnen. Er dachte an das Geld, das sie vielleicht für den Ring bekämen, und an seinen Anteil – fünftausend Dollar. Um jetzt auszusteigen, müsste er verrückt sein.

Als sie die Ocean Avenue entlangfuhren, lief immer noch Sixties-Musik, und Mickey saß hinten im Wagen, so stumm und ernst wie alle anderen auch.

Die Häuser in Manhattan Beach waren sogar noch größer und teurer als die in Rhondas Gegend. Filippos Cousin wohnte in einer zweistöckigen Villa mit Buntglasfenstern und einem großen Rasen vor dem Haus. Die Bude hatte bestimmt eine halbe Million gekostet, dachte Mickey. Wie es wohl sein musste, in einem dieser Häuser aufzuwachsen, so viel Platz, nie irgendwelche Sorgen zu haben – Mickey konnte es sich nicht vorstellen.

Ralph machte Motor, Scheinwerfer und Radio aus. Plötzlich war es fast vollkommen still, als parkten sie auf einem Feldweg statt auf einer Straße in Brooklyn.

»Okay«, sagte Filippo. »Sind alle bereit?«

»Denk dran«, sagte Chris zu Mickey, »du und Ralph, ihr übernehmt das Erdgeschoss, Filippo und ich den ersten und zweiten Stock. Ralph steigt als Erster aus und kümmert sich um das Schloss und die Alarmanlage. Er geht durch die Hintertür rein, dann kommt er wieder raus und öffnet die Vordertür. Sobald die Vordertür aufgeht, setzen wir uns in Bewegung. Aber nicht rennen – wir *gehen* über die Straße zu dem Haus. Sobald wir im Haus sind, ziehen wir unsere Skimasken über und machen uns an die Arbeit. Ralph steht Schmiere. Wenn er ruft ›Los, wir gehen!‹, dann war's das, wir verschwinden. Und nicht vergessen, nimm alles mit, was man zu Geld machen kann, aber es darf nicht zu groß sein. Egal was wir mitnehmen, es muss in die Wäschesäcke passen. Keine Fernseher, keine Stereoanlagen. Klar?«

Mickey schwieg.

»Also gut«, sagte Chris. »Auf geht's.«

Ralph stieg aus dem Wagen, in den Händen seinen zusammengerollten Wäschesack, die Skimaske und eine Taschenlampe. Er überquerte lässig die Straße, ganz wie jemand, der von der Arbeit heimkommt oder unterwegs ist, um einen Freund zu besuchen. Er ging in die Auffahrt hinein und verschwand hinter dem Haus.

Im Wagen sagte niemand ein Wort. Mickey hatte keine Uhr um, nahm aber an, es müssten etwa fünf Minuten vergangen sein, seit Ralph hinter dem Haus verschwunden war. Chris atmete tief ein und aus, doch Filippo vorne machte keinen Mucks.

Nach ein paar weiteren Minuten sagte Filippo: »Wieso braucht er so scheißlange?«

»Bleib locker, ja?«, erwiderte Chris. »Er weiß, was er tut.«

Chris klang nervös, dachte Mickey, längst nicht so selbstsicher wie neulich abends, als er von dem Einbruch gesprochen hatte.

Es vergingen noch einige Minuten, und dann steckte Ralph endlich seinen Kopf aus der Haustür.

»In Ordnung, legen wir los«, sagte Chris.

Filippo stieg als Erster aus und überquerte die Straße, gefolgt von Chris und Mickey. Die Luft war klar und frisch – der Atlantik lag nur wenige Straßen entfernt –, und Mickey atmete tief durch, versuchte ruhig zu bleiben.

Auf dem Treppenabsatz vor der Tür zogen sie ihre Skimasken über, dann betraten sie das Haus. Drinnen war es fast vollkommen dunkel, und sie schalteten sofort ihre Taschenlampen ein. Chris folgte Filippo geradeaus zur Treppe, die beiden gingen hinauf. Mickey blieb mit Ralph im Erdgeschoss. Ralph war schon dabei, sich im Wohnzimmer nach Beute umzusehen, also ging Mickey ins Esszimmer. Auf der Suche nach Wertsachen zog er sämtliche Schubladen eines großen Schranks heraus. In den ersten beiden Schubladen fand er nichts, doch in der dritten entdeckte er in einer Schachtel einen Haufen alter Briefmarken und ließ die Schachtel in den Wäschesack fallen. In einer Vitrine im Esszimmer fand er eine Polaroidkamera. Als er weiterging, beleuchtete seine Taschenlampe ein gerahmtes Foto von einem Paar am Strand. Die beiden waren vielleicht Mitte vierzig – der Mann korpulent, mit dunklen, leicht graumelierten Haaren, die Frau ebenfalls füllig, aber blond, er in der Badehose, sie im Bikini.

Mickey war mit dem Esszimmer fertig und ging in die Küche. Er durchsuchte ein paar Schubladen, sah jedoch nichts, was sich mitzunehmen lohnte. In einem Schränkchen über dem Kühlschrank fand er eine Schachtel mit edel aussehendem Silberbesteck, die er auch in den Wäschesack warf, aber das war alles. Er betrat das nächste Zimmer, eine Art Hobbyraum, und sah sich dort um. Ein Betamax-Videospieler war an einen Fernseher angeschlossen. Mickey kniete sich hin, zog die Kabel heraus und steckte den Betamax in den Sack. Daneben lagen einige Videokassetten auf dem Boden, die lohnten sich wahrscheinlich nicht. Dann leuchtete er mit seiner Taschenlampe auf den Fernseher und entdeckte oben darauf eine Armbanduhr – eine Rolex. Sein Herz pochte, als hätte er gerade auf der Rennbahn die Dreierwette gewonnen. Die Uhr war gut und gerne tausend Dollar wert, wenn nicht mehr. Er warf sie in den Sack und suchte auf der anderen Seite des Zimmers weiter. Er zog eine Schreibtischschublade auf und erblickte Münzen – hauptsächlich Silberdollars, etwa zwanzig Stück. Er kippte sie gerade in den Sack, als er etwas hörte, das wie ein Schuss klang. Er ließ den Wäschesack zu Boden fallen, dann krachte noch ein Schuss. Es hörte sich an, als wären beide Schüsse von oben gekommen. Er packte den Wäschesack wieder und eilte in die Diele, in die Nähe des Treppenaufgangs. In seinem Kopf wirbelte alles durcheinander, er konnte keinen klaren Gedanken fassen. Er hatte noch nie echte Schüsse gehört und hoffte, dass er sich getäuscht hatte – dass es nur die Fehlzündungen eines Automotors gewesen waren oder Kinder, die mit Böllern spielten.

Er leuchtete mit seiner Taschenlampe die Treppe rauf und sah nichts. Dann leuchtete er im Erdgeschoss nach allen Seiten und fragte sich, wo Ralph war.

»Ralph«, flüsterte Mickey, aber es kam keine Antwort.

Mickey fragte sich, ob Ralph sich aus dem Staub gemacht hatte. Die Haustür war direkt hinter Mickey. Er dachte daran, selbst abzuhauen, entschied sich aber dagegen. Nicht ohne Chris, jedenfalls.

»Chris«, flüsterte Mickey laut, aber es kam keine Antwort. Er wiederholte den Namen, lauter – immer noch nichts. Er rief nach Ralph und Filippo, doch auch darauf keine Reaktion. Sekunden vergingen, die ihm wie Minuten vorkamen. Mickey überlegte, ob er nach oben gehen sollte. Nein, es war besser, in der Nähe der Haustür zu bleiben, für alle Fälle.

Dann hörte Mickey hinter sich ein Geräusch, das von draußen kam. Es klang, als wäre da jemand.

Mickey legte den Wäschesack neben sich auf den Boden und knipste die Taschenlampe aus. Er stand starr da und lauschte auf einen weiteren Laut von draußen, als er hinter sich ein anderes Geräusch hörte. Er drehte sich rasch um und leuchtete mit seiner Taschenlampe Ralph und Filippo an, die die Treppe herunterkamen. Sie hielten Chris aufrecht zwischen sich.

»Nimm den Scheiß von meinem Gesicht«, flüsterte Filippo grob. Er hatte immer noch die Skimaske auf, und Mickey sah durch die Löcher seine zusammengekniffenen Augen.

Mickey senkte den Lichtkegel zum Fußboden.

»Scheiße, was ist passiert?«, flüsterte Mickey.

Keine Antwort. Mickey wartete, bis sie unten am Treppenabsatz angekommen waren, dann richtete er seine Taschenlampe wieder nach vorn, direkt auf das blutgetränkte Hemd von Chris. Als er höher leuchtete, sah er, dass Chris' Kopf, der noch in der Skimaske steckte, schlaff zur Seite hing. Aus Chris' Mund tropfte Blut, und seine

Augen waren halb geschlossen. Plötzlich war Mickey schwindlig, und alles wurde weiß.

Filippo und Ralph gingen, Chris immer noch zwischen sich, an Mickey vorbei zur Haustür.

»Wartet.« Mickey atmete jetzt schwer, konnte kaum sprechen. Er hielt sich am Treppengeländer fest, fast wäre er ohnmächtig geworden. »Ich glaube ... ich glaube, da draußen ist jemand.«

Filippo und Ralph blieben stehen und sahen einander an. Dann hielt Ralph seinen Zeigefinger an die Lippen. Filippo trug Chris nun allein, Ralph ging mit gezückter Pistole zur Haustür.

Filippo knipste seine Taschenlampe aus und flüsterte Mickey zu: »Mach dein Scheißlicht aus, du Depp.«

Mickey machte die Taschenlampe aus und stand nun im Dunkeln neben Filippo.

Nach etwa einer Minute kam Ralph zurück und sagte: »Ich seh da keinen.«

»Scheiß drauf«, sagte Filippo. »Wir gehen einfach raus – schnell. Und lasst die Masken auf.«

Filippo und Ralph nahmen Chris' Leiche wieder zwischen sich und gingen voran. Ralph öffnete langsam und mit gezogener Waffe die Tür, schaute in beide Richtungen, dann verließen sie das Haus. Ralph hatte seinen Wäschesack auf der freien Schulter, Filippo trug zwei Wäschesäcke – seinen und den von Chris. Mickey folgte, seinen Wäschesack ebenfalls über die Schulter geworfen.

Es schien ewig zu dauern, bis sie die Straße überquert hatten, doch endlich erreichten sie das Auto. Ralph öffnete die Hintertür und wuchtete Chris' Körper hinein, setzte ihn so hin, als lebte er noch. Mickey hatte das Gefühl, sich gleich übergeben zu müssen. Ralph öffnete den Kofferraum, und alle legten ihre Wäschesäcke hinein, als sie die Stimme eines alten Mannes hörten: »He, was ist denn da drüben los?«

Die Stimme kam offenbar aus der Nähe, vielleicht war der Mann auf der anderen Straßenseite, doch Mickey sah nicht nach.

Ralph und Filippo drängten sich auf die Vordersitze, und Mickey stieg nach hinten zu Chris' Leiche. Als der Wagen anfuhr, war Mickey noch mit einem Bein draußen, doch es gelang ihm, sich ganz in den Wagen zu ziehen und die Tür zu schließen, während das Auto davonbrauste.

An der Ecke bog Ralph scharf nach links auf den Shore Boulevard, und Chris' Leiche rutschte zur Seite auf Mickey drauf. Mickey schob sie hektisch beiseite.

»Ganz ruhig«, sagte Filippo zu Ralph, »wir wollen jetzt auf keinen Fall wegen überhöhter Geschwindigkeit angehalten werden.«

Ralph fuhr langsamer, aber es fühlte sich immer noch an wie etwa hundert Stundenkilometer.

»Verdammt, was ist da oben passiert?«, fragte Mickey und blickte aus dem Fenster, um nicht Chris ansehen zu müssen.

Keiner antwortete.

»Ich hab gefragt: Was verdammt noch –«

»Chris ist erschossen worden«, sagte Filippo.

»Von wem?«, fragte Mickey.

»Von meinem Onkel Louie.«

»Was?«

»Von meinem beschissenen Onkel Louie, meinem beschissenen Onkel Louie, klar? Was ist'n los mit dir, bist du taub?«

»Was hat dein Onkel in dem Haus gemacht?«

»Er übernachtet manchmal da. Ich hab nicht damit gerechnet, dass er heute Nacht da sein würde. Ich fasse es nicht, dass diese Scheiße passiert ist.«

»Und er hat Chris erschossen?«

»Ja, er hat Chris erschossen.«

»Was redest du da für'n Scheiß?«

»Ich war oben im ersten Stock«, sagte Filippo. »Ich war im Arbeitszimmer oder was, wo mein Cousin seine ganzen Bücher hat, und Chris war im Schlafzimmer. Dann hab ich die Schüsse gehört – peng, peng. Also geh ich da rein. Es ist dunkel, ich sehe zwar den Körper von dem Mann, aber nicht sein Gesicht. Dann sehe ich, dass er 'ne Kanone hat, und darum hab … darum hab ich ihn erschossen. Ich hab ihn einfach erschossen, verdammt.«

»Was?«, sagte Mickey. »Du hast deinen Onkel umgebracht?«

»Ich wusste doch nicht, dass er's war.«

»Was für 'n Scheiß quatschst du da? Heißt das, die Leiche von deinem Onkel ist in dem Haus?«

»Das hab ich doch grad gesagt.«

»Großer Gott«, sagte Mickey.

»Großer Gott«, äffte Filippo ihn nach. »Warum hältst du nicht das Maul, bevor ich dir eine reinhaue? Das ist

mein Onkel, nicht deiner. Ich fass es nicht, dass ich ihn erschossen hab. Dafür komm ich in die Hölle.«

Ralph bog, dem Shore Boulevard folgend, scharf nach rechts ab, und wieder rutschte Chris' Leiche auf Mickey. Der schob sie so heftig von sich, dass Chris' Kopf gegen die Fensterscheibe auf der anderen Seite knallte.

»Hey, beruhig dich mal da hinten«, sagte Ralph.

»Ich kapier's immer noch nicht«, sagte Mickey. »Wie wurde Chris erschossen?«

»Mein Onkel hat ihn erschossen, du Idiot«, sagte Filippo.

»Warum?«

»Warum gehst du nicht zurück und fragst ihn?«

Mickey stützte seinen Kopf in beide Hände und schloss die Augen.

»Was machen wir denn jetzt?«, fragte Mickey. »Wenn die Cops deinen Onkel in dem Haus finden, werden sie –«

»Das ist unwichtig«, sagte Filippo. »Da liegt halt ein Toter in dem Haus. Das hat nichts mit uns zu tun.«

»Schon mal was von Spurensicherung gehört?«, sagte Mickey. »Die wissen dann doch, dass Chris da war. Sie werden sein Blut finden und versuchen, es abzugleichen mit –«

»Womit abzugleichen?«, erwiderte Filippo. »Sie haben keine Leiche. Ohne Chris' Leiche wissen sie überhaupt nichts.«

»Aber Sie haben die andere Leiche«, sagte Mickey.

»Du bist echt gerne dämlich, stimmt's?«, sagte Filippo.

Bei den Hafenanlagen in Sheepshead Bay fuhr Ralph

rechts ran. Es war nicht weit von der Stelle, wo Chris und Mickey mit Chris' Vater damals immer morgens zum Angeln aufgebrochen waren.

»Na schön«, sagte Ralph zu Filippo. »Gib mir die Knarren.«

Filippo gab Ralph seine Pistole, dann fragte Ralph: »Wo ist die von Chris?«

»Keine Ahnung«, sagte Filippo. »Ich dachte, du hast sie.«

»Ich hab sie nicht«, sagte Ralph.

»Ich hab sie dir gegeben, bevor wir ihn aufgehoben haben.«

»Einen Dreck hast du mir gegeben.«

»Ich hab sie Chris abgenommen«, sagte Filippo. »Das weiß ich genau.«

»Du hast sie im Haus gelassen«, sagte Ralph.

»Ich hab sie wohl hingelegt, als wir die Leiche aufgehoben haben.«

»Scheiße.« Ralph sah weg. Nach ein paar Sekunden sagte er: »Also gut, vielleicht macht es nichts. Die Knarre ist sowieso gestohlen. Vielleicht ist es sogar besser so. Die Cops finden eine Waffe neben der Leiche – das bringt sie auf die falsche Spur. Sie werden den Toten und Chris' Knarre sehen, und sie werden die Knarre untersuchen und herausfinden, dass der Tote nicht damit erschossen wurde.«

Ralph stieg aus und ging zum Hafenbecken. Er schleuderte beide Waffen in die Bucht, stieg dann wieder ins Auto und fuhr los, die Emmons Avenue entlang. Mickey schaute aus dem Fenster und dachte daran, wie er damals den Felsenbarsch gefangen hatte, den Dreiundzwanzigpfünder, und wie er danach mit dem Fisch und Chris fürs Foto posiert hatte.

»Verdammt«, sagte Ralph nach einem Blick in den Rückspiegel.

Mickey drehte sich um und sah den Polizeiwagen, der hinter ihnen fuhr.

»Scheiße«, sagte Filippo zu Ralph. »Glaubst du, der hat dich am Hafenbecken gesehen?«

»Ist schon in Ordnung.« Ralph blickte in den Spiegel. »Er hat das Blaulicht nicht an – der ist nicht hinter uns her.«

»Und wenn er das Nummernschild sieht?«, sagte Mickey.

»Macht nichts«, sagte Ralph. »Der Wagen ist gestohlen – ich hab ihn heute Nachmittag in Jersey geknackt. Wahrscheinlich haben sie jetzt noch nicht mal 'ne Anzeige vorliegen. Bleibt bloß cool, alle beide. Mickey, sorg dafür, dass Chris aufrecht sitzt.«

Mickey atmete tief durch, dann richtete er die Leiche auf, hielt sie fest und versuchte, nicht daran zu denken, was er gerade machte. Der Polizeiwagen folgte ihnen noch zwei Blocks, dann bog er links in die Ocean Avenue ein.

»Das war's, sie sind weg«, stellte Ralph fest.

»Herrgott noch mal, ich glaub, ich brauch 'ne frische Unterhose«, sagte Filippo.

Mickey ließ Chris los und rutschte zurück ans Fenster. Dann übergab er sich, kotzte auf seine Beine und auf die Rückenlehne des Vordersitzes.

»Was soll der Scheiß?«, rief Filippo.

In Mickeys Rachen brannte es; er war kurz davor, sich noch mal zu übergeben.

»Er hat ganze Brocken rausgekotzt«, sagte Filippo zu Ralph. »Was hab ich dir gesagt? Wir hätten heute Nacht meinen Kumpel Jimmy mitnehmen sollen statt dieser Scheiß-Schwuchtel.«

»Mach so 'n Scheiß nicht noch mal«, sagte Ralph zu Mickey.

Ralph bog in die Bedford Avenue ein, und im Wagen wurde es still. Mickey öffnete das Fenster einen Spaltbreit, und der kühle Luftzug linderte seine Übelkeit ein wenig. Er musste an Chris' Mutter denken, wie sie immer von Chris geschwärmt hatte, als der noch ein Kind war – all den anderen Müttern in der Nachbarschaft hatte sie immer erzählt, wie klug Chris sei und wie stolz sie auf ihn sei. Das war noch, bevor Chris in Schwierigkeiten geriet, aber selbst danach hielt sie immer zu ihm. Sie kümmerte sich gut um ihn oder versuchte es zumindest, nachdem Chris' Vater abgehauen war. Sogar in der letzten Zeit, als sie nur noch auf dem Sofa lag und sich andauernd betrank, schrie sie Chris weder an, noch behandelte sie ihn schlecht.

Von der Avenue Z bog Ralph auf einen Parkplatz neben einem geschlossenen Baumarkt. Er fuhr ganz nach hinten, wo es dunkel war, und parkte neben seinem ramponierten Oldsmobile Omega.

»Also, zuerst kümmer ich mich um die Leiche«, sagte Ralph.

Ralph stieg aus und öffnete den Kofferraum des Omega,

dann ging er zu dem gestohlenen Wagen zurück und zog Chris heraus. Er wuchtete ihn sich auf die Schulter und legte ihn in den Kofferraum seines Autos. Chris war klein und passte problemlos hinein.

Ralph steckte den Kopf in das Innere des gestohlenen Autos und sagte: »Na schön, ihr beiden steigt aus, zieht alle Klamotten aus und stopft sie in eure Wäschesäcke.«

»Wieso das denn?«, fragte Mickey.

»Weil ihr vielleicht Blut von Chris an euren Sachen habt und ich sein Blut nicht in meinem Wagen haben will. Na los, macht schon.«

Mickey, Filippo und Ralph standen draußen auf dem dunklen Parkplatz und begannen, sich auszuziehen. Mickey zog Jacke und Sweatshirt aus und spürte den stechend kalten Wind auf seiner Brust.

»Warum tun wir die Klamotten in die Wäschesäcke?«, fragte Mickey.

»Damit ich alles auf einmal loswerden kann«, sagte Ralph.

»Heißt das, du willst gar nicht probieren, die Sachen zu verticken?«, sagte Filippo.

»Das wäre oberschlau«, sagte Ralph. »Mit einer Leiche in dem Haus und einer anderen in meinem Kofferraum – das Zeug ist viel zu heiß.«

»Stimmt, und es ist auch egal«, meinte Filippo. »Den Ring hab ich sowieso nicht gefunden. Was wir hier haben, ist vielleicht ein paar hundert Piepen wert.«

Ralph und Filippo hatten ihre T-Shirts ausgezogen und waren inzwischen bei den Hosen angelangt. Mickey nahm sein Portemonnaie und die Schlüssel heraus, dann zog er die Hose aus, zerrte jedes Hosenbein über die Schuhe. Er fing an zu zittern.

»Die Schuhe auch«, sagte Ralph. »Könnte Blut dran sein. Los, schneller – wir müssen machen, dass wir hier wegkommen.«

Mickey zog seine Schuhe aus und steckte sie auch in den Wäschesack.

»Und die Handschuhe nicht vergessen«, sagte Ralph.

Mickey legte die Spülhandschuhe dazu und schmiss dann seinen Wäschesack zu denen von Ralph und Filippo in den Kofferraum, auf Chris' Leiche.

»Okay, ihr zwei wartet im Wagen«, wies Ralph sie an, »und ich erledige den Rest.«

Nur mit Socken und Unterwäsche bekleidet, stiegen Mickey und Filippo in Ralphs Auto – Mickey hinten, Filippo vorn. Ralph, ebenfalls in Socken und Unterwäsche, holte einen Schraubenschlüssel aus dem Kofferraum und kehrte zu dem gestohlenen Wagen zurück. Dort kniete er sich hin und fing an, die Radkappen zu entfernen.

»Warum macht er das?«, fragte Mickey.

»Was glaubst du denn?«, sagte Filippo. »Damit es so aussieht, als hätte man das Auto wegen der Einzelteile geklaut.«

Ralph schraubte alle vier Radkappen ab und legte sie in seinen Kofferraum. Als Nächstes öffnete er die Motorhaube des gestohlenen Autos und nahm die Batterie heraus, dann legte er sich unter den Wagen und montierte den Auspufftopf ab. Schließlich machte er sich vorn im Wageninneren zu schaffen und kam nach ein paar Minuten mit dem Autoradio wieder. Sämtliche Einzelteile packte er zu Chris' Leiche in den Kofferraum des Omega. Mit dem Schraubenschlüssel in der Hand ging er noch einmal zu dem gestohlenen Wagen zurück und schlug die Windschutzscheibe an mehreren Stellen ein. Dann stieg er zu Mickey und Filippo in den Omega, legte den Schraubenschlüssel in das Handschuhfach und fuhr los.

»So weit, so gut«, sagte Ralph, als er wieder in die Avenue Z einbog.

»Und was machen wir jetzt?«, fragte Mickey.

»*Wir* machen gar nichts«, sagte Ralph. »Ich setze dich und Filippo zu Hause ab, dann kümmere ich mich um den Rest.«

»Wie meinst du das?«, sagte Mickey. »Was hast du mit dem ganzen Zeug im Kofferraum vor? Was machst du mit Chris?«

»Lass das mal meine Sorge sein«, erwiderte Ralph. »Dann kannst du der Polizei nichts erzählen, wenn sie kommt und dich ausfragt. Du musst dir nur genau überlegen, wo du heute Nacht warst. Ich glaube nicht, dass die Cops mit dir reden – sie haben eigentlich keinen Grund dazu –, aber falls doch, was wirst du ihnen sagen?«

»Ich weiß es nicht«, sagte Mickey.

»Tja, dann lass dir besser rasch was einfallen«, sagte Ralph.

»Ich könnte sagen, dass ich zu Hause war«, schlug Mickey vor.

»Wer hat dich da gesehen?«, fragte Ralph.

»Niemand.«

»Nicht gut«, sagte Ralph. »Jemand muss dich da gesehen haben, sonst ist es nicht gut.«

»Ich kann sagen, mein Vater hat mich gesehen. Er hat Alzheimer. Er erinnert sich sowieso an nichts.«

»Sollte wohl klappen«, sagte Ralph. »Und was ist mit dir?«, fragte er dann Filippo.

»Ich war mit dir zusammen«, sagte Filippo. »Wir haben uns Pornos angesehen.«

»Gut, dann ist das unsere Geschichte, aber wir müssen dabei bleiben, komme, was wolle«, sagte Ralph. »Mickey, mach dich über das Fernsehprogramm schlau, sobald du heimkommst. Damit du den Cops alle Sendungen nennen kannst, die du gesehen hast, falls sie fragen. Filippo, welches Video haben wir uns angesehen?«

»*Flesh of the Lotus*, mit John Holmes als Johnny Wadd. Ich kenn alle Szenen auswendig.«

»Na schön, dann bleiben wir dabei«, sagte Ralph. »Filippo und ich haben uns *Flesh of the Lotus* angesehen. Die Cops werden uns auch alle nach Chris fragen. Sie werden sagen, wann habt ihr ihn das letzte Mal gesehen, solche Sachen. Wann haben wir Chris das letzte Mal gesehen vor heute Abend?«

»Ich hab ihn Donnerstagabend gesehen«, sagte Mickey. »Nach dem Bowling.«

»In Ordnung, dann sagst du das, wenn die Cops fragen. Ich und Filippo haben ihn Donnerstagabend das letzte Mal gesehen, als wir aus dem Diner raus sind – um elf Uhr.«

»Was ist mit Chris' Mutter?«, fragte Mickey.

»Was ist mit ihr?«, sagte Ralph.

»Chris hat ihr bestimmt erzählt, dass er heute Nacht irgendwohin wollte. Was, wenn er ihr erzählt hat, dass er uns trifft?«

»Chris war nicht dumm«, sagte Ralph. »Er hätte seiner Mutter nie erzählt, dass er in ein Haus einbrechen will.«

»Schon klar, aber er hat ihr vielleicht erzählt, dass er irgendwas anderes mit uns unternehmen will«, sagte Mickey, »bowlen gehen oder so was. Und wenn die Cops uns fragen, sagen wir was ganz anderes.«

»Trotzdem, das macht nichts«, erwiderte Ralph. »Vielleicht hat er seiner Mutter erzählt, er geht mit uns weg, und wenn schon? Vielleicht hat er seine Mutter belogen, vielleicht wollte er uns gar nicht treffen. Wir müssen bloß steif und fest behaupten, wir hätten Chris heute Nacht nicht gesehen. Wenn wir dabei bleiben, kann uns nichts passieren.«

Der Wagen erwischte ein Schlagloch, und Chris' Leiche und der übrige Kram im Kofferraum wurden durcheinandergeschüttelt.

»Und, hat jemand noch Fragen?«, sagte Ralph. »Weiß jeder genau, was er zu sagen hat?«

»Ja«, antworteten Mickey und Filippo.

»Gut«, sagte Ralph. »Und denkt dran, die Cops werden probieren, euch reinzulegen. Sie werden behaupten, einer von uns hat gestanden, also könntest du genauso gut auch gestehen, oder sie erzählen dir irgendeinen anderen Scheiß. Egal was ihr macht, nicht reden – ganz gleich, was passiert. Falls irgendwas schiefgeht – falls etwas passiert und die Cops rausfinden, dass einer von uns in dem Haus war –, es quatscht keiner. Falls einer auffliegt, fliegt er allein auf, Punkt. Ich sag's euch jetzt und hier, wenn ich 'ne Mordanklage am Hals hab, weil ihr mich verpfiffen habt, bring ich euch um. Und wenn ich zwanzig Jahre warten muss, bis ich aus dem Knast komme, das ist mir egal, ich bring euch trotzdem um. Vergesst das nicht.«

Ralph fuhr weiter, und sie schwiegen, bis Ralph in die Albany Avenue einbog und vor Mickeys Haus hielt.

»Noch was«, sagte Ralph zu Mickey. »Du redest weder mit mir noch mit Filippo, wenigstens ein paar Monate lang. Es darf nicht so aussehen, als hätten wir Angst. Wahrscheinlich wird Chris in ein, zwei Tagen vermisst gemeldet, und wir müssen so tun, als wären wir genauso überrascht wie alle anderen auch. Sobald das mit Chris bekannt wird, melde ich uns aus der Bowling-Liga ab. Ich sag dem Typen dort, wir finden keinen vierten Mann als Ersatz für Chris. Dann müssen wir uns überhaupt nicht mehr treffen. Noch Fragen?«

Mickey schüttelte den Kopf.

»Gut, dann geh rein und marsch ins Bett«, sagte Ralph. »Wir dürfen das nicht vermasseln.«

Mickey stieg aus und sprintete in Unterwäsche und Socken in die Auffahrt. Als er das Haus betrat und die Treppe hochlief, fing Blackie an, wie verrückt zu bellen.

10

Es war fünf Uhr morgens, und Mickey konnte immer noch nicht einschlafen. Er lag im Bett und sah immerzu Chris' totes Gesicht hinter der Skimaske, aus dem Mund tropfte Blut.

Schließlich stellte er den Radiowecker neben seinem Bett auf den Nachrichtensender WINS. Es gab keine Meldungen über einen Einbruch in Manhattan Beach und eine Leiche. Das überraschte Mickey, er hatte gedacht, der alte Mann auf der Straße würde sofort die Polizei rufen.

Mickey duschte lange, blieb unter dem heißen Wasser stehen, bis die Haut seiner Finger schrumplig wurde. Nachdem er sich angezogen hatte, hörte er in seinem Zimmer noch mal zwei Stunden Nachrichten, doch über den Einbruch kam immer noch nichts.

Mickey war nicht in der Stimmung, heute stundenlang in einem Musical zu sitzen, wusste aber, zu Hause zu bleiben und darauf zu warten, dass irgendwas in den Nachrichten kam, wäre die reinste Folter. Außerdem würde es guttun, Rhonda wiederzusehen.

Wie versprochen, wartete Rhonda um Punkt elf an der Ecke Bedford und Avenue J. Sie sah toll aus in ihrem schwarzen Minirock, den schwarzen Stöckelschuhen und dem großen roten Pulli mit dem Hüftgürtel. In seiner Jeans, den Turnschuhen und einem Sweatshirt kam Mickey sich zu salopp gekleidet vor.

Als Rhonda einstieg, küsste Mickey sie auf die Lippen, dann duckte sie sich unter das Armaturenbrett und sagte: »Fahr los.«

Mickey gab Gas und fuhr Richtung Ocean Avenue.

»Mein Vater ist aus dem Haus gegangen, und ich hab Angst, dass er zurückkommt«, sagte sie. »Keine Bange, das musst du nicht noch mal machen. Ich muss meinen Vater nur langsam dressieren.« Immer noch nach vorne gebückt, sah sie zu Mickey hoch: »Und, wie geht's dir?«

»Ganz okay«, sagte Mickey.

Mickey fiel auf, dass Rhonda heute ein anderes Parfüm trug. Es gefiel ihm nicht so gut wie das vom Freitag.

»Stimmt etwas nicht?«, fragte Rhonda.

»Nein«, sagte Mickey. »Wieso?«

»Du siehst irgendwie müde aus.«

»Ich hab letzte Nacht kaum geschlafen. Der Hund des Vermieters.«

»Oh«, sagte Rhonda. Sekunden später fügte sie hinzu: »Du bist nicht sauer, weil ich mich vor meinem Vater verstecke, oder?«

»Nein, überhaupt nicht.«

Mickey bog rechts in die Ocean Avenue ein, und Rhonda richtete sich auf.

»Jetzt sind wir sicher, glaube ich«, sagte sie. »Guck mal, was ich habe.«

Rhonda entnahm ihrer Handtasche ein Foto, und Mickey warf beim Fahren einen Blick darauf. Es war ein

Bild von Ronny Feldmans Geburtstagsparty. Mickey, neun Jahre alt, schiefer Pony in der Stirn, sah Ronny beim Geschenkeauspacken zu. Rhonda, in einem hellblauen Kleidchen mit weißem Spitzenbesatz, stand neben Mickey. Ihr Gesicht hatte sich überhaupt nicht verändert.

»Erkennst du mich?«, fragte Rhonda.

»Das ist unglaublich«, sagte Mickey lächelnd.

»Ich frag mich, ob wir miteinander geredet haben.«

»Das wär lustig.«

»Ich glaube, ich erinnere mich an dich.«

Mickey hörte auf zu lächeln, er sah Ralph und Filippo vor sich, wie sie Chris' Leiche die Treppe hinuntertrugen.

Rhonda steckte das Foto weg und sagte: »Also, dein erstes Musical-Erlebnis – bist du aufgeregt?«

»Ja«, sagte Mickey, immer noch abgelenkt.

»Hört sich ganz so an.«

»Nein – wirklich. Wie gesagt, ich hab letzte Nacht nur zu wenig geschlafen.«

Rhonda redete weiter, erzählte von ihren Lieblings-Broadway-Musicals – *Pippin*, *A Chorus Line*, *Sweeney Todd*. Mickey hörte kaum zu. Immer wieder tauchten Szenen aus der vergangenen Nacht in seinem Kopf auf – wie Chris' Leiche im Auto gegen ihn fiel, wie der Alte auf der Straße schrie, wie Ralph die Knarren in die Sheepshead Bay warf.

»Wie war das?«, sagte Mickey, als er merkte, dass sie ihm eine Frage gestellt hatte.

»Ich wollte wissen, was dein Lieblingsfilm aller Zeiten ist«, sagte Rhonda.

»Ach so, *Krieg der Sterne* wohl.«

»Das ist ja *so was* von originell«, sagte Rhonda. »Ich mag *Reds*, *Sophies Entscheidung* und *Amadeus*. Hast du den gesehen?«

»Wen?«, fragte Mickey.

»Amadeus.«

»Nö«, sagte Mickey.

Rhonda sprach weiter über Filme und andere Dinge, doch zwischendurch gab es auch lange Pausen. Als sie auf den Brooklyn-Queens Expressway fuhren, sagte Rhonda: »O mein Gott, ich weiß, was los ist.«

Das klang, als wüsste sie es wirklich.

»Das ist die Stelle, stimmt's?«, sagte sie. »Der Autounfall, bei dem deine Mutter ums Leben kam – du hast gesagt, das sei hier passiert, auf dem Brooklyn-Queens Expressway. Sind wir etwa gerade an der Stelle vorbeigefahren?«

»Ja«, sagte Mickey, obwohl der Unfall woanders geschehen war, dort, wo sich der BQE kurz darauf mit dem Gowanus Expressway vereinigte.

Während des Rests ihrer Fahrt nach Manhattan sprachen sie nicht viel. Sie stellten den Wagen auf einem Parkplatz an der 48th Street ab und gingen die 9th Avenue hinunter. In diesem Teil der Stadt fühlte Mickey sich nicht wohl, schon gar nicht mit einem Mädchen. In jedem Häuserblock gab es Pornokinos, vor den Hauseingängen lungerten schäbig aussehende Leute herum, und drogensüchtige Obdachlose bettelten um Kleingeld. Sie kamen an einigen Guardian Angels vorbei – Latinos, harte Kerle, die mit roten Baskenmützen herumliefen und versuchten, den Kiez zu beschützen –, aber Mickey fühlte sich dennoch nicht sicher und hielt Rhondas Hand fest gepackt.

Mickey fragte Rhonda, auf was für Essen sie Lust habe.

»Egal«, sagte sie und sah weg.

Sie gingen zu einem Italiener in dem Abschnitt der 46th Street, den man Restaurant Row nennt. Das Abendessen würde mindestens dreißig Dollar kosten und Parken um die zwanzig. Diesmal ging das in Ordnung – Mickey hatte hundert Dollar dabei –, doch er wusste, heute wäre das letzte Mal, dass er fünfzig oder sechzig Scheine für ein Date ausgeben könnte. Er dachte an die Rolex von vergangener Nacht und wünschte, er hätte sie behalten. Er hätte sie versetzen oder verkaufen und mit dem Geld den Rest von Angelos Schulden bezahlen können, und es wäre immer noch etwas übrig geblieben.

Mickey bestellte Lasagne, und Rhonda nahm ein Kalbfleischgericht. Während des Essens bestritt Rhonda den größten Teil der Konversation. Mickey musste wohl abwesend gewirkt haben, denn Rhonda fragte: »Bist du immer noch traurig wegen deiner Mutter?«

»Nein«, sagte Mickey.

»Dann habe ich wohl etwas getan oder gesagt, denn –«

»Nein. Es ist nichts.«

»Nun, heute scheinst du nicht sehr glücklich zu sein in meiner Gegenwart.«

»Natürlich bin ich glücklich«, widersprach Mickey. »Sogar sehr glücklich.«

Bis zum Ende des Essens schwieg Mickey. Er zahlte die Rechnung, 35 Dollar mit Trinkgeld, dann gingen sie ein paar Straßen weiter bis zum Winter Garden Theatre in der 50th Street, Ecke Broadway.

Sie hatten tolle Plätze – in der Mitte, drei Reihen hinter dem Orchester. Während sie darauf warteten, dass sich der Vorhang hob, versuchte Rhonda immer noch, sich mit Mickey zu unterhalten, und Mickey schwieg immer noch. Ihn ließ die Sorge nicht los, was Ralph wohl mit Chris' Leiche gemacht hatte und was mit der Leiche von Filippos Onkel war, die in dem Haus lag.

Mickey konnte sich nicht groß auf das Musical konzentrieren. Doch Rhonda amüsierte sich offenbar köstlich, sie lächelte, sang die Lieder mit.

Als sie aus dem Theater kamen, war es etwa halb sechs und bereits dunkel. Sie gingen die 50th Street entlang Richtung 9th Avenue. Rhonda sang immer noch einen der Songs aus dem Musical, etwas über einen Kater namens Skimbleshanks, und Mickey wünschte sich inständig, sie würde einfach die Klappe halten.

An der 9th Avenue fiel Mickey ein großer, hagerer Puerto-Ricaner auf, der vor einer Bodega stand und ihn und Rhonda musterte, als sie vorbeigingen. Als sie dann in die 48th Street einbogen und auf den Parkplatz zusteuerten, sah Mickey sich um und merkte, dass der Typ ihnen folgte.

»Los, geh schneller«, flüsterte Mickey.

»Warum?«, sagte Rhonda mit normaler Lautstärke.

»Tu's einfach«, sagte Mickey.

Mickey und Rhonda gingen schneller, aber Rhonda

hatte Stöckelschuhe an, und Mickey hatte das Gefühl, sie mitschleifen zu müssen.

»So schnell kann ich nicht gehen«, sagte Rhonda. »Was ist denn mit dir los? Warum zerrst du so an mir?«

Mickey schaute sich um und sah, dass der Typ hinter ihnen auch den Schritt beschleunigt hatte und näher kam. Doch Mickey und Rhonda waren inzwischen beim Parkplatz angelangt, dort war die Straße besser beleuchtet, und ein Parkplatzwächter saß nur wenige Schritte entfernt in einer Bude. Der Typ, der ihnen gefolgt war, machte kehrt und ging zurück Richtung 9th Avenue.

Mickey bezahlte den Parkplatzwächter und ging dann mit Rhonda zum Auto.

»Was war denn los mit dir?«, sagte Rhonda. »Warum hast du so an mir gezerrt und gezogen?«

»Der Typ ist uns gefolgt«, sagte Mickey.

»Was für ein Typ?«

»Der hinter uns. Er ist uns seit dieser Bodega gefolgt.«

»Warum hast du mir das nicht gesagt?«

»Ich konnte nicht.«

»Wieso musstest du so an mir zerren? Ich hätte mir fast den Fuß verknackst.«

»Tut mir leid«, sagte Mickey, »mir blieb keine andere Wahl. Der Typ hätte uns sonst ausgeraubt.«

Sie stiegen in den Wagen und verließen den Parkplatz.

»Geht's wieder?«, fragte Mickey.

Rhonda hatte die Arme vor der Brust verschränkt und gab keine Antwort. Mickey griff nach ihrer Hand, doch sie entzog sie ihm.

»Sieh mal, ich wusste mir nicht anders zu helfen, okay?«, sagte Mickey. »Ich dachte wirklich, der Typ wollte uns überfallen. Du hattest Glück, dass er dir nicht deine Handtasche weggerissen hat.«

»Ich wünschte wirklich, du würdest mir sagen, was los ist«, sagte Rhonda.

»Wie los ist?«

»In jeder Hinsicht. Du bist schon den ganzen Tag so merkwürdig. Beim Essen hast du nichts gesagt und über das Musical auch nichts.«

»Es war gut«, sagte Mickey.

»Es war *gut*? Das ist alles? Was war denn gut daran? Haben dir die Lieder gefallen, das Tanzen?«

»Mir hat alles gefallen.«

»Den Eindruck hast du aber nicht vermittelt. Du hast die ganze Zeit nur dagesessen und böse geguckt. Lag's an mir? Habe ich etwas falsch gemacht?«

»Nein, überhaupt nicht, das sagte ich doch schon. Ich hatte heute sehr viel Spaß.«

»Tja, aber ich nicht.«

»Das tut mir leid.«

»Na klar.«

Sie fuhren durch die 11th Avenue, als es anfing zu nieseln. Mickey schaltete die Scheibenwischer ein, auf langsamster Stufe. Minutenlang hörte man im Wagen nur das Reiben der Wischer auf der Windschutzscheibe.

Schließlich sagte Mickey: »Hör mal, es tut mir echt leid. Ich weiß, dass ich heute ein wenig neben mir stand. Aber glaub mir, das hat nicht das Geringste mit dir zu tun. Gar nichts, das schwör ich bei Gott.«

»Ist schon gut«, sagte Rhonda leise.

»Nein, es ist nicht gut. Ich habe mich den ganzen Tag wie ein Idiot benommen, aber so bin ich nicht. Du weißt, wie ich wirklich bin.«

»Mach dir deswegen keine Sorgen. Ist nicht so wichtig.«

Auf der Rückfahrt versuchte Mickey, Konversation zu machen. Er erzählte Rhonda, wie gut ihm die Aufführung gefallen habe und wie gern er sich irgendwann mal mit ihr ein anderes Musical ansehen würde, doch lange hielt er das nicht durch. Bald musste er wieder an die vergangene Nacht denken, und es wurde erneut totenstill im Auto.

Rhonda bat Mickey, sie an der nächsten Ecke ihres Blocks abzusetzen statt vor ihrem Haus, damit ihr Vater nichts mitbekam. Mickey fuhr in eine Parklücke an der Ecke Avenue I und East 23rd Street und stellte den Hebel auf Parkposition.

»Ich würde dich diese Woche gern irgendwann abends zum Essen einladen«, sagte Mickey. »Wie wär's mit Mittwoch?«

»Vielleicht«, sagte Rhonda.

»Vielleicht?«

»Ich weiß noch nicht, welcher Abend bei mir geht.«

»Ich ruf dich an.«

Mickey versuchte, Rhonda in die Augen zu sehen, aber sie schaute weg, fummelte am Türgriff herum. Mickey neigte sich vor und küsste sie, doch mit dem Kuss von neulich war das nicht zu vergleichen. Sie öffnete den Mund nicht, wich bald zurück und sagte: »Gute Nacht,

Mickey.« Dann stieg sie aus dem Wagen und ging die Straße entlang zu ihrem Haus, ohne sich noch einmal umzusehen oder zu winken.

Mickey fuhr weg, voller Selbsthass. Er hatte alles verdorben, sich wie ein Arsch benommen. Als er in die Albany Avenue bog, sah er den Polizeiwagen vor seinem Haus und die beiden Beamten, die mit seinen Nachbarn sprachen.

11

Mickey stellte den Wagen auf der anderen Straßenseite ab und stieg langsam aus. Die Nachbarn bemerkten ihn und hörten sofort auf, untereinander und mit den Polizisten zu reden. Mickeys Vermieter Joseph war da, Shawn, der dreizehnjährige Junge von nebenan, seine Eltern, auch John Finley mit seiner Frau Kathy, und Kenny Dugan, der ein paar Häuser weiter wohnte. Dann sah Mickey Mrs. Turner, Chris' Mutter, die etwas abseits von den anderen neben der Auffahrt stand. Alle blickten ihn mit traurigen, enttäuschten Mienen an und fragten sich bestimmt, wie ein Junge wie Mickey, den alle immer für einen hellen Kopf gehalten hatten, für jemand, der es noch einmal weit bringen würde, an so etwas beteiligt sein konnte.

Als die beiden Polizisten Mickey sahen, gingen sie ihm sofort mit ernsten Gesichtern entgegen, um ihn noch vor dem Haus abzufangen. Mickey erwartete, gleich gegen das Auto geschleudert zu werden, dass die Beamten ihm von hinten Handschellen anlegten und ihm seine Rechte vorlasen.

»Sind Sie Mickey Prada?«, fragte einer der Polizisten, ein untersetzter Mann mit buschig-braunem Schnauzbart.

»Ja«, sagte Mickey und machte sich auf das Unvermeidliche gefasst.

»Leider habe ich schlechte Neuigkeiten für Sie«, sagte der Beamte. »Ihr Vater ist heute Nachmittag ums Leben gekommen.«

»Was haben Sie da gesagt?«, fragte Mickey.

»Ihr Vater ist heute Nachmittag ums Leben gekommen«, wiederholte der Beamte. »Er wurde überfahren, als er den Fort Hamilton Parkway überquerte. Es tut uns sehr leid.«

In der nächsten Sekunde, so schien es ihm, saß Mickey auf dem Treppenabsatz vor der Haustür, die beiden Polizisten standen vor ihm, und er hatte keine Ahnung, wie er dort gelandet war. Der zweite Beamte, groß und mit blondem Bürstenhaarschnitt, erklärte, wie es zu dem Unfall gekommen war. Sal Prada hatte gegen fünfzehn Uhr dreißig versucht, den Fort Hamilton Parkway bei Rot zu überqueren, wobei er von einem Wäschelaster erfasst wurde. Mickey passte nicht richtig auf, doch er hörte den Beamten sagen: »Ihr Vater war auf der Stelle tot«, und: »Er hatte keine Schmerzen.«

Einer nach dem anderen kamen die Nachbarn zu Mickey, um ihn zu trösten. Chris' Mutter setzte sich neben Mickey und legte einen Arm um ihn. Mickey roch den Alkohol in ihrem Atem, als sie sagte: »Keine Sorge, dein Vater ist jetzt im Himmel und leidet nicht mehr.« Sie küsste Mickey auf die Wange und fuhr dann fort: »Ich weiß, das ist ein schrecklicher Augenblick für dich, aber hast du eine Ahnung, wo Chris ist?«

Mickey sah zu den Polizisten hinüber, die nur wenige

Schritte entfernt standen, doch die beiden waren beschäftigt, sie schrieben etwas in ihre Notizblöcke und schienen nicht zu lauschen.

»Wie meinen Sie das?«, fragte Mickey.

»Er ist gestern Nacht nicht nach Hause gekommen, und ich habe den ganzen Tag nichts von ihm gehört«, sagte Mrs. Turner. »Ich dachte, vielleicht ist er mit dir nach Atlantic City oder so gefahren, ohne es mir zu sagen.«

»Ich habe ihn seit Donnerstagabend nicht gesehen«, sagte Mickey.

»Bestimmt kommt er bald nach Hause«, meinte Mrs. Turner. »Und dann sage ich ihm, er soll zu dir rübergehen.«

Nachdem sie Mickey noch einige Minuten getröstet hatte, kehrte Mrs. Turner in ihr Haus auf der anderen Straßenseite zurück. Der Polizist mit dem Schnauzbart gab Mickey ein paar persönliche Gegenstände, die Sal bei sich hatte – sein Portemonnaie und die Schlüssel –, und teilte ihm mit, der Leichnam befinde sich momentan in der Leichenhalle des Victory Memorial Hospital.

»Wenn Sie uns begleiten und den Leichnam identifizieren möchten, nehmen wir Sie gern mit.«

Mickey nickte und folgte den Beamten zu ihrem Einsatzwagen. Auf der gut zwanzigminütigen Fahrt nach Bay Ridge starrte Mickey aus dem Fenster, während die Beamten vorne über Baseball laberten.

Im Krankenhaus führte man Mickey in die Leichenhalle. Ein Mitarbeiter erklärte, die Leiche sei »in schlechtem Zustand«, deshalb zeigte er Mickey nicht den Leichnam, sondern ein Schwarzweißfoto – Sals Gesicht im Profil. Mickey erkannte seinen Vater sofort, worauf ihn der Mitarbeiter bat, das Foto zu unterschreiben.

Mickey bekam eine Karte mit einer Telefonnummer, dort sollte er anrufen und dem Krankenhaus mitteilen, wohin man den Leichnam bringen solle. Dann begleiteten die Polizisten Mickey wieder nach oben.

In der Eingangshalle des Krankenhauses sagte der blonde Cop zu Mickey: »Soweit wir wissen, war Ihr Vater an Alzheimer erkrankt und hat erst vor kurzem einen Schlaganfall erlitten. Ist das richtig?«

»Ja«, sagte Mickey.

»Haben Sie eine Ahnung, warum er sich heute in der Gegend um den Fort Hamilton Parkway aufhielt?«

»Nein. Eigentlich nicht. Außer dass er in dieser Gegend aufgewachsen ist, in Bay Ridge, und er manchmal mit der Vergangenheit durcheinanderkam.«

»Soviel wir wissen, war es auch nicht das erste Mal, dass Ihr Vater umhergeirrt ist.«

»Nein, nicht das erste Mal«, sagte Mickey.

»Verzeihen Sie die Frage, aber wenn das schon öfter vorgekommen ist, warum wurde Ihr Vater nicht betreut?«

»Sie meinen, warum er nicht in einem Heim war?«, fragte Mickey.

»Ja. Oder warum –«

»Weil ich ihn nicht in ein Heim stecken wollte, klar? Ich wollte für ihn sorgen. Würden Sie Ihren Vater in ein Pflegeheim stecken?«

»Ich weiß nicht, aber wenn nicht, würde ich ihn vermutlich auch nicht allein durch die Straßen irren lassen.«

Gerade wollte Mickey dem blonden Polizisten erklären, er könne ihn mal, als der Cop mit dem Schnauzer sich einschaltete und zu seinem Kollegen sagte: »Ich glaube, wir sollten jetzt aufbrechen.«

Sie fuhren Mickey wieder zurück nach Hause. Mickey stieg wortlos aus und knallte die Wagentür hinter sich zu.

Vor dem Haus war wieder Ruhe eingekehrt, und Mickey ging nach oben in seine Wohnung. Er setzte sich an den Küchentisch und blätterte Sal Pradas altes Adressbuch durch. Die meisten Namen in dem Buch gehörten alten Freunden seines Vaters, die mittlerweile gestorben waren oder zu denen sein Vater keinen Kontakt mehr hatte. Doch Mickey rief alle an, denen seiner Ansicht nach daran liegen würde, vom Tod seines Vaters zu erfahren, darunter Sals Cousin Carmine aus Staten Island. Carmine war über achtzig und hörte nicht mehr gut. Mickey musste immer wieder schreien: »Mein Vater ist gestorben!«, bis Carmine endlich verstand. »Oh«, sagte Carmine, was nicht besonders überrascht oder betroffen klang. Mickey schilderte, wie sein Vater gestorben war, worauf Carmine sagte: »Oh, das ist wirklich schade.«

Als Mickey noch ein paar andere entfernte Verwandte und alte Freunde seines Vaters anrief, waren die Reaktionen ähnlich. Offenbar fand niemand es sonderlich überraschend, dass Sal Prada tot war, und es schien ihnen auch nicht sehr viel zu bedeuten.

Nach dem letzten Anruf ging Mickey in sein Zimmer und machte das Radio an. Er lag im Bett und hörte eine ganze Stunde lang zu, doch es kam nichts über einen Einbruch oder einen Mord in Manhattan Beach.

Unten, in der Wohnung des Vermieters, bellte Blackie so laut wie immer; davon abgesehen war es in der Wohnung still und auf einmal sehr leer.

Obwohl es schon nach elf war, beschloss Mickey, Rhonda anzurufen. Eine Frau nahm ab – sie klang wie ihre Stiefmutter –, und Mickey fragte nach Rhonda. Etwa eine Minute verstrich, bis sie ranging.

»Rhonda, hier ist Mickey.«

Nach einer langen Pause sagte sie: »Hi.«

»Entschuldige, dass ich noch so spät anrufe«, sagte Mickey.

»Schon in Ordnung«, sagte sie. »Und, was willst du?«

»Mein Vater ist heute gestorben.«

Rhonda zögerte, dann sagte sie: »Ist das dein Ernst? Was ist geschehen?«

Mickey erzählte es ihr.

»Mein Gott, ist das furchtbar«, sagte Rhonda. »Es tut mir so leid.«

»Was machst du denn gerade?«, fragte Mickey.

»Jetzt?«

»Ja. Hast du Lust, auf ein Dessert oder einen Kaffee oder so was in einen Diner zu fahren? Das ist ziemlich kurzfristig, ich weiß, aber ich würde dich wirklich gern wiedersehen und –«

»Ich kann jetzt nicht«, sagte Rhonda. »Es ist schon spät und ich habe morgen früh ein Seminar und –«

»Oh«, erwiderte Mickey, »weil, ich wollte das von heute wirklich wiedergutmachen. Ich weiß, dass ich ein Arsch war.«

»Tut mir leid«, sagte Rhonda. »Es geht nicht.«

»Ist schon okay. Dann machen wir das ein andermal.«

»Ja, ein andermal«, sagte Rhonda. »Das mit deinem Vater tut mir wirklich leid.«

»Danke«, sagte Mickey.

Er wollte noch etwas hinzufügen, doch Rhonda sagte: »Tschüss, Mickey«, und legte rasch auf.

Am nächsten Morgen um acht rief Mickey Harry zu Hause an und sagte ihm, er müsse den Vormittag frei nehmen.

»Hoffentlich hast du einen guten Grund«, sagte Harry.

»Mein Vater ist gestorben«, sagte Mickey.

»Oh, Mist, das tut mir leid.« Dieses eine Mal in seinem Leben klang Harry ehrlich. Er fragte Mickey, wie es passiert sei, und als Mickey es ihm erzählt hatte, sagte er: »Willst du dir wirklich nicht den ganzen Tag freinehmen?«

»Nee, nur den Morgen«, antwortete Mickey. »Wir sehen uns mittags.«

Beinahe den gesamten Vormittag verbrachte Mickey am Telefon. In den Gelben Seiten suchte er nach Bestattungsunternehmen und rief ein paar an, die keinen allzu teuren Eindruck machten. Doch selbst die billigste Beerdigung kostete dreitausend Dollar, den Preis für den Sarg, den Leichenwagen und das Grab nicht eingerechnet. Mickey hatte nur noch etwa neunhundert auf seinem Konto und schuldete Artie nach wie vor mehr als tausend, konnte sich also nicht mal einen Sarg leisten.

Mickey beschloss, das mit der Beerdigung zu vergessen. Er würde für seinen Vater einfach nur eine Totenwache organisieren und den Leichnam einäschern lassen. Bei einem Bestatter an der Avenue U fand er ein Totenwache-Feuerbestattungsangebot für zweitausendzweihundert Dollar. Als Mickey seine finanzielle Lage schilderte, war der Bestatter bereit, ihm eine zinslose Ratenzahlung zu gewähren – zweihundert Dollar vorab, anschließend Raten von mindestens hundert pro Monat.

Nachdem Mickey mit der Leichenhalle telefoniert und die Überführung des Leichnams in das Bestattungsinstitut organisiert hatte, rief er einige Verwandte und alte Freunde seines Vaters an und lud sie zur Totenwache am Mittwoch ein. Er rief sogar bei Artie an und hinterließ seiner Frau eine Nachricht für ihn. Dann rief er ein paar der Nachbarn an, die gestern vor dem Haus gewesen waren. Chris' Mutter rief er zuletzt an. Sie sagte, sie würde gern kommen, mache sich aber gerade zu große Sorgen wegen Chris, um an etwas anderes zu denken. Mickey sagte, er verstehe das.

»Ich habe ihn jetzt seit zwei Tagen nicht gesehen, und es sieht ihm gar nicht ähnlich, nicht anzurufen«, sagte sie.

»Wie schon gesagt«, erwiderte Mickey, »ich habe ihn seit Donnerstagabend nicht mehr gesehen.«

»Er ist Samstagabend ausgegangen«, sagte Mrs. Turner. »Ich hab gehört, wie die Tür ins Schloss fiel, aber er hat nicht gesagt, wo er hinwollte. Ich hatte an dem Abend ein bisschen was getrunken, vielleicht hat er auch etwas gesagt, aber ich habe ihn nicht gehört.«

»Bestimmt ist alles in Ordnung mit ihm«, sagte Mickey.

»Wenn ich bis heute Mittag nichts höre, rufe ich die Polizei an«, sagte Mrs. Turner. »Das sieht Chris einfach nicht ähnlich.«

Als Mickey auflegte, war er schweißgebadet. Er duschte, zog sich für die Arbeit an und verließ die Wohnung um Viertel vor zwölf. An der Avenue J kaufte er eine *Daily News* und blätterte die Zeitung im Gehen durch, doch über den Einbruch war nichts drin.

Im Laden standen fünf oder sechs Kunden an und warteten darauf, von Harry und Charlie bedient zu werden.

»Hey, Mickey«, sagte Charlie und unterbrach seine Arbeit. »Ich hab das mit deinem Vater gehört. O Mann. Das tut mir echt leid.«

»Ist schon in Ordnung«, sagte Mickey.

»Wenn ich irgendwas tun kann, lass es mich einfach wissen, und ich bin für dich da, okay?«

»Ja«, sagte Mickey.

Mickey ging in das Hinterzimmer, wo er sich sofort über die Spüle beugte und kaltes Wasser ins Gesicht spritzte. Dann zog er seine Schürze an und ging wieder nach vorn. Gegen eins ließ der mittägliche Ansturm nach, und Harry verabschiedete sich für den Nachmittag.

»Gott sei Dank«, sagte Charlie zu Mickey, als sich die Tür hinter Harry schloss. »Mit diesem Arschloch den ganzen Vormittag hier festzusitzen war die Hölle. Du hättest ihn erleben sollen – scheucht mich herum, erteilt mir Befehle. Ich bin gerade damit beschäftigt, für eine Dame ein Stück Lachs abzuschneiden, als er mir sagt, ich soll so 'n Typ bedienen. Sag ich zu ihm: ›Ich habe nur zwei Hände‹, darauf er: ›Noch einmal solche Widerworte, und du bist gefeuert.‹ Sagt das in aller Öffentlichkeit, vor den Kunden. Ich schwör's dir, fast hätte ich in dem Moment gekündigt. Und ich hätt's machen sollen – nur um nie mehr sein fettes Runzelarschgesicht zu sehen.«

»Kriegst du UKW-Sender?«, fragte Mickey und wies mit dem Kinn auf Charlies Ghettoblaster in der Ecke.

»Klar«, sagte Charlie. »Was willst du hören, Sportergebnisse?«

»Ja«, sagte Mickey. »Darf ich?«

»Nur zu.«

Mickey stellte den Ghettoblaster an und suchte einen Nachrichtensender.

»Harry hat mir ein bisschen erzählt, was passiert ist«, sagte Charlie. »Dein Vater hatte also Alzheimer?«

»Woher weißt du das?«, fragte Mickey. Er hatte mit Charlie nie über seinen Vater gesprochen.

»Harry hat's mir erzählt.«

»Oh.« Mickey fand den Sender, den er gesucht hatte.

»Tja, mein alter Herr ist gestorben, als ich zehn war«, sagte Charlie. »Herzinfarkt.«

»Tut mir leid«, sagte Mickey, von einem Bericht in den Nachrichten abgelenkt, doch er handelte von einem Mord in der Bronx, nicht in Brooklyn.

»Also, sag mir Bescheid, wann die Beerdigung stattfindet, dann komm ich.«

»Es gibt keine Beerdigung, nur eine Totenwache«, erklärte Mickey.

»Egal. Du kannst auf mich zählen.«

Die Glocke über der Tür bimmelte, dann hörte Mickey, der noch beim Ghettoblaster kniete, Rhondas Stimme: »Ist Mickey heute da?«

Mickey stand auf, plötzlich breit lächelnd, und sah Rhonda auf der anderen Seite des Tresens stehen. Sie trug Jeans und eine Jeansjacke, und ein Rucksack hing ihr über die eine Schulter.

»Mickey«, sagte Rhonda. »Du bist ja da.« Sie wirkte überrascht.

Mickey nahm seine Schürze ab, warf sie hinter sich auf den Tresen und ging um die Fischauslagen herum, um sie zu begrüßen. Er versuchte, sie zu küssen, doch sie entzog sich ihm.

»Ich habe in einer halben Stunde ein Seminar«, sagte sie. »Ich bin nur vorbeigekommen, um eine Karte abzugeben. Ich hab nicht gedacht, dass du heute überhaupt hier bist.«

Rhonda zog einen Umschlag aus ihrer Jackentasche und reichte ihn Mickey.

»Danke«, sagte Mickey, plötzlich so glücklich wie seit Tagen nicht mehr. »Wie geht's dir denn? Toll siehst du aus.«

»Danke«, sagte Rhonda rasch. »Jedenfalls wollte ich dir nur die Karte geben und dir sagen, wie leid es mir tut.«

»Schon in Ordnung. Er war alt, und es war wohl irgendwie auch an der Zeit für ihn.«

»Hast du nicht gesagt, er sei von einem Auto überfahren worden?«

»Doch. Hey, willst du mit mir einen Happen essen gehen? Ich hab den ganzen Tag noch nichts in den Magen gekriegt.«

»Würde ich gern«, sagte Rhonda, »aber ich muss wirklich zu meinem Seminar.«

»Du hast gesagt, es fängt erst in einer halben Stunde an. Wir könnten einfach in die Pizzeria gegenüber gehen und –«

»Nein, das geht wirklich nicht. Tut mir leid. Ich muss da nämlich zu Fuß hin und –«

»Darf ich dich begleiten?«

»Ist schon gut«, sagte Rhonda. »Ich meine, ich muss vorher noch zu Hause vorbei und ein paar Bücher holen und –«

»Du hast die Bücher nicht in deinem Rucksack?«

Rhonda zögerte: »Die waren für die Veranstaltungen am Vormittag.« Sie schaute auf die Uhr. »Ich sollte wohl besser sofort los.«

»Hey, willst du Freitagabend mit mir ins Kino gehen?«, fragte Mickey.

»Ich kann nicht«, sagte Rhonda.

»Wie wär's mit Samstag?«

»Ich weiß nicht.« Rhonda machte einen Schritt Richtung Tür.

»Kommst du zur Totenwache für meinen Vater?«, fragte Mickey.

»Wann ist die?«

»Mittwoch um zehn.«

»Ich habe Mittwoch um elf einen Kurs.«

»Eine Totenwache dauert den ganzen Tag«, sagte Mickey. »Vielleicht kannst du nachmittags vorbeikommen, nach deinem Kurs –«

»Vielleicht«, sagte Rhonda.

»Stimmt etwas nicht?«, fragte Mickey.

»Nein«, sagte Rhonda. »Ich bin nur in Eile.«

Mickey schrieb die Adresse des Bestatters auf eine Visitenkarte von Vincent's Fish Market und gab sie Rhonda.

»Ist wirklich alles in Ordnung?«, sagte Mickey.

»Aber ja. Ich kann nur jetzt nicht reden.«

»Na gut. Hoffentlich sehe ich dich auf der Totenwache.«

Als Rhonda weg war, klappte Mickey die Karte auf und las den gedruckten Text, der mit dem Satz begann: *Worte allein können die Trauer nicht lindern, die du jetzt empfinden musst.*

Mickey verließ den Laden früh, um rechtzeitig zu den Sechs-Uhr-Nachrichten zu Hause zu sein, doch von dem Einbruch und dem Mord war immer noch nicht die Rede. Er briet ein paar Shrimps und Jakobsmuscheln an, die er von der Arbeit mitgebracht hatte, fügte Minuten-Reis hinzu und rührte alles zusammen. Er nahm ein paar Bisse, war aber eigentlich nicht hungrig. Die Reste stellte er in den Kühlschrank und öffnete zum vielleicht zwanzigsten Mal die Karte, die er von Rhonda bekommen hatte. Die Karte war unterschrieben mit »Rhonda«, nicht mit »Alles Liebe, Rhonda«, was hoffentlich kein schlechtes Zeichen war.

Später rief Mickey Chris' Mutter an, weil er dachte, es wäre verdächtig, wenn er sich nicht meldete.

»Mickey, ich muss dich zurückrufen – die Polizei ist gerade zur Tür reingekommen.«

Bei dem Wort »Polizei« zuckte ein Stromstoß durch Mickeys Brustkorb, doch es gelang ihm, sich rasch zu fangen. »Was ist passiert?«

»Ich ruf dich später zurück, ja?«, sagte Mrs. Turner.

Kaum hatte Mickey aufgelegt, guckte er aus seinem Schlafzimmerfenster und sah den Polizeiwagen vor Mrs. Turners Haus. Um sich zu beschäftigen, begann er, das Zimmer seines Vaters auszuräumen. Er holte ein paar Müllsäcke aus der Küche und füllte sie mit alten Kleidern aus den Kommodenschubladen und dem Schrank, wobei er vom Geruch der Mottenkugeln husten musste. Die meisten dieser Klamotten hatte sein Vater besessen, so lange Mickey zurückdenken konnte. Eine hässliche karierte Jacke erinnerte ihn an einen gemeinsamen Besuch auf der Pferderennbahn vor Jahren, er hatte vor den Wettschaltern rumgestanden, während sein Vater die *Racing Form* las. Mickey hielt sich die Jacke an die Nase und war nicht überrascht, dass sie immer noch leicht nach Zigarettenrauch roch.

Mickey hatte vor, die Sachen zur Heilsarmee zu bringen, und wenn die sie nicht wollten, würde er sie einfach auf die Straße werfen. Er füllte sechs Säcke mit Klamotten und fing gerade an, Zeitungen und anderen Müll aus den Kommodenschubladen zu räumen, als es an der Tür klingelte. Voller Angst, dass die Polizei ihn mit Chris' Verschwinden in Verbindung gebracht hatte, ging Mickey durch die Wohnung in sein Zimmer und schaute aus dem Fenster. Erleichtert sah er, dass der Polizeiwagen weg war. Es klingelte wieder. Während Mickey die Treppe hinunterging, rief er: »Einen Moment, ich komme.«

Er öffnete die Tür, und da stand Mrs. Turner, die in ein Knäuel Papierservietten weinte.

»Was ist passiert?«, fragte Mickey. »Was ist denn los?«

Mrs. Turner weinte, brachte sekundenlang kein Wort heraus, dann sagte sie: »Er ist tot. Ich weiß, dass er tot ist.«

»Wie meinen Sie das?«, sagte Mickey. »Woher wollen Sie das wissen? Hat die Polizei Ihnen das gesagt?«

»Nein, aber ich weiß es einfach«, erwiderte sie. »Er kommt nicht wieder. Er ist weg, Mickey. Endgültig weg.«

Sie umarmte Mickey, weinte, das Kinn auf seiner Schulter.

»Es ist so ungerecht«, sagte sie. »Warum musste ihm das passieren? Er war ein guter Junge. Er war dabei, sein Leben in Ordnung zu bringen.«

»Sie wissen doch gar nicht, ob etwas passiert ist«, sagte Mickey.

»Ich weiß es. Er würde nicht einfach abhauen, ohne anzurufen. Die Polizei sagt, es besteht noch eine Chance, sie werden nach ihm suchen, aber ich weiß, dass er weg ist. Ich weiß es einfach.«

Mrs. Turner blieb noch ein Weilchen bei Mickey und weinte sich aus, und Mickey wiederholte immer nur: »Keine Sorge, man wird ihn finden«, und: »Bestimmt geht es ihm gut«, und was ihm sonst noch einfiel, um sie ein wenig aufzumuntern.

Schließlich sagte Mrs. Turner, falls es Neuigkeiten gäbe, werde sie es Mickey wissen lassen, und ging. Mickey sah ihr nach, wie sie mit hängenden Schultern die Straße überquerte, die feuchten Servietten noch immer in der Hand.

12

In den Zehn-Uhr-Nachrichten auf Channel Five kam endlich eine Meldung über den Einbruch in Manhattan Beach. Ein Reporter live am Tatort, vor dem Haus an der Hastings Street, sagte, die Polizei stehe vor einem bizarren Rätsel. Der Reporter berichtete, wie Robert und Barbara Rosselli gestern spätnachts aus ihrem Ferienhaus in Pocono Pines, Pennsylvania, nach Hause kamen und bemerkten, dass in ihr Haus eingebrochen worden war. Die Rossellis hatten auf dem Boden ihres Schlafzimmers Blut entdeckt, sowie eine kleine Faustfeuerwaffe.

Während der Reporter sprach, sah man Außenansichten des Hauses, die früher am Tag aufgenommen worden waren. Dann kam ein verängstigt wirkender Mr. Rosselli ins Bild, der ziemlich genau das sagte, was der Reporter bereits erzählt hatte. Ein Nachbar der Rossellis sagte, er sei entsetzt, dass so etwas in Manhattan Beach geschehen könne, in einer so ruhigen, angenehmen Wohngegend. Der Reporter meldete sich wieder live vor dem Haus und berichtete, die Polizei analysiere gegenwärtig das Blut und versuche, die Herkunft der Waffe zu ermitteln, es gebe in diesem Fall aber noch keine heiße Spur.

Mickey sah sich den Beitrag gebannt an und wartete darauf, dass Filippos Onkel Louie erwähnt würde, doch es kam nichts. Nach dem Bericht schaltete Mickey auf der Suche nach mehr Informationen zu Channel Eleven um. Er sah sich etwa eine Viertelstunde lang die Nachrichten an, bis der Sport dran war, doch der Einbruch wurde nicht erwähnt.

Mickey fasste es nicht, dass er so dumm gewesen war. Er hatte den Telefonhörer schon abgenommen, als ihm klar wurde, dass er weder Filippos noch Ralphs Nummer hatte. Er kannte zwar Filippos Nachnamen – Castellano –, beschloss aber, lieber nicht die Auskunft anzurufen, sondern persönlich mit ihm zu reden.

Ohne sich seine Jacke überzuziehen, ging Mickey zu Fuß die paar Blocks zu Filippos Haus an der East 43rd Street. Mickey kam zwar ständig an der Doppelhaushälfte aus Backstein vorbei, die sich zwei Familien teilten, hatte das Haus aber noch nie betreten.

Nachdem Mickey geklingelt hatte, hörte er schwere Schritte, und dann öffnete Filippos Vater die Tür. Mickey sah Mr. Castellano seit Jahren immer wieder in der Nachbarschaft, hatte aber noch nie mit ihm gesprochen. Er war ein großer, dicker Mann mit grauen Strähnen in den schwarzen Haaren und mit einem buschigen, fast ganz ergrauten Schnurrbart. Chris hatte Mickey erzählt, dass Mr. Castellano Müllmann war und Filippo früher geschlagen hatte, viel mehr wusste Mickey nicht über ihn.

»Ist Filippo da?«, fragte Mickey.

»Wer bist du denn?«

Mickey war erstaunt, dass Mr. Castellano ihn nicht wenigstens vom Sehen kannte.

»Mickey. Ich bin mit Filippo in einer Bowlingmannschaft.«

»Er is nich hier.«

»Wann kommt er nach Hause?«

»Scheiße, wer weiß das schon?«

Als Mickey »Danke« sagte, knallte die Tür zu. Mickey war schon wieder auf dem Heimweg, als ihm einfiel, wo Filippo sein könnte. Die Knights of Columbus hatten in der Avenue J einen Club, wo Filippo manchmal abhing, trank und Poolbillard spielte. Als Mickey den feuchtkalten, schummrigen Club betrat, entdeckte er Filippo, der an der Theke saß und mit dem Barkeeper quatschte. Sobald Filippo Mickey sah, stand er von seinem Barhocker auf und kam ihm zur Tür entgegen.

»Was willst du hier, verdammt?«, sagte Filippo.

»Du Arsch hast mich belogen«, sagte Mickey.

Filippo beugte sich vor und flüsterte Mickey ins Ohr: »Draußen.« Dann ging er aus dem Club, gefolgt von Mickey. Als Mickey auf dem Gehsteig zu Filippo trat, sagte der: »Schluckst du Blödmannpillen oder was? Wir sollen uns doch nicht treffen.«

»Dein Onkel war nicht in dem Haus«, sagte Mickey.

»Was laberst du da für 'n Scheiß?«

»Ich hab gerade die Nachrichten gesehen. Die Cops haben das Blut und die Knarre gefunden, aber keine Leiche.«

»Hältst du endlich deine blöde...« Filippo sah sich

um. Ein alter Mann ging mit seinem Hund auf der anderen Straßenseite Gassi, beachtete sie aber nicht.

»Hast du Chris umgebracht?«, fragte Mickey.

»Was?«, sagte Filippo. »Soll ich dir den Arsch versohlen oder was?«

»Du oder Ralph, einer von euch beiden war's, denn sonst war niemand in dem Haus.«

»Vielleicht haben die Cops die Leiche meines Onkels noch nicht gefunden.«

»Sag mir, was passiert ist, oder ich geh auf der Stelle zu den Cops.«

»So dämlich bist du nicht«, sagte Filippo. »Du warst bei dem Einbruch dabei. Wenn du zu den Cops gehst, belastest du dich selbst.«

»Ist mir scheißegal«, sagte Mickey. »Ich will wissen, was passiert ist.«

Filippo sah zu dem Mann mit dem Hund auf der anderen Straßenseite hinüber und sagte: »Komm mit.« Filippo und Mickey gingen ein Stück weiter und blieben kurz vor der nächsten Ecke stehen, wo niemand war.

»Na schön, ich sag dir die Wahrheit«, begann Filippo, »aber du musst schwören, dass du nicht zu den Cops gehst.«

»Erzähl's mir einfach«, sagte Mickey.

Filippo schüttelte den Kopf und hielt sich die Hände vors Gesicht. Er fing an zu weinen. Dann wandte er sich von Mickey ab und sagte: »Ich war's, aber es war ein Unfall, ich schwör's bei Gott. Meine Knarre ging einfach los.«

Filippo weinte weiter und wischte sich über die Wangen.

»Was soll das heißen, ein Unfall?«, fragte Mickey. »Wie kann so was ein Unfall sein?«

»Wir waren im Schlafzimmer von meinem Cousin«, erzählte Filippo. »Ich dachte, ich hätt was beim Klo gehört. Ich hab gesagt: ›Chris, bist du das?‹ Aber er hat nicht geantwortet – wahrscheinlich wollte Chris mich bloß ein bisschen verarschen, verstehst du? Da hab ich Panik gekriegt und … ich weiß nicht mal genau, was passiert ist, es passierte so schnell. Scheiße, ich wollte ihn doch nicht töten. Er war mein Freund.«

Filippo rieb sich mit beiden Handrücken über die Augen.

»Warum sind zwei Schüsse gefallen?«, fragte Mickey.

»Ich hab zweimal geschossen«, sagte Filippo. »Es war so 'ne Art Reflex – ich hatte meinen Finger nicht unter Kontrolle. Du musst mir glauben. Warum sollte ich Chris etwas antun wollen? Ich hab den Scheißkerl echt gern gehabt.«

Mickey sah hinauf in den Nachthimmel und wusste nicht genau, was er fühlte. Er hasste Filippo, aber irgendwie tat er ihm auch leid.

»Warum hast du gelogen?«, fragte Mickey.

»Keine Ahnung«, sagte Filippo. »Ich glaub, ich konnte einfach nicht klar denken, alles ging so schnell. Eben noch war alles paletti, in der nächsten Sekunde war Chris tot. Und ich hatte Angst vor Ralph. Er hat schon Leute umgebracht. Erst letztes Jahr hat er auf der Insel einen Nigger und einen Schlitzi erschossen – und wurde nie gefasst. Jedenfalls ist das die Wahrheit, aber du kannst nicht zu den Cops gehen. Du bist auch in das Haus eingebrochen – du hast geholfen, die Leiche wegzuschaffen. Wenn du die Cops holst, wandern wir alle in den Knast.«

Mickey wusste, dass Filippo recht hatte; ob es ihm gefiel oder nicht, er steckte mit drin.

»Und was willst du nun Ralph sagen?«, fragte Mickey.

»Das überlass mir«, sagte Filippo. »Ralph ist mein Freund. Er wird's schon verstehen.«

Mickey dachte an Mrs. Turner, wie sie in die zusammengeknüllten Servietten heulte. Er wusste nicht, wie er ihr je wieder in die Augen sehen sollte.

»Uns bleibt wohl keine andere Wahl«, sagte Mickey. »Ich muss nach Hause.«

Als Mickey losging, sagte Filippo: »Hey, Mickey.«

Mickey drehte sich um.

»Tut mir leid.«

Mickey wurde bewusst, dass Filippo sich an diesem Abend zum ersten Mal normal mit ihm unterhalten hatte, ohne sich wie ein Arsch aufzuführen. Mickey ging ohne ein Wort.

13

Als Mickey seine Wohnung betrat, sank er auf die Knie und brach in Tränen aus. Er hatte noch gar nicht um Chris oder seinen Vater geweint, und plötzlich überkam ihn alles auf einmal. Etwa eine halbe Stunde lang kauerte er auf dem Boden und schluchzte hemmungslos. Schließlich stand er auf, er fühlte sich völlig erschöpft und wusste nicht, wie er die kommenden Tage durchstehen sollte.

Am nächsten Tag auf der Arbeit war Mickey total neben der Spur, als hätte er einen schlimmen Kater. Ständig musste er an Chris denken, wie er auf dem Fußboden des Schlafzimmers verblutete, und hatte das Gefühl, daran schuld zu sein. Er wusste, das war verrückt, er hatte mit dem, was passiert war, nichts zu tun gehabt, doch an seinen Schuldgefühlen änderte das nichts.

Auf dem Heimweg beschleunigte Mickey in der Albany Avenue den Schritt, aus Furcht, Mrs. Turner könnte ihn sehen und herauskommen, um mit ihm zu reden. Als Mickey in seine Auffahrt einbog, blickte er über die Straße und sah, dass im Erdgeschoss von Mrs. Turners Haus Licht brannte. Er stellte sich vor, wie sie sich auf dem Sofa fläzte und trank.

Den Abend verbrachte Mickey damit, telefonisch noch

einige alte Freunde seines Vaters zu der morgigen Totenwache einzuladen. Schon den ganzen Tag hatte ihm Rhonda gefehlt, und jetzt rief er sie an, hinterließ auf ihrem Anrufbeantworter die Nachricht, sie möge doch morgen wenn möglich vorbeischauen. Die Spätnachrichten um zehn Uhr sah er sich nicht mal an, aus Angst, erfahren zu müssen, dass man Chris' Leiche gefunden oder dass der alte Mann auf der Straße ausgesagt hatte.

Am Mittwochmorgen gegen halb zehn fand sich Mickey im Bestattungsinstitut Sabatino an der Avenue U ein. Er trug seine beste schwarze Hose und ein braunes Hemd, das er seit seinem ersten Highschool-Jahr besaß. Der Bestatter drückte Mickey sein tiefes Beileid aus, dann führte er ihn in einen Raum, wo Sal Pradas Leichnam in einem Sarg lag. Der Bestatter setzte sich eine Weile zu Mickey in eine der Bankreihen vor dem Sarg, dann ließ er Mickey allein.

Etwa zwanzig Minuten später traf Cousin Carmine ein, mit einer alten Frau, die Mickey noch nie gesehen hatte. Carmine, ganz gebückt und gebrechlich, erkannte Mickey nicht. Nachdem Carmine und die alte Frau eine Reihe vor ihm Platz genommen hatten, beugte Mickey sich vor und sagte ein paarmal: »Carmine«, bis der ihn schließlich hörte und sich umdrehte.

»Ich bin's, Mickey.«

Carmine musterte ihn noch ein Weilchen, dann sagte er: »Mickey, Mist, ich hab dich gar nicht erkannt.«

Mickey und Carmine gaben sich die Hand, dann stellte Carmine ihm die Frau vor, seine »Freundin Ruth«, die um die neunzig sein musste.

»Hey, das mit deinem Vater tut mir leid«, sagte Carmine, »aber er war ein guter Kerl. Ja, er war ein guter Kerl.« Wieder musterte er Mickey aus zusammengekniffenen Augen. »Jetzt weiß ich, was an dir anders ist – deine Nase isses. Die ist gewachsen, stimmt's?«

»Ja, ein wenig«, antwortete Mickey, dem wieder einfiel, warum er Carmine nie gemocht hatte.

»Ein wenig?«, sagte Carmine. »Soll das 'n Witz sein? Du siehst jetzt aus wie das reinste Ebenbild deines Vaters. Siehst du das, Ruth? Das ist Sals Nase.«

Carmine und Ruth blieben etwa eine Stunde, und Mickey wünschte, sie wären eher gegangen.

Den Rest des Vormittags kam niemand mehr. Mrs. Turner machte sich wohl zu viele Sorgen um Chris, und einige der Leute, die Mickey angerufen hatte, waren alt und gebrechlich und scheuten den Weg. Morgen war Thanksgiving, und vielleicht hatten einige die Stadt bereits frühzeitig verlassen. Dennoch, Mickey rechnete mit wenigstens ein paar von Sals alten Arbeitskollegen und hoffte vor allem, dass Rhonda käme.

Der Bestatter trat wieder in den Raum und bot an, Mickey etwas zum Mittagessen zu holen, doch Mickey sagte, er sei nicht hungrig. Etwa eine halbe Stunde später tauchte Charlie auf, in schwarzem Anzug und Krawatte.

»Ich bin wohl zu früh dran«, sagte Charlie und setzte sich neben Mickey.

»Hey, wie geht's?«, sagte Mickey lächelnd. »Danke, dass du gekommen bist.«

»Hast du gedacht, ich komm nicht zur Totenwache für deinen Vater? Wo ist deine Freundin?«

»Sie war vorher hier«, log Mickey. »Vielleicht kommt sie später noch mal vorbei.«

»Das ist cool«, sagte Charlie. »Ich bin nur wegen dir hierhergekommen. Ich dachte, in dieser Gegend krieg ich bestimmt eins auf die Fresse.«

»Doch nicht tagsüber«, erwiderte Mickey.

»Würdest du als Weißer gern tagsüber in Bed-Stuy abhängen wollen?«, sagte Charlie. »Aber egal – ich kann mich jetzt schützen.« Er sah sich um. »Ich weiß, das ist vielleicht nicht der richtige Zeitpunkt oder der passende Ort, aber fühl mal hier.«

Charlie klopfte mit der flachen Hand auf seine Anzugjacke, etwa in Brusthöhe. Mickey berührte die Stelle und fühlte die Konturen eines Revolvers in der Innentasche.

»Meine Güte«, sagte Mickey.

»Achtunddreißiger Special, fasst sechs Schuss«, erklärte Charlie. »Mein Freund Andre hat ihn mir auf der Straße besorgt.«

»Den solltest du nicht mit dir herumtragen«, sagte Mickey.

»Ach ja«, sagte Charlie. »Warum nicht?«

»Darum nicht«, sagte Mickey.

»Seh ich vielleicht wie 'n Fünfjähriger aus? Mach dir wegen mir keine Sorgen, Daddy, ich werd ein braver Junge sein. Ich geh mit meinen Freunden nicht Cowboy und Indianer spielen.« Charlie lachte. »Keine Bange, ich hab nicht vor, ihn zu *benutzen*. Der ist nur zum Selbstschutz – damit ich mich verteidigen kann, falls wieder mal so 'n Scheiß passiert wie neulich nachts.«

»Pass einfach auf«, sagte Mickey.

»Mach ich, Daddy, mach ich.« Charlie sah sich um. »Kommen denn später noch Verwandte vorbei?«

»Wir sind keine sehr große Familie«, sagte Mickey.

»Voll okay. Meine Familie ist auch nicht groß. Ich hab meine Mutter, Brüder und ein paar Onkel und Tanten, aber damit hat sich's. Wie alt war eigentlich dein Vater?«

»Fünfundsiebzig«, sagte Mickey.

Charlie legte Mickey eine Hand auf die Schulter. »Glaubst du an Gott?«

Die Frage kam für Mickey überraschend.

»Ich weiß es nicht«, sagte Mickey.

»Was soll das heißen, du weißt es nicht?«, sagte Charlie. »Es gibt nur zwei Antworten, ja oder nein.«

Mickey dachte an all das, was ihm in letzter Zeit widerfahren war, und sagte: »Nein. Wohl eher nicht.«

»Und dein Vater?«, fragte Charlie.

»Ach, der«, sagte Mickey. »Am Ostersonntag ist er immer zum Zocken nach Atlantic City gefahren.«

»Das macht nichts«, sagte Charlie, »weil dein Vater nämlich jetzt im Himmel ist. Ich kenne viele Leute, die nicht an den Allmächtigen glauben, das heißt aber nur, dass vielen Toten 'ne echte Überraschung blüht.«

Mickey musste unwillkürlich lächeln.

Charlie ging gegen zwei, und nach ihm kam den ganzen Tag niemand mehr. Als Mickey nach Hause zurückkehrte, rief er Rhonda an und hinterließ bei ihrer Stiefmutter eine Nachricht. Den Rest des Abends übte er ein, was er sagen würde, wenn sie anrief, doch das Telefon klingelte nie.

Um zehn Uhr am nächsten Morgen, es war Thanksgiving, holte Mickey im Bestattungsinstitut die Asche seines Vaters ab und fuhr dann direkt zur Aqueduct-Rennbahn in Queens, wo einige frühe Rennen angesetzt waren. Statt das Auto an der Straße vor der Rennbahn zu parken, wie er es immer mit seinem Vater gemacht hatte, zahlte er den Dollar fünfzig und stellte den Wagen auf dem rennbahneigenen Parkplatz ab. Es war kühl und windig, und die Sonne zeigte sich kaum. Den Aschebehälter unter seinem Mantel verborgen, zahlte Mickey Eintritt und ging in die Halle unter der Haupttribüne hinein.

Es war früh, etwa eine Dreiviertelstunde bis zum Start des ersten Rennens. Mickey ging an den Fernsehbildschirmen vorbei, auf denen er sich mit seinem Vater an kalten Wintertagen die Rennen angesehen hatte, und wieder nach draußen zur Vorderseite der Haupttribüne. Er wollte es hinter sich bringen und ging weiter, vorbei an der Pferdekoppel, zum Absperrgeländer.

Als Mickey den Behälter mit der Asche seines Vaters öffnete, dachte er daran, wie er mit acht Jahren seinen Vater angefleht hatte, ihm ein Kätzchen zu kaufen. Endlich, eines Nachmittags nach der Schule, nahm Sal Prada Mickey mit in eine Zoohandlung an der Avenue N, wo Mickey sich einen getigerten Kater aussuchte. Er nannte das Kätzchen Spunky. Mickey spielte andauernd mit Spunky und sorgte gut für ihn. Er achtete immer darauf, dass in Spunkys Näpfen frisches Futter und Wasser waren, und er wechselte zweimal wöchentlich die Streu im Katzenklo.

Doch Spunky hatte ein Problem. Man hatte ihn zu früh von seiner Mutter weggenommen, und er benutzte das Katzenklo nur sporadisch. Eines Abends, als Sal barfuß unterwegs zur Toilette war, trat er auf ein Stück Katzenscheiße. Sal schrie Mickey und den Kater an und sagte, wenn Spunky nicht stubenrein werde, würden sie ihn wieder weggeben. In den nächsten Wochen rannte Mickey jeden Tag nach der Schule heim, durchsuchte die gesamte Wohnung und vergewisserte sich, dass Spunky das Katzenklo benutzt hatte. Doch eines Abends fing Sal an zu brüllen: »Jetzt reicht's! Wo ist er? Wo ist das Scheißvieh?«

Sal stürmte in Mickeys Zimmer und fand Spunky neben Mickey im Bett. Sal hob den maunzenden Kater am Schwanz hoch.

»Was machst du da?«, sagte Mickey. »Was ist denn los mit dir?«

»Die Dreckskatze hat in mein Bett geschissen«, rief Sal. »Ich hab dich gewarnt, ich hab dich gewarnt, verdammt! Das dämliche Vieh kommt weg … ein für alle Mal!«

Sal trug Spunky am Schwanz in die Küche, steckte ihn in eine Einkaufstüte und rollte die Tüte so zusammen, dass das Kätzchen nicht rauskam.

»Lass ihn los!«, schrie Mickey. »Lass ihn los!«

Sal stieß Mickey beiseite und verließ die Wohnung. Barfuß und schreiend rannte Mickey hinter seinem Vater her, doch der schob ihn immer wieder weg. Sal stieg in sein Auto und fuhr aus der Auffahrt. Mickey jagte dem Wagen den halben Block nach, ehe er auf der Straße zusammenbrach und heulte wie ein Schlosshund.

Etwa eine halbe Stunde später kehrte Sal Prada ohne Spunky zurück.

»Wo ist er?!«, schrie Mickey. »Was hast du mit ihm gemacht?!«

Sal ging in sein Zimmer und schloss die Tür ab. Mickey schlug die ganze Nacht gegen die Tür. Irgendwann schlief er im Flur ein.

Am nächsten Tag verlangte Mickey zu erfahren, was mit Spunky geschehen war, doch Sal sagte nur: »Vergiss ihn, er ist weg.« Mickey schrie und weinte immer weiter, bis Sal schließlich sagte: »Na schön, du willst wissen, wo die Scheißkatze ist? Ich hab sie auf dem Belt Parkway aus dem Fenster geschmissen. Glaub mir, das Stinkvieh siehst du nie wieder.«

Mickey beugte sich über das Geländer, holte mit dem Arm aus und schleuderte die Asche seines Vaters in Richtung Rennbahn. Ein starker Wind wehte den größten Teil der Asche wieder zu ihm zurück. Möwen stießen zum Beton herab, sie dachten, jemand füttere sie mit Brotkrumen. Als sie ihren Irrtum bemerkten, suchten sie rasch das Weite.

Mickey warf den Behälter in den Mülleimer und ging zurück zur Haupttribüne, die Hände tief in den Taschen vergraben, den Kopf gegen den Wind gesenkt.

14

Auf dem Heimweg von der Rennbahn machte Mickey im White Castle bei Starrett City halt, wo er ein Dutzend Mini-Cheeseburger und ein paar Portionen Pommes kaufte. Er ließ sich das Essen einpacken und aß es auf dem Fußboden in seinem Zimmer, während er sich die Thanksgiving-Footballspiele ansah.

Von dem Essen abgesehen, unterschied sich dieser Tag kaum von Thanksgiving früher. Mickey und sein Vater hatten üblicherweise einen kleinen Truthahn gebraten oder an der Frischetheke im Supermarkt vorgeschnittenes weißes Putenfleisch und ein paar Schenkel geholt, außerdem Dosen mit Süßkartoffeln und Cranberrysauce und eine Packung Kartoffelpüree. Mickey machte sich dann immer einen Teller bereit, ging in sein Zimmer und guckte Football.

Am letzten Thanksgiving war Mickey nach dem Football ins Kino gegangen und hatte sich mit Chris einen James-Bond-Film angesehen. Mickey hatte keine Lust, heute allein ins Kino zu gehen, und er hatte auch nichts anderes vor. Wahrscheinlich waren seine Freunde aus Highschool-Zeiten für den Feiertag zu Hause, aber sie hatten wohl Familienprogramm. Außerdem hatte sich keiner bei ihm gemeldet.

Mickey beschloss, eine kleine Spritztour zu unternehmen, einfach um die Wohnung zu verlassen und den Kopf frei zu bekommen. Es war zwar erst sieben Uhr abends, doch Brooklyns Straßen waren dunkel und leer. Nur ein paar Zeitungskioske und 24-Stunden-Lebensmittelgeschäfte hatten geöffnet. Mickey schaltete das Radio ein, um die Stille im Wagen zu übertönen, dann mochte er nicht mehr zuhören und schaltete es aus.

Von der Flatlands Avenue bog Mickey nach links in die Avenue I ab. Er ließ die Albany Avenue hinter sich und fuhr auf der I weiter bis zur East 23rd Street, wo Rhonda wohnte. Er parkte auf der anderen Straßenseite und stieg aus. In den meisten Zimmern brannte Licht, und als Mickey näher kam, hörte er drinnen Leute lachen. Er ging die Auffahrt entlang und sah durch ein Fenster. An einem langen Tisch saßen etwa zehn Personen, Rhonda war unter ihnen. Mickey begriff nicht, warum sie ihn heute Abend nicht zum Essen eingeladen hatte. Ihr war doch klar, dass sein Vater gestorben war und er wahrscheinlich nicht wusste, wohin. Er fragte sich, ob er sie mit irgendetwas vor den Kopf gestoßen hatte.

Etwa zehn Minuten, vielleicht länger, stand Mickey in der Auffahrt und sah durch das Fenster, dann setzte er sich wieder in seinen Wagen und fuhr nach Hause.

Vor dem offenen Kühlschrank aß er den Rest der Cheeseburger und wurde mit jedem Bissen wütender auf Rhonda. Schließlich hielt er es nicht mehr aus. Er nahm den Telefonhörer in der Küche ab und wählte ihre Nummer.

»Hallo«, sagte ihr Vater.

Mickey blieb stumm.

»Hallo«, sagte ihr Vater lauter.

Mickey hielt sich den Hörer noch ein paar Sekunden ans Ohr, dann legte er auf. Er nahm einen Teller vom Abtropfgestell und schmiss ihn zu Boden.

Mickey packte die frischen Hummer aus den Kisten in die Becken, dann nahm er die Thunfische aus und schnitt sie zu Steaks. Es tat gut, beschäftigt zu sein, sein sonstiges Leben eine Zeitlang zu vergessen.

Mitten am Nachmittag machte Mickey eine Pause, setzte sich auf einen Hocker in der Ecke, trank eine Pepsi und blätterte die *Daily News* durch. Über Chris oder den Einbruch stand nichts drin. Er sah von der Zeitung auf und beobachtete, wie Charlie an der Kasse einem alten Mann Wechselgeld herausgab. Der Mann reichte Charlie einen Schein, dann öffnete Charlie die Kasse, gab dem Mann sein Wechselgeld und sagte: »Danke sehr.« Der Mann verließ den Laden, und Charlie schloss die Kasse wieder, ohne den Zwanziger hineinzulegen.

Charlie ging hinter die Auslagen mit dem Fisch, wo seine Hände nicht zu sehen waren, dann kam er zu Mickey rüber.

»Verdammt, war das ein langer Tag«, sagte Charlie. »Manchmal denke ich, in diesem Laden vergeht die Zeit langsamer, als wären wir in der *Twilight Zone* oder so was. Ich brauch ein bisschen Sound, um wach zu bleiben.«

Charlie kniete sich neben seinen Ghettoblaster, und

gleich darauf dröhnte Rapmusik durch den Raum. Charlie nickte mit dem Beat mit, während er den Tresen wischte.

Mickey wusste nicht, was er tun sollte. Es war ihm eigentlich egal, wenn Charlie Harry bestahl – von ihm aus konnte er Harrys ganzes Geld nehmen –, aber er wollte nicht, dass Charlie erwischt wurde.

Mickey ging zu Charlie hinüber. Charlie sah von der Arbeit auf, sein Kopf bewegte sich immer noch im Rhythmus der Musik: »Was ist los, magst du meinen Kumpel Kurtis Blow nicht?«

»Ich hab dich gesehen«, sagte Mickey.

Charlie drehte sich weg, sah hinab auf den Tresen, den er putzte. Nach einigen Sekunden sagte Charlie: »Was gesehen?«

»Ich hab gesehen, wie du das Geld genommen hast«, sagte Mickey. »Du hast es nicht in die Kasse gelegt.«

»Na klar hab ich's in die Kasse gelegt.«

»Ich hab dich beobachtet. Du hast Wechselgeld rausgenommen, aber den Schein nicht in die Kasse gelegt.«

»Dann musst du wohl falsch gesehen haben«, sagte Charlie, »weil ich nämlich kein Geld genommen hab.«

Charlie sah Mickey an. Im Hintergrund rappte Kurtis Blow über Basketball.

»Hör zu«, setzte Mickey wieder an, »ich würde ja kein Wort darüber verlieren, aber Harry hat gesagt, er schmeißt dich raus, wenn er dich beim Klauen erwischt –«

»Ich hab nicht geklaut«, sagte Charlie.

»Tu, was du nicht lassen kannst«, sagte Mickey. »Ich

will dir nur helfen, aber wenn du meine Hilfe nicht willst, auch okay.«

Mickey ging wieder zum Hocker, setzte sich und schlug die Zeitung auf. Er starrte auf die Eishockeyergebnisse, ohne sie zu lesen.

Charlie machte die Musik aus. Eine Weile blieb er noch hinter den Fischauslagen stehen, dann kam er zu Mickeys Hocker.

»Also gut, ich hab's genommen«, sagte Charlie. »Es waren aber nur zwanzig Mäuse.«

Mickey klappte die Zeitung zu. »Aber neulich, als ich dich gefragt habe –«

»Ich wollte dich da nicht mit reinziehen. Ich mach das einfach für mich, das ist meine Sache.«

»Das Geld ist mir scheißegal, aber Harry hat es ernst gemeint – er wird dich feuern.«

»Das geht mir doch am Arsch vorbei«, sagte Charlie. »Glaubst du, ich brauche diesen Scheißjob? Ich kann bei irgendwelchen Leuten klingeln, sie fragen, ob ich auf ihrem Rasen das Laub zusammenrechen soll, und dabei mehr verdienen als hier.«

»Kündige doch, wenn du glaubst, du kannst woanders mehr Geld kriegen«, sagte Mickey.

»Was geht es dich an, was ich mache?«

»Ich will einfach nicht, dass du in Schwierigkeiten gerätst«, sagte Mickey. »Wenn Harry dich erwischt, zeigt er dich an.«

»Der erwischt mich schon nicht.«

»Ah ja? Er hat schon einmal herausgefunden, dass Geld fehlt. Wenn er dich sieht –«

»Scheiße, ich beklau den Blödmann seit zwei Jahren«, sagte Charlie, »und er ist mir noch nicht auf die Schliche gekommen.«

»Was redest du da? Er hat gemerkt, dass Geld fehlt.«

»Na schön, dann hab ich das eine Mal Mist gebaut, aber das kommt nicht wieder vor.«

»Woher weißt du das?«

»Weil ich das alles genau ausgeklügelt habe«, sagte Charlie. »Die Beträge auf den Quittungen entsprechen dem Geld in der Kasse. Nehmen wir den alten Mann, der eben hier war. Er hat Fisch für zwölf fünfzig gekauft. Die tippe ich nicht als Verkauf ein, sondern ich öffne nur die Kasse. Ich nehme den Zwanziger, gebe ihm die sieben fünfzig Wechselgeld aus der Kasse. Dann, am Ende des Tages oder sonst wann, gehe ich wieder zur Kasse und lege sieben fünfzig rein, schon stimmen die Quittungen. Pro Tag nehme ich normalerweise so vierzig, fünfzig Dollar extra mit nach Hause.«

»Wenn du noch mal einen Fehler machst, findet er's raus«, sagte Mickey.

»Aber ich mach keinen Fehler mehr. Ab jetzt bin ich vorsichtig. Früher habe ich mir die Zahlen im Kopf gemerkt, jetzt schreibe ich sie auf einen Zettel.«

»Willst du das wirklich machen?«

»Ich hab keine andere Wahl«, sagte Charlie. »Ich hab zwei Brüder, und meine Mutter verdient 'n Scheißdreck, sie nimmt in 'ner Arztpraxis das Telefon ab, und mit Harrys Geld kann ich mir den Arsch abwischen. Darum bessere ich mein Einkommen ein wenig auf – was soll daran falsch sein? Glaubst du etwa, Harry und sein superreicher Bruder in Miami brauchen das Geld? Die haben doch Geld wie Heu. Manchmal hör ich Harry mit seinem Börsenmakler telefonieren, über die vielen Aktien, die er kauft – tausend Aktien hiervon, tausend davon –, dem quillt doch die Knete aus dem Arschloch. Was macht das schon für ’n Unterschied, ob ich ein paar Scheinchen für mich abzwacke oder nicht?«

»Warum suchst du dir nicht noch ’n Job, wenn du Geld brauchst?«, sagte Mickey. »Kannst du nicht abends oder am Wochenende arbeiten?«

Charlie schüttelte den Kopf. »Ich hab zu Hause Sachen zu erledigen, Mann. Morgens muss ich meinen kleinen Bruder zur Schule bringen. Abends muss ich ihm bei den Hausaufgaben helfen. Ich muss ein Auge auf ihn haben, aufpassen, dass er sich nicht mit den falschen Leuten einlässt. Ich hab Verpflichtungen.«

Eine Frau betrat den Laden. Charlie bediente sie, und Mickey sah zu, wie er Wechselgeld aus der Kasse nahm und ihren Zehn-Dollar-Schein, als sie gegangen war, in die Tasche steckte.

»Sieh dich einfach vor«, sagte Mickey. »Dass du nicht den Überblick verlierst, wie viel Geld du aus der Kasse nimmst.«

»Heute bis jetzt 22 Dollar und 45 Cent«, sagte Charlie.

»Trotzdem, pass bloß auf.«

»Mach ich, Daddy, mach ich«, sagte Charlie lächelnd.

Auf dem Heimweg zur Albany Avenue, einen warmen Pizzakarton in den Händen, sah Mickey Filippo, der mit seiner Freundin Donna und ein paar Typen – Eddie Dugan, Rob Stefani und John Lyle – an der Ecke herumlungerte. Sie tranken Bier aus Flaschen, die in Papiertüten steckten, und Filippo hatte den Arm um Donna gelegt. Filippo schaute rüber und sah Mickey. Sie musterten einander ein Weilchen, dann drehte sich Filippo wieder zu den anderen um und redete weiter. Während Mickey seinen Weg fortsetzte, sah er sich unauffällig um. Filippo redete immer noch mit den anderen, aber Donna blickte Mickey jetzt direkt an, mit einem leeren Ausdruck. Mickey wandte den Blick nicht von ihr, bis er um die Ecke bog.

Dass Filippo dort mit seinen Freunden abhing und sich so verhielt wie immer, machte Mickey wahnsinnig sauer. Filippo hätte zu Hause sein und trauern müssen. Er hätte sich auf gar keinen Fall amüsieren dürfen.

In der Wohnung hockte Mickey sich in seinem Zimmer auf den Boden und aß die Pizza mit Hackbällchen. Nach wenigen Stücken war er satt und ging in die Küche, wo er den Rest der Pizza in den Kühlschrank legte.

Mickey kehrte in sein Zimmer zurück und sah sich eine Folge von *Dukes of Hazzard* an, konnte sich aber nicht konzentrieren. Ständig musste er an Rhonda denken, fragte sich, was sie wohl machte, ob sie in diesem Moment auch an ihn dachte, ob er ihr so sehr fehlte wie sie ihm. Er stellte sie sich mit einem anderen vor, einem jüdischen Jungen, mit dem ihr Vater sie lieber zusammen sähe.

Er nahm den Hörer ab und wählte ihre Nummer. Als sie ranging, wusste er nicht, was er sagen sollte.

»Äh … Rhonda?«

»Ja.«

»Hier ist Mickey.«

Sie wartete einige Sekunden, dann sagte sie: »Hi.«

»Ich wollte nur fragen, wie's geht«, sagte Mickey.

»Jetzt ist gerade ein schlechter Zeitpunkt«, sagte Rhonda.

Mickey stellte sich vor, wie der jüdische Junge neben ihr saß.

»Ich hab dich neulich angerufen«, sagte Mickey. »Hast du meine Nachricht bekommen?«

»Entschuldige, ich hatte wirklich viel um die Ohren.«

»Ja, ich weiß, ihr hattet ein großes Thanksgiving-Essen bei dir zu Hause.«

»Woher weißt du das?«

»Das hab ich mir halt gedacht.«

»Ich muss jetzt wirklich auflegen.«

»Ist jemand da?«

»Nein, ich muss nur los.«

»Willst du morgen Abend mit mir ins Kino gehen?«

»Ich kann nicht. Ich muss wirklich auflegen, okay?«

»Okay, aber –«

Sie legte auf. Als Mickey nochmals anrief, sprang der Anrufbeantworter an. Als er es kurz darauf wieder probierte, war die Leitung besetzt.

Mickey stellte sich vor, wie Rhonda und ihr neuer Freund in ihrem Zimmer auf dem Bett lagen und knutschten, wie sie Sex hatten. Er rief noch ein paarmal an, doch die Leitung war immer noch besetzt. Dann rief er Mrs. Turner an.

»O mein Gott, Mickey!« Mrs. Turner klang noch verstörter als kürzlich.

»Was ist passiert?«, sagte Mickey und geriet allmählich selbst in Panik. »Was ist los?«

»O Gott, Mickey. O Gott. Es ist ungerecht, so ungerecht!«

»Was?«, sagte Mickey. »Was ist passiert?«

Mrs. Turner weinte noch heftiger und lauter, sie atmete schwer. Endlich sagte sie: »Er ist tot! Heute Morgen haben sie seine Leiche im Hudson gefunden. Mein Baby ist tot!«

15

Lange Zeit konnte Mrs. Turner nicht klar sprechen, doch schließlich erzählte sie, was geschehen war. Frühmorgens hatte ein Angler bei Dobby Ferry in Westchester eine Leiche entdeckt, die im Hudson River trieb. Die Leiche war schon stark verwest, dennoch hatte die Polizei festgestellt, dass die Person seit etwa einer Woche tot war. Die Polizei von Westchester County fragte andere Dienststellen im Großraum New York nach vermissten Personen und erfuhr von Chris. Anhand der Röntgenaufnahmen von Chris' Zähnen konnte die Polizei in Westchester die Leiche identifizieren.

Mrs. Turner verstummte, und nun hörte man sie nur noch schluchzen. Mickey wusste, dass er irgendetwas sagen musste, und er musste den richtigen Ton treffen.

»Ich kann's nicht glauben«, sagte er. »Ich kann's einfach nicht glauben.«

»Warum musste das ihm passieren?«, sagte Mrs. Turner. »Warum musste das meinem kleinen Jungen passieren?«

»Weiß man, wie er gestorben ist?«, fragte Mickey.

»Er wurde erschossen«, sagte Mrs. Turner. Sie weinte eine Weile, dann fügte sie hinzu: »Man fand die Kugel in seiner Brust.«

»Großer Gott«, sagte Mickey und gab sich Mühe, überrascht zu klingen. »Wer kann das nur gewesen sein?«

»Ich hab keine Ahnung«, sagte Mrs. Turner. »Jeder mochte Chris.«

Mickey sprach noch ein paar Minuten mit Mrs. Turner und war erleichtert, als sie sagte, sie müsse jetzt auflegen.

Mickey saß mit geschlossenen Augen am Bettende und wusste, bald würden Polizisten kommen und ihn befragen. Sie würden die Übereinstimmung zwischen Chris' Blut und dem Blut in dem Haus in Manhattan Beach feststellen und dann mit Chris' Freunden reden, um herauszufinden, ob die etwas wussten. Selbst wenn sie es leugneten – der Alte, der gesehen hatte, wie sie in den Wagen einstiegen, würde sie identifizieren. Mickey stellte sich vor, wie Filippo zusammenbrach und alles gestand oder, was wahrscheinlicher war, den Cops erzählte, Mickey Prada habe Chris getötet.

Mickey fasste es nicht, dass Ralph so versagt hatte, und er machte sich Sorgen wegen der anderen Dinge, die Ralph entsorgen wollte – die Wäschesäcke mit ihren Klamotten und dem Diebesgut. Mickey erinnerte sich nicht, ob er alle seine Hosentaschen überprüft hatte. Vielleicht hatte er in einer Tasche etwas vergessen, oder Ralph und Filippo hatten etwas vergessen.

Irgendwann wählte Mickey 911, er wollte der Polizei alles gestehen. Er würde erklären, dass Filippo Chris versehentlich erschossen und dass er, Mickey, nichts damit zu tun gehabt hatte. Doch als sich die Telefonistin meldete, wurde Mickey klar, was er da tat, und er legte auf. Es wäre verrückt, jetzt mit der Polizei zu reden. Selbst wenn man ihm glaubte, dass Chris' Tod ein Unfall gewesen war, würde man Mickey dennoch wegen des Einbruchs festnehmen – bei dem sie obendrein bewaffnet gewesen waren. Mickey dachte daran, wie er in jener Nacht in dem gestohlenen Auto gesessen hatte, unterwegs nach Manhattan Beach. Damals hatte er die Gelegenheit gehabt auszusteigen, und er hatte sie nicht genutzt. Jetzt konnte er nichts weiter tun, als zu beten, dass er nicht erwischt wurde.

Den Rest des Abends wartete Mickey darauf, dass die Polizei kam. Jedes Mal, wenn ein Auto vorbeifuhr, war er überzeugt, dass es ein Polizeiwagen war, und jedes Mal, wenn ein Auto hielt und eine Autotür ins Schloss fiel, stellte er sich vor, dass es in wenigen Sekunden an seiner Tür klingeln würde. Er hatte vielleicht ein, zwei Stunden geschlafen, doch am Morgen war er so zerschlagen, als hätte er kein Auge zugemacht.

Im Fischgeschäft schaute Mickey bei jedem Kunden, der hereinkam, von der Arbeit auf, in der Erwartung, gleich verhaftet zu werden.

Charlie fiel auf, dass Mickey sich seltsam verhielt. »Alles in Ordnung?«

»Prima«, sagte Mickey.

»Ganz sicher?«, sagte Charlie. »Du siehst nämlich nicht so toll aus.«

»Ich sagte, mir geht's prima«, fuhr Mickey ihn an.

»Ist ja gut«, sagte Charlie. »Meine Güte.«

Mickey ging in John's Pizzeria auf der anderen Straßenseite Mittag essen. Nachdem er ein Stück Pizza und eine Limo bestellt hatte, drehte er sich um und sah hinter sich in der Schlange einen Cop stehen.

Mickey merkte, wie sein Gesicht heiß anlief, versuchte aber, Ruhe zu bewahren.

»Wie geht's?«, sagte der Cop zu ihm.

»Ganz gut.« Mickeys Mund war so trocken, dass er kaum reden konnte.

Mickey bezahlte sein Essen und setzte sich an einen Tisch weiter hinten, von dem aus er die Tür im Blick hatte. Der Cop ließ sich an der Kasse Zeit, scherzte mit den Leuten hinter dem Tresen herum, dann ließ er sich das Essen einpacken und stieg in seinen Einsatzwagen, der in zweiter Reihe parkte.

Während Mickey sein Pizzastück herunterschlang, mit großen Bissen, beschloss er, dass er nicht in ständiger Angst durchs Leben gehen wollte. Vielleicht würde ihn die Polizei erwischen, vielleicht auch nicht, doch er durfte einfach nicht mehr daran denken.

Als Mickey in das Fischgeschäft zurückkam, kassierte Charlie gerade bei einem Kunden. Mickey beobachtete, wie Charlie den Zwanziger einsteckte, den der Kunde ihm gegeben hatte, und Wechselgeld aus der Kasse nahm. Vielleicht hatte Charlie recht – wenn er aufpasste, würde Harry ihm nie und nimmer auf die Schliche kommen. Mickey hatte letztes Jahr Harrys Buchhaltung gesehen, als Harry ihn um Hilfe mit der Körperschaftssteuererklärung gebeten hatte. Die Bücher von Vincent's Fish Market waren das reinste Chaos, und Harry hatte keinerlei Überblick, wie viel Geld genau in den Laden reinkam und wie viel rausging.

Als Charlie sich in die Mittagspause verabschiedete, konnte Mickey den Blick nicht von der Registrierkasse wenden. Wenn er Harry bestahl und dadurch schnell zu ein bisschen Geld kam, könnte er seine Schulden bei Artie und beim Bestattungsinstitut bezahlen und im Herbst mit dem Studium beginnen.

Ein paar Minuten später betrat eine Frau den Laden und kaufte für 28 Dollar Fisch. Sie reichte Mickey zwei Zwanzig-Dollar-Scheine. Mickey hielt die Scheine in der Hand und gab ihr zwölf Dollar Wechselgeld aus der Kasse. Als die Frau den Laden verließ, steckte Mickey die Zwanziger ein.

Der nächste Kunde zahlte mit einem Zehn-Dollar-Schein für einen Einkauf von acht Dollar. Mickey behielt die zehn und gab dem Kunden zwei Dollar aus der Kasse.

Als Charlie vom Mittagessen zurückkam, war Mickey besserer Laune und sagte: »Hey, ich wollte mich für mein Benehmen heute entschuldigen. Ich war wohl nur von der Rolle wegen meinem Freund Chris.«

»Was ist denn mit ihm?«, fragte Charlie.

»Er ist tot«, sagte Mickey.

»Echt?«

»Ja«, sagte Mickey. »Er ist erschossen worden – letzte Woche, aber seine Leiche wurde jetzt erst gefunden.«

»O Scheiße«, sagte Charlie. »Mann, tut mir leid.«

Im Lauf des Nachmittags steckte Mickey an der Kasse weitere sechzig Dollar ein und legte später das Wechselgeld zurück, das er herausgenommen hatte. 59 Dollar hatte er an dem Tag eingesackt.

Als Harry um sechs Uhr in den Laden kam, warf er einen Blick auf die Tageseinnahmen und sagte: »Schleppendes Geschäft heute, hm?«

»Ja«, sagte Mickey und unterdrückte ein Lächeln.

Mickey ging gerade durch die Auffahrt zu seiner Haustür, als hinter ihm eine Männerstimme fragte: »Sind Sie Mickey Prada?«

Mickey drehte sich um und sah zwei Männer in Anzügen – einen kleinen, untersetzten Typ mit nach hinten gegelten blonden Haaren und einen älteren, größeren Grauhaarigen.

»Ja«, sagte Mickey und dachte: Jetzt geht's los.

Der Größere, der Mickey mit Namen angesprochen hatte, sagte: »Ich bin Detective Frank Harris, und das ist mein Kollege Matt Donnelly. Wir sind vom 61. Revier, Manhattan Beach. Soweit wir wissen, waren Sie mit Chris Turner befreundet.«

»Das stimmt«, sagte Mickey und schaffte es, ruhig zu bleiben.

»Mrs. Turner sagte uns, wir könnten Sie hier finden«, erklärte Harris. »Hat Chris Ihnen gesagt, wohin er letzten Samstag abends hinwollte?«

»Letzten Samstag?«, wiederholte Mickey, als versuche er, sich zu erinnern.

»Wir glauben, dass er am Samstagabend bei einem Einbruch in ein Haus an der Hastings Street in Manhattan Beach erschossen wurde«, sagte Harris.

»Ein Einbruch?«, sagte Mickey. »Um Himmels willen.«

»Hat er Ihnen irgendwas darüber erzählt?«, fragte Harris und schlug einen kleinen Notizblock auf.

»Gar nichts«, sagte Mickey. »Ich hatte keine Ahnung.«

»Waren Sie schon lange mit Chris befreundet?«, fragte Harris.

»Mein ganzes Leben lang«, sagte Mickey.

»Kennen Sie einen gewissen Ralph DeMarco?«

»Seinen Nachnamen kenne ich nicht«, sagte Mickey. »Aber Chris hat einen Freund in unserer Bowlingmannschaft, der Ralph heißt.«

»Korpulenter Typ, Ansatz zur Glatze?«

»Das wird er wohl sein«, sagte Mickey.

»Hat Chris Ihnen gegenüber erwähnt«, sagte Donnelly, »dass er Samstagabend etwas mit DeMarco unternehmen wollte?«

Mickey schüttelte den Kopf.

»Wann haben Sie Chris das letzte Mal gesehen?«, fragte Harris.

»Letzten Donnerstag, am Abend«, sagte Mickey. »Ich war bei ihm zu Hause, wir haben ferngesehen.«

»Nur der Vollständigkeit halber«, sagte Harris, »wo waren Sie letzten Samstagabend?«

»Zu Hause. Hab in meinem Zimmer ferngesehen.«

»War jemand bei Ihnen?«

»Mein Vater«, sagte Mickey, »aber er ist jetzt tot.«

»Mrs. Turner hat es uns erzählt«, sagte Harris. »Unser herzliches Beileid.«

Mickey hörte Harris' Tonfall an, dass es ihm scheißegal war.

»Danke«, sagte Mickey.

»Nun, ich schätze, das reicht fürs Erste«, sagte Harris. Er steckte den Block in eine Innentasche seiner Jacke, nahm eine Visitenkarte heraus und gab sie Mickey. »Tun Sie uns einen Gefallen. Falls Sie etwas hören, egal was, das wir Ihrer Ansicht nach wissen sollten, rufen Sie mich unter dieser Nummer an. Es gibt einen Anrufbeantworter, Sie können also eine Nachricht hinterlassen.«

»Sie glauben also wirklich, er wurde bei einem Einbruch getötet?«, fragte Mickey.

»Aller Wahrscheinlichkeit nach ist es so gewesen«, sagte Harris. »Die Kugel im Leichnam des Opfers entsprach einer Kugel, die wir am Tatort des Einbruchs fanden. Sie wurden unseres Erachtens aus derselben Waffe abgegeben.«

»O Gott«, sagte Mickey.

Mickey sah den Detectives nach, die sich entfernten, dann ging er nach oben in seine Wohnung. Er zog sich aus und duschte lange. Irgendwann schlief er vor dem Fernseher ein, wachte aber jede Stunde wieder auf. Um halb sieben, als gerade die Sonne aufging, gab er es auf mit dem Schlafen und fuhr zu dem Imbiss an der Ecke Nostrand und Avenue I. Er setzte sich an die Theke und bestellte Rührei mit Speck, O-Saft und eine Tasse schwarzen Kaffee. Als der Mann neben Mickey aufstand, ließ er seine *Daily News* auf dem Tresen liegen. Mickey blätterte den Hauptteil durch, fand nichts über Chris, verließ den Imbiss und fuhr in Rhondas Straße.

Er parkte direkt gegenüber von ihrem Haus. Ein Blick auf die Uhr – Viertel nach sieben. Um zu klingeln, war es noch zu früh; außerdem machte dann vielleicht ihr Vater auf. Er würde einfach warten, bis sie herauskam. Heute war sein freier Tag, und wenn nötig würde er den ganzen Tag warten.

Um neun Uhr saß Mickey immer noch in seinem geparkten Auto und beobachtete das Haus. Niemand war gekommen oder gegangen. Gegen halb zehn wurden die Jalousien vor den Fenstern des Zimmers vorne im ersten Stock hochgezogen. Mickey fragte sich, ob das Rhondas Zimmer war. Seine Handflächen begannen zu schwitzen bei der Vorstellung, sie gleich durch das Fenster zu sehen. Doch wer auch immer die Jalousien öffnete, entfernte sich rasch wieder, so dass Mickey nicht erkannte, wer es war.

Inzwischen juckten die Nähte in Mickeys rechter Hand furchtbar, und ihm fiel ein, dass er zum Arzt hätte gehen sollen, um die Fäden zu ziehen. Mit Hilfe des Taschenmessers an seinem Schlüsselbund nestelte Mickey an den Fäden herum und entfernte einen nach dem anderen.

Gegen zehn Uhr verließ Rhondas Vater das Haus. Mickey duckte sich schnell und spähte über das Lenkrad, als der Vater in den Kombi stieg, der in der Auffahrt geparkt war.

Ein paar Minuten später kam Rhondas Stiefmutter in Jogginghose und Sweatshirt aus dem Haus, und Mickey duckte sich wieder. Er wartete ein Weilchen, dann richtete er sich auf und sah, dass sie schon bis zur Mitte des Häuserblocks gejoggt war. Er zögerte nicht. Sobald sie um die Ecke bog, stieg er aus dem Wagen und ging rasch zum Haus. Er hatte zwar geprobt, was er sagen wollte, doch jetzt geriet in seinem Kopf alles durcheinander. Unwichtig. Diese Chance würde er nicht versieben.

Er klingelte an der Tür, zählte bis zehn und klingelte erneut. Gerade wollte er ein drittes Mal klingeln, als die Tür aufgeschlossen und geöffnet wurde. Da stand Rhonda in einer Jogginghose und einem weiten weißen T-Shirt. Ihre Haare waren zerzaust, und sie war nicht geschminkt, hatte nicht mal Lippenstift aufgetragen. Sie sah aus, als wäre sie gerade erst aufgewacht, aber sie sah phantastisch aus.

»Hi«, sagte Mickey lächelnd.

Als sie die Tür aufmachte, schien Rhonda überrascht; jetzt wirkte sie nur noch sauer.

»Was willst du hier?«, fragte sie kühl.

»Ich wollte nur mit dir reden und dir sagen, dass es mir leid tut, was auch immer ich getan haben mag.«

»Du solltest nicht hier sein«, sagte Rhonda.

»Ich will mit dir reden. Komm schon, lass mich rein.«

»Warum tust du das?«, sagte Rhonda.

»Bitte«, sagte Mickey. »Vielleicht können wir irgendwohin gehen. Mein Wagen steht gleich –«

»Nein. Hör zu, keine Ahnung, warum du das irgendwie nicht verstehst, aber ich will dich nicht mehr sehen. Du musst jetzt gehen.«

»Aber ich verstehe nicht, was ich falsch gemacht habe«, sagte Mickey.

»Du hast gar nichts falsch gemacht. Es ist nur … du musst jetzt gehen, klar?«

»Es ist nur was?«, sagte Mickey.

»Gar nichts.« Rhonda drehte sich kurz um, warf einen Blick ins Haus.

»Hast du einen Typ da drin?«

»Was? …. Nein.«

»Du lügst.«

»Warum sollte ich lügen?«

»Warum darf ich dann nicht rein?«

»Du musst nach Hause, Mickey. Bitte.«

Rhonda wollte die Tür schließen, doch Mickey schob seinen Fuß in den Türspalt.

»Wie heißt er?«, fragte Mickey.

»Geh bitte aus dem Weg«, sagte Rhonda.

Mit der Schulter drückte Mickey die Tür auf und stand jetzt im Hausflur.

»Was ist denn mit dir los?!«, schrie Rhonda. »Raus aus meinem Haus!«

Mickey schaute an Rhonda vorbei, sah im Wohnzimmer aber niemanden.

»Ist er oben?«, fragte Mickey.

»Es ist niemand hier«, sagte Rhonda.

»Was ist denn los mit dir?«, sagte Mickey. »Wieso bist du so zu mir?«

»Du verschwindest jetzt besser sofort. Ich warne dich. Ich rufe um Hilfe.«

»Du liebst mich, das weiß ich doch«, sagte Mickey. »Ich erinnere mich genau, wie du mich angesehen hast, als wir uns das erste Mal im Fischgeschäft begegnet sind. Wir passen perfekt zueinander.«

»Lass mich bitte in Ruhe.« Rhonda wich zurück.

»Ich kann ohne dich nicht leben«, sagte Mickey.

»Was redest du da?«, sagte Rhonda. »Du kennst mich überhaupt nicht.«

Mickey machte einen Schritt auf sie zu. Sie griff nach dem nächstbesten Gegenstand – eine schwere Glasvase auf einem Beistelltisch – und hob sie über ihren Kopf.

»Du gehst jetzt auf der Stelle, du Psycho«, sagte sie, wobei die Vase in ihren Händen zitterte.

»Los«, sagte Mickey, »stell das hin, damit wir uns unterhalten können.«

Mickey machte einen Satz auf sie zu und versuchte, die Vase zu packen.

»Mach schon, gib sie mir.«

»Lass los!«

»Na komm.«

Mickey wollte ihr gerade die Vase entwinden, da fiel sie zu Boden und zerbrach in tausend Stücke.

»Tut mir leid«, sagte Mickey. »Das wollte ich nicht. Hör bitte auf zu weinen. Nun hör auf zu weinen!«

Mickey versuchte, Rhonda zu umarmen, als hinter ihm die Haustür aufging. Mickey drehte sich um und sah Rhondas Vater das Haus betreten, in der Hand die Sonntagsausgabe der *New York Times*.

»Was zum Teufel geht hier vor?«, fragte er.

Rhonda eilte zu ihrem Vater und stellte sich neben ihn.

»Was zum Teufel machst du hier?«, sagte ihr Vater zu Mickey.

»Er ist einfach reingekommen«, sagte Rhonda in Tränen. »Er wollte nicht gehen. Er wollte nicht gehen!«

»Das stimmt nicht«, sagte Mickey. »Ich hab nur –«

Rhondas Vater packte Mickeys Arm knapp unter der Schulter und zerrte ihn Richtung Tür. Ihr Vater war weder groß noch kräftig – er war ein gutes Stück kleiner als Mickey und etwa zehn Pfund leichter. Ein paar Schritte vor der Tür blieb Mickey stehen, und Rhondas Vater kriegte ihn nicht von der Stelle.

»Verschwinde von hier, du Dreckskerl, oder ich ruf die Polizei«, sagte ihr Vater.

»Das ist nur ein Missverständnis«, sagte Mickey. »Ich wollte doch bloß mit ihr reden, als die Vase kaputtging –«

»Das ist mir scheißegal. Ich will, dass du sofort mein Haus verlässt!«

Wieder rüttelte er an seinem Arm, doch Mickey wich und wankte nicht. Rhondas Vater zerrte nun an seinem Hemdsärmel, wodurch der Kragen sich so verzog, dass Mickey sich verrenken musste. Mickey stieß den Gegner zurück, wollte sich losreißen, und dann schlug Rhondas Vater mit der offenen Hand gegen Mickeys Hals. Mickey verspürte plötzlich ein Würgen und ballte die Faust.

»Nicht!«, schrie Rhonda.

Als Mickey die Faust senkte, wurde ihm bewusst, was er beinahe gemacht hätte.

»Das hab ich nicht gewollt«, sagte Mickey zu Rhonda. »Ich wollte nur mit dir reden.«

Rhonda weinte wieder. Es war zu spät, das wusste Mickey. Egal was er jetzt sagte, es wäre falsch.

»Sieh ja zu, dass du verschwindest, ehe ich die Polizei hole!«, rief Rhondas Vater.

Mickey sah Rhonda an. Sie rannte in ein anderes Zimmer. Mickey machte kehrt und ging langsam aus dem Haus. Hinter ihm knallte die Tür zu.

16

Am nächsten Morgen rief Mickey von der Arbeit aus ungefähr jede Viertelstunde Rhonda an, doch es war ständig besetzt. Schließlich, gegen ein Uhr, sprang der Anrufbeantworter an.

»Rhonda, hoffentlich hörst du diese Nachricht. Rhonda, hier ist Mickey. Also, es tut mir leid, okay? Ich wünschte, ich könnte dir klarmachen, wie leid es mir tut. Es war nur wegen meines Vaters, glaube ich. Na ja, das hat mir halt sehr zugesetzt, und jetzt habe ich erfahren, dass auch mein bester Freund tot ist. Er wurde erschossen, und… Hör zu, das ist keine Entschuldigung für das, was ich getan habe, ich weiß, aber ich bitte dich nur, mich zurückzurufen, damit wir reden, ja? Im Moment habe ich außer dir niemanden, und ich kann dich nicht auch noch verlieren. Und falls Rhondas Vater oder ihre Stiefmutter sich das anhören, Sie sollen beide wissen, dass es mir aus tiefstem Herzen leidtut. Ruf mich bitte an, Rhonda, ja? Bitte.«

Den Rest des Tages machte Mickey immer wieder Pausen und hörte seinen Anrufbeantworter zu Hause ab, um herauszufinden, ob Rhonda zurückgerufen hatte. Doch sie rief nicht an. Nach der Arbeit fuhr er in den Buchmacherschuppen, um Artie zu treffen und einen

Teil seiner Schulden abzuzahlen. Als er auf den Kings Highway bog, sah er Angelo Santoro auf dem Bürgersteig in Richtung East 27th Street gehen. Angelo sah überhaupt nicht aus wie sonst. Er trug Jeans und einen marineblauen Kapuzenpullover, sein Gesicht war unrasiert. Mickey wollte anhalten, doch ein Laster klebte an seiner Stoßstange, und er musste rechts in die Bedford Avenue abbiegen. Er fuhr einmal um den Block, über die 24th Street zurück auf den Kings Highway. Er verlangsamte, sah in alle Richtungen, aber Angelo war weg.

»Tut mir leid, dass ich es nicht zur Totenwache für deinen alten Herrn geschafft habe, wie war's denn?«, sagte Artie.

Mickey saß neben Artie an einem Bridgetisch in der Ecke der Bookie-Bude. Etwa zwanzig Leute quetschten sich noch in den Raum, saßen an den anderen Tischen oder gingen herum. Überall auf den Tischen lagen Ausgaben der *Racing Form*, Wettscheine und halb aufgegessene Donuts und Bagels.

»Es waren nur wenige Leute da«, sagte Mickey.

»Mist.« Artie sah von seiner *Lawton* auf, der Wettzeitung, die er gerade las. »Hätte ich das gewusst, wär ich –«

»Schon gut«, sagte Mickey. »Ist sowieso seine eigene Schuld. Mein Vater war schließlich nicht der liebenswerteste Typ auf der Welt.«

»Da ist was Wahres dran«, meinte Artie. »Ich weiß noch, wie ich manchmal auf der Rennbahn mit ihm quatschen wollte und gefragt hab: ›Welches Pferd gefällt dir bei dem Rennen?‹, oder so was in der Art, und er sagte dann: ›Wieso, schreibst du ein Buch?‹ Nicht, dass das besonders schlimm wäre, aber wenn einer einen fragt, welches Pferd einem gefällt, dann kann man's ihm sagen, auch wenn man nachher auf ein anderes Pferd setzt. Das nennt sich Höflichkeit, verstehst du?«

»Wenn mein Vater eins nicht war, dann höflich«, sagte Mickey.

»Da hast du recht«, sagte Artie. »Du hast ihn also eingeäschert, hm?«

»Ja«, sagte Mickey.

»Was hast du mit der Asche gemacht?«

»Auf die Aqueduct-Rennbahn gekippt.«

»Kein Scheiß?«, sagte Artie und lächelte. »Vielleicht mach ich das auch, schreib das in mein Testament. Das wär gar nicht so übel, für immer und ewig auf der Rennbahn sein. Um Klassen besser als in irgendeinem Friedhof am Arsch der Welt zu vergammeln. Aber ich würd nicht auf der Aqueduct sein wollen, sondern auf irgendeiner schicken Rennbahn, verstehste? Vielleicht in Saratoga oder auf einer dieser französischen Bahnen. Mit jeder Menge hübschem grünem Gras.«

Mickey hustete. »Ich mache besser 'n Abgang, ehe ich noch Lungenkrebs kriege.«

Mickey zog aus seiner Tasche einen Umschlag und gab ihn Artie. Der Umschlag enthielt zweihundert Dollar in Zwanzigern und Zehnern. Einen Teil des Geldes hatte Mickey heute auf der Arbeit aus der Kasse genommen; der Rest kam aus seiner Lohntüte.

Artie warf wieder einen Blick in die *Lawton*, nahm Mickeys Umschlag rasch entgegen und steckte ihn in seine Tasche, ohne ihn zu öffnen. Der Bookie-Schuppen war nicht Arties Revier, und niemand sollte sehen, wie er hier Geld einkassierte.

»Sieh dir das an«, sagte Artie, »die *Lawton* hatte heute vier Siegerempfehlungen, Scheiße noch mal, eine davon für ein Neunzig-Dollar Pferd. Aber weißt du was, wenn du dieses Käseblatt heute Morgen gekauft und auf sämtliche Empfehlungen gesetzt hättest, wäre bestimmt nicht ein einziger Sieger dabei gewesen. Wann hast du das letzte Mal jemanden sagen hören: ›Heute habe ich mächtig abgesahnt, gut, dass ich auf die *Lawton* gehört habe‹?«

Artie zerriss die Wettzeitung und schmiss die Papierfetzen auf den Tisch vor sich.

Mickey sagte: »Jetzt weiß ich wieder, was ich dich fragen wollte. Es geht um Angelo Santoro …«

»Der Mafioso, der beim Football nie auf ein Siegerteam setzt«, sagte Artie.

»Ich weiß, dass er nie auf ein Siegerteam setzt, bin mir aber nicht sicher, was den ersten Teil angeht.«

»Wie meinst du das?«, sagte Artie. »Du hast doch angeblich rausgefunden, dass er echt ist.«

»Er hat seine Schulden bei mir bezahlt«, log Mickey, »aber ich weiß nicht, ob er bei der Mafia ist. Du hast mal gesagt, du könntest dich umhören, ob ihn jemand kennt.«

»Was juckt's dich, ob er bei der Mafia ist oder nicht?«, sagte Artie. »Mal angenommen, das Ganze *war* Beschiss. Was macht das für dich für einen Unterschied? Du bist so oder so verarscht worden.«

»Egal. Ich dachte mir nur, wenn du jemanden kennst und etwas rausfinden kannst, würde ich es gern erfahren. Wenn's dir nichts ausmacht.«

»Na schön, ich hör mich um«, sagte Artie. »Mal sehen, was ich in Erfahrung bringe.«

»Danke.« Mickey stand auf.

»Hey, wer gefällt dir heute Abend?«, fragte Artie.

»Wer mir gefällt?«, sagte Mickey.

»Jets oder Dolphins?«

»Mir gefällt niemand«, sagte Mickey.

»Kluger Mann«, sagte Artie. »Kluger Mann.«

Als Mickey nach Hause kam, war eine Nachricht auf seinem Anrufbeantworter. Mickey drückte auf PLAY, schloss die Augen und hoffte, Rhondas Stimme zu hören, doch die Nachricht war von Mrs. Turner. Gestern Abend hatte sie angerufen, um zu sagen, dass Chris' Beerdigung am Mittwochmorgen stattfand, und Mickey verstand nicht recht, warum sie heute Abend wieder anrief.

Nachdem er eine Weile in seiner Wohnung auf und ab gegangen war, rief Mickey zurück.

»Hi, hier ist Mickey.«

»Mickey«, sagte Mrs. Turner mit seltsam belegter Stimme. Mickey wusste nicht, ob er sie mit seinem Anruf geweckt oder ob sie getrunken hatte.

»Sie haben mir eine Nachricht hinterlassen«, sagte Mickey.

»Wirklich?«, erwiderte sie. »Ach ja, das stimmt. Es geht um Chris – du weißt doch, dass du sein bester Freund warst? Chris hat dich gerngehabt, er hat dich sehr gerngehabt, Mickey, und ich finde, du solltest bei seiner Beerdigung ein paar Worte sagen.«

»Ich weiß nicht, ob das so eine gute Idee ist«, sagte Mickey.

»Warum nicht?« Sie sprach jetzt plötzlich lauter, schrie fast. Jetzt war Mickey sicher, dass sie betrunken war. »Einer von Chris' Freunden muss etwas sagen, und ich weiß nicht, wen ich sonst fragen soll. Filippo hab ich nie gemocht, und seine anderen Freunde kenne ich nicht so gut. Du musst es machen, Mickey.«

»In Ordnung«, sagte Mickey. »Also, wenn Sie das möchten.«

Er wollte gerade auflegen, als Mrs. Turner sagte: »Du hast doch von dem Mist gehört, den die erzählen?«

»Mist?«, sagte Mickey.

»Dass Chris in ein Haus eingebrochen sei«, sagte Mrs. Turner.

»Ach ja«, sagte Mickey. »Das haben mir die Detectives erzählt.«

»Das glaube ich keine Sekunde«, sagte Mrs. Turner. »Ich weiß, dass Chris Probleme hatte, aber er wäre nie in ein Haus eingebrochen. Nicht mein Chrissy.«

»Bestimmt findet die Polizei irgendwann heraus, was wirklich passiert ist.«

»Hoffentlich«, sagte Mrs. Turner. »Wenn ich nur wüsste, was geschehen ist, wäre es so viel leichter zu ertragen. Es nicht zu wissen, das macht mich fertig.«

Mickey und Charlie legten gerade frischen Fisch auf das Eis, als Francesca, eine alte Puerto-Ricanerin, den Laden betrat. Francesca war Stammkundin bei Vincent's, sie kam immer dienstags, um einen Wochenvorrat Fisch für sich und ihre Familie zu kaufen.

»Das übernehme ich«, sagte Mickey zu Charlie. »Wie geht's, Francesca? Was darf ich Ihnen heute geben?«

»Was ist frisch?«, fragte die alte Frau.

»Flunder ist gut«, sagte Mickey. »Außerdem haben wir ein paar wirklich schöne Felsenbarsche. Knapp zwanzig Pfund schwer.«

Francesca kaufte ein Pfund Flundern, ein Pfund vom Felsenbarsch, ein Pfund Meerbrassen und jeweils ein halbes Pfund Garnelen, Miesmuscheln und Venusmuscheln. Während Mickey sie bediente, erzählte ihm Francesca, ihr Enkel Steven sei gerade an der Brown University angenommen worden. Die Rechnung belief sich auf etwas über 42 Dollar.

»Machen wir 42 glatt«, sagte Mickey.

Francesca gab Mickey das Geld genau passend. Als Mickey sah, dass Charlie damit beschäftigt war, die Fische in der Auslage zu arrangieren, öffnete Mickey die Kasse und schloss sie wieder, behielt das Geld aber in der Hand.

»Ich wünsche Ihnen einen schönen Tag«, sagte Mickey.

Im Laufe des Tages stahl Mickey weitere 64 Dollar. Um halb sieben kam Harry in den Laden zurück und kontrollierte die Abrechnung. Mickey putzte gerade den Verkaufsraum, bereitete alles für den Ladenschluss vor, und Charlie machte hinten sauber.

»Das Geschäft läuft wieder schleppend, hm?«, sagte Harry.

»Ja.« Mickey wischte weiter, ohne aufzusehen.

»Ich frage mich, wieso«, sagte Harry. »Das Wetter war schließlich gut.«

»Manchmal gibt es solche Tage«, sagte Mickey.

Auf dem Heimweg machte Mickey im Supermarkt halt und kaufte mit einem Teil des gestohlenen Geldes ein. Als Mickey die Avenue K entlangging, in den Armen die Papiereinkaufstüten, bemerkte er einen Fahrschulwagen mit einem dreieckigen Werbeschild auf dem Dach, und ihm fiel ein, wie Rhonda gesagt hatte, er solle ihr irgendwann mal das Autofahren beibringen.

Als Mickey nach Hause kam, war sein Appetit verflogen, daher ging er in das Zimmer seines Vaters und räumte weiter den Schrank und die Schubladen aus. Die gefüllten Müllsäcke trug er raus an die Bordsteinkante, er musste mehrmals hin- und herlaufen.

Gegen halb acht rief Mickey Artie an.

»Ich muss gleich auflegen«, sagte Artie. »Die Leute rufen an wegen den Knicks.«

»Ich wollte nur fragen, ob du irgendwas über Angelo Santoro rausfinden konntest.«

»Ah ja«, sagte Artie. »Ich habe mit einem Typ gesprochen, von dem ich weiß, dass er Mafiaverbindungen hat. Genau wie ich mir dachte, er sagte, in der Colombo-Familie gibt es keinen Angelo Santoro. Der einzige Santoro, von dem er je gehört hat, ist Salvatore Santoro von der Lucchese-Familie.«

»Ist er ganz sicher?«, sagte Mickey.

»Ich gebe dir nur weiter, was er gesagt hat«, erwiderte Artie. »Vielleicht gehört Angelo ja zu einer anderen Familie – Gambino, Bonanno. Oder vielleicht hatte ich recht, und er hat dich an der Nase rumgeführt. Ich muss auflegen, die Leute versuchen durchzukommen.«

Mickey knallte den Hörer auf. Später setzte er sich an die Rede für Chris' Beerdigung. Er schrieb immer wieder Sätze auf, strich sie durch und fing wieder von vorn an. Schließlich riss er das Papier in Stücke. Er würde einfach improvisieren müssen.

17

In denselben Kleidern, die er zur Totenwache seines Vaters getragen hatte, traf Mickey im Bestattungsinstitut Guarino an der Flatlands Avenue ein. Eine Frau am Eingang lotste Mickey in ein Zimmer weiter hinten, wo sich die Trauergäste für die Bestattung von Chris Turner versammelten.

An die fünfzig Personen standen herum und unterhielten sich. Mickey sah Chris' weinende Mutter, die von einer anderen Frau getröstet wurde. Dann entdeckte er auf der anderen Seite des Zimmers Chris' Vater. Mickey hatte Mr. Turner seit Jahren nicht mehr gesehen und war ein wenig überrascht, dass er zur Beerdigung kam. Mickey hätte nicht gedacht, dass Mrs. Turner den Kontakt zu ihm aufrechterhalten hatte.

Mr. Turner blickte Mickey direkt an, und Mickey ging hinüber, um ihn zu begrüßen.

»Mickey, hey, lass dich ansehen«, sagte Mr. Turner und legte den Arm um Mickeys Rücken. »Was bist du jetzt, zwei Köpfe größer als ich?«

Mr. Turner hatte nun noch weniger Haare, und der spärliche Rest war grau; davon abgesehen hatte er sich kaum verändert. Er war etwa so groß wie Chris und sah ihm sehr ähnlich, besonders um Mund und Augen herum.

»Mein herzliches Beileid«, sagte Mickey.

»Danke, Mick, das ist nett von dir. Ich wünschte nur, ich wäre in den letzten Jahren häufiger da gewesen. Ich wünschte, ich würde ihn besser kennen, verstehst du?«

Am liebsten hätte Mickey gesagt: Wenn du ihn wirklich besser kennenlernen wolltest, hättest du vielleicht nicht abhauen und ihn von einer Alkoholikerin großziehen lassen sollen. Stattdessen sagte er: »Ich weiß, dass Chris Ihnen das nicht übelgenommen hat.«

»Wirklich nicht?«, sagte Mr. Turner.

»Nein, er hat andauernd von Ihnen gesprochen«, log Mickey. »Er hat immer von den schönen Sachen erzählt, die er als Kind mit Ihnen erlebt hat.«

»Stimmt, wir haben wirklich viel Schönes zusammen erlebt, nicht wahr?«, sagte Mr. Turner und rang sich ein Lächeln ab.

Während er mit Mr. Turner Erinnerungen an Chris austauschte, sah Mickey in der Nähe des Eingangs Ralph, Filippo und Donna stehen. Donna bemerkte Mickey als Erste, dann schaute Ralph in Mickeys Richtung. Ralph und Mickey musterten einander vielleicht einige Sekunden lang, dann wandte Ralph sich ab, und Mickey schenkte seine Aufmerksamkeit wieder Mr. Turner.

Doch als Mr. Turner davon sprach, wie er Chris und Mickey früher zu den Baseballspielen der Little League und in den Videospielsalon am Kings Plaza gefahren hatte, hörte Mickey kaum zu. Schließlich kam jemand, um Mr. Turner zu kondolieren, und Mickey konnte sich aus dem Staub machen.

Mickey ging zu Mrs. Turner hinüber – als er sie küsste,

roch er ihre Alkoholfahne – und drückte ihr sein Beileid aus. Dann verließ er das Zimmer und ging den Flur entlang zur Toilette.

Auf dem Rückweg von der Toilette sagte eine Mädchenstimme: »Hey, Mickey.«

Mickey schaute hinüber und sah an der Seite Donna stehen. Er hatte noch nie mit Donna gesprochen und war erstaunt, dass sie überhaupt seinen Namen kannte.

»Komm mal kurz her«, sagte sie und winkte Mickey in ein Zimmer, das vom Flur abging.

Mickey schaute sich um und sah weder Filippo noch Ralph oder sonst jemanden, der sie vielleicht beobachtete, dann folgte er Donna.

Kaum zu glauben, dass Donna erst sechzehn war. Sie sah wie dreißig aus in ihrem schwarzen Kleid mit dem tiefen Ausschnitt, der die Brüste zusammendrückte. Ihre toupierten, lockigen Haare standen in alle Richtungen ab, und sie roch nach Parfum. Sie war so stark geschminkt, dass man nur ahnen konnte, wie ihr Gesicht darunter aussah.

Mickey dachte daran, wie gut Rhonda immer aussah, fast ohne Make-up.

»Ich muss dich was fragen, wegen Chris«, sagte Donna.

»Was?«, fragte Mickey. Ihm war nicht danach, mit ihr oder sonst wem zu reden.

»Weißt du, was mit ihm passiert ist?«

Mickey zögerte, fragte sich, ob Filippo ihr etwas über den Einbruch erzählt hatte. Dumm genug wäre er.

»Nein«, sagte er. »Ich weiß nur, dass er in irgendeinem Haus in Manhattan Beach erschossen wurde.«

»Hat die Polizei mit dir gesprochen?«, fragte Donna.

»Ja«, sagte Mickey. »Sie haben mich bloß gefragt, ob ich was wüsste, aber ich hab gesagt, nein. Warum?«

»Bin nur neugierig«, sagte Donna. »Du und Chris, ihr wart doch Freunde, stimmt's? Richtig *gute* Freunde.«

»Ja«, sagte Mickey.

»Hast du ihn in dieser Nacht gesehen?«

»Nein. Ich war zu Hause, hab ferngesehen.«

»Filippo sagt, er war bei Ralph und hat Pornos geguckt. Keine Ahnung, ob ich ihm glauben soll oder nicht. Ich meine, ich glaube schon, dass er sich Pornos anguckt, aber ich weiß nicht, ob ich glauben soll, dass er in *der* Nacht Pornos geguckt hat.«

»Warum nicht?«, fragte Mickey. »Ich meine, warum sollte er dich denn anlügen?«

»Weiß auch nicht. Es ist bloß … ich wollte nur herausfinden, ob du etwas weißt, was mir Filippo vielleicht nicht erzählt hat, aber du weißt wohl auch nicht mehr, hm?«

»Tut mir leid«, sagte Mickey.

»Jedenfalls danke«, sagte Donna, dann lächelte sie Mickey an, musterte ihn von oben bis unten. »Du siehst ziemlich gut aus in deinen schicken Klamotten, weißt du das?«

»Danke«, sagte Mickey.

»Ich weiß nicht, was mit mir und Filippo gerade so abgeht«, sagte sie, »aber vielleicht willst du mal irgendwann bei mir zu Hause vorbeikommen und, na ja, ein bisschen abhängen.«

Donna schenkte Mickey noch ein aufreizendes Lächeln.

»Vielleicht«, sagte Mickey und dachte wieder an Rhonda.

»Besser, du gehst vor mir raus«, sagte Donna. »Wenn Filippo merkt, dass du mit mir geredet hast, rastet er aus.«

Als Mickey das Zimmer verließ, sah er, dass die ersten Trauergäste bereits die Kapelle betraten, wo der Trauergottesdienst stattfinden sollte. Mickey setzte sich in die zweite Reihe, direkt am Gang, damit er für seine Rede leicht aufstehen konnte.

Zuerst sprach der Bestatter. Obwohl der bleiche, grauhaarige alte Typ eine Menge Details aus Chris' Leben kannte – wann er geboren wurde, welche Schulen er besucht hatte, die Namen seiner Eltern –, war klar, dass er Chris nicht wirklich gekannt hatte, und er sah beim Reden ständig auf eine Karteikarte, kniff die Augen zusammen, um die Stichworte lesen zu können.

Als der Bestatter fertig war, ging Chris' Cousin Joey aufs Podium und erzählte Geschichten von schönen gemeinsamen Erlebnissen mit Chris aus ihrer Kindheit und Jugend. Die Geschichten rührten die Leute zu Tränen. Auch Mickey musste weinen, als er daran dachte, wie Mrs. Turner ihm erzählt hatte, »es nicht zu wissen« mache sie fertig. Noch Jahre nach dem Tod seiner Mutter hatte Mickey sich gefragt, wer der Fahrer war, der nach dem Unfall Fahrerflucht begangen hatte. Wenn Mickey im Auto seines Vaters auf dem Rücksitz mitfuhr, sah er sich manchmal die Fahrer der anderen Autos an, an denen sie vorbeikamen, und fragte sich, ob es wohl dieser Mann oder jene Frau war.

Als Mickey an die Reihe kam, war sein Mund plötzlich

trocken. Außer einige wenige Male in der Schule hatte er noch nie vor einer größeren Menge gesprochen, und ihm kam es so vor, als wüsste jeder, der ihn jetzt anstarrte, die Wahrheit: dass er in der Nacht, als Chris getötet wurde, dabei gewesen war, und dass er die Polizei angelogen hatte. Mickey begann zu reden, wusste aber nicht, was er sagte. Eigentlich wollte er doch sagen, dass Chris sein bester Freund war, der ihn immer zum Lachen brachte, und wie sehr ihm Chris fehlen würde, aber all die Worte und Sätze kamen ganz verworren heraus, und er war sich nicht sicher, ob sie überhaupt Sinn ergaben. Zwischendurch hörte er sich selbst gar nicht mehr reden, und die Gesichter der Trauergäste vor ihm schienen ganz weiß zu werden. Mickey schloss seine Rede mit den Worten, Chris habe seine Eltern sehr geliebt. Dann bedankte er sich und verließ das Podium, ganz benommen und wacklig auf den Beinen. Als er wieder Platz nahm, bemerkte er verdutzt, dass etliche Trauergäste in den vorderen Sitzreihen weinten und sich in Taschentücher schneuzten. Mrs. Turner, die vor Mickey saß, drehte sich um, drückte seine Hand und flüsterte: »Danke.« Dann sah Mickey nach links, und Mr. Turner blinzelte ihm zu und lächelte. Mickey dachte, dass er wohl doch keine so schlechte Figur abgegeben hatte.

Nach der Feier verließen die Trauergäste langsam die Kapelle, die vorderen Reihen leerten sich zuerst. Als Mickey an Ralph und Filippo vorbeikam, sah er sie an, doch sie schauten weg. Nur Donna blickte Mickey an und lächelte. Sie hatte rote Augen, und vom Weinen war ihr Mascara verlaufen.

Es war nach halb zwölf. Mickey musste um Punkt zwölf auf der Arbeit sein, was ihm ganz gelegen kam. Ihm war jedenfalls nicht danach, mit auf den Friedhof zu gehen.

18

Mickey fuhr nach Hause, um seinen Wagen abzustellen und die Kleider zu wechseln, er zog sich Jeans und ein Sweatshirt an. Auf dem Fußweg zur Arbeit, er bog gerade von der Avenue J in die Flatbush, sah er Angelo Santoro.

Diesmal trug Angelo den gewohnten schwarzen Anzug. Er ging gerade an Vincent's Fish Market vorbei, keine fünfzig Meter vor Mickey. Mickey beschleunigte den Schritt, um ihn einzuholen.

Angelo bog um die Ecke in die Avenue K. Mickey begann zu laufen, dann zu rennen und bog ebenfalls um die Ecke.

»Angelo!«, rief Mickey, plötzlich außer Atem, obwohl er nur eine kurze Strecke gerannt war.

Der Mann vor ihm wandte sich um, und Mickey merkte, dass er sich geirrt hatte. Von hinten hatte der Mann mit seinen breiten Schultern und dem schwarzen Anzug wie Angelo ausgesehen, doch dieser Typ hatte einen graumelierten Vollbart und war wohl um die sechzig.

»Verzeihung«, sagte Mickey, »ich habe Sie mit jemandem verwechselt.«

Mickey ging langsam zum Fischladen zurück, blieb dann aber stehen und versuchte, sich zusammenzureißen. Als er das Geschäft betrat, bediente Charlie gerade einen Kunden.

»Was geht ab?«, sagte Charlie.

Ohne Charlie auch nur anzusehen, ging Mickey durch die Pendeltür nach hinten. Er band seine Schürze um, wusch sich die Hände und kehrte dann in den Verkaufsraum zurück. Der Kunde war weg.

»Wie war die Beerdigung?«, fragte Charlie.

»Wie jede andere Beerdigung auch, schätze ich«, sagte Mickey.

»Du machst keinen besonders guten Eindruck«, sagte Charlie. »Deine Augen sehen aus, als hätte dich jemand verprügelt. Du solltest dir ernsthaft überlegen, mal Urlaub zu nehmen, Mann. Das waren echt ein paar schwere Schläge, die du in letzter Zeit einstecken musstest. Du solltest mit deiner Freundin irgendwo wegfahren, 'nen romantischen Urlaub machen.«

Plötzlich wütend, versetzte Mickey: »Klar, klingt nach einer tollen Idee.«

»Verdammt, das war doch nur ein Vorschlag«, sagte Charlie. »Ich dachte nur, du solltest mal irgendwo ausspannen, auf 'ner Insel oder so. Warst du schon mal auf Jamaika?«

Mickey schüttelte den Kopf.

»Du musst unbedingt mal nach Jamaika, Mann«, sagte Charlie. »Mein Vater war Jamaikaner, ich hab also noch meine ganzen Verwandten dort. Zu Highschool-Zeiten war ich öfter da, aber jetzt schon seit fünf Jahren oder so nicht mehr. Mann, ich will da unbedingt wieder hin. Was die da an der Nordküste von der Insel für Strände haben! Sonnenuntergänge, Palmen, Cocktails mit diesen kleinen Schirmchen drin – genau wie auf den Postkarten.«

Mickey schaute zur Tür, eine Kundin betrat gerade den Laden. Er nahm ihre Bestellung entgegen, holte dann hinter dem Tresen einen großen Behälter hervor und sagte: »Verzeihung, sagten Sie Shrimps oder Jakobsmuscheln?«

»Jakobsmuscheln«, sagte die Frau.

Mickey füllte ein Pfund Jakobsmuscheln in den Behälter und machte dann die anderen Sachen bereit, die die Frau bestellt hatte. Das Ganze belief sich auf 26 Dollar und ein paar Cent. An der Kasse schaute Mickey nach rechts zu Charlie, der nur ein paar Schritte entfernt stand, aber damit beschäftigt war, Filets zuzuschneiden. Mickey öffnete die Registrierkasse und gab der Frau auf dreißig Dollar Wechselgeld heraus, behielt den Zwanziger und den Zehner jedoch in der Hand, als er die Kasse schloss. Sobald die Frau den Laden verließ, steckte Mickey die Scheine unauffällig in seine Tasche.

»Wo du auch unbedingt mal hinsolltest, ist Cancún«, fuhr Charlie an Mickey gerichtet fort. »Da bin ich mal mit meinem Cousin gewesen, als ich achtzehn war. Wir waren in den Osterferien da. Das war irre. Trinken, tanzen. Die Mädchen unten in Cancún, die können echt tanzen. Die tanzen die ganze Nacht, hören nie auf. Ich glaube, ich habe in der ganzen Zeit zwei Stunden geschlafen. Warst du mal in Miami?«

Mickey stand hinter Charlie und wusch in der Spüle Messer ab.

»Nö«, sagte Mickey.

»Weißt du, von Miami aus gibt's Kreuzfahrten in die Karibik. Das würd ich gerne mal machen – auf so 'ne Kreuzfahrt gehen. Da kann man die ganze Zeit Party machen, Tag und Nacht. Ich will noch an viele Orte. Auf alle Karibikinseln, nach Puerto Rico, Europa, Südamerika. Was ist mit dir?«

»Was soll mit mir sein?«, sagte Mickey.

»Wo bist du denn schon so gewesen?«

»Ich war noch nirgends.«

»Was soll das heißen?«, sagte Charlie. »Du fährst doch manchmal in Urlaub, oder?«

»Nein, eigentlich nicht«, sagte Mickey.

»Auch nicht, als du noch ein Kind warst?«

Mickey schüttelte den Kopf.

»Warst du noch nie in 'nem Flugzeug?«

»Nein«, sagte Mickey.

»*Wie* alt bist du?«, sagte Charlie.

Die Glocke über der Tür bimmelte, und Harry trat in den Laden. Er zeigte auf Mickey und sagte: »Alles klar, Arschloch, komm sofort her.«

»Warum? Was ist denn los?«, fragte Mickey.

»Schieb deinen hässlichen Arsch hier rüber, hab ich gesagt.«

Mickey ging um den Tresen herum und blieb ein paar Schritte vor Harry stehen.

»Was ist denn los?«, sagte Charlie.

»Geh du zurück an die Arbeit«, forderte Harry ihn auf. Dann sagte er zu Mickey: »Na schön, lass sehen, was du in deinen Taschen hast.«

»In meinen Taschen?«, sagte Mickey und überlegte fieberhaft, doch er wusste, es gab keinen Ausweg.

»Du hast zwei markierte Scheine in einer deiner Taschen, einen Zehner und einen Zwanziger«, sagte Harry. »Gib mir sofort mein verdammtes Geld, du dreckiges Stück Scheiße.«

Mickey zögerte. Er sah zu Charlie hinüber und bemerkte dessen verwirrten Gesichtsausdruck. Mit Blicken versuchte Mickey ihm zu sagen: Halt bloß den Mund.

»Na los, mach schon, ich weiß, dass du es hast«, sagte Harry. »Das vorhin war meine Cousine Barbara. Sie hat gesehen, wie du die Kasse geöffnet und mein Scheißgeld genommen hast. Zeig's her!«

Langsam griff Mickey in seine rechte vordere Hosentasche, nahm die beiden Scheine heraus und hielt sie Harry hin.

Harry entriss Mickey das Geld und sagte: »Du beschissener kleiner Dreckskerl, ich sollte dich gleich hier sofort zu Klump treten. Hältst mich wohl für dumm, hä? Ist es das? Hältst mich wohl für strunzdumm? Erzählst mir, das Geschäft läuft schleppend.«

»Es tut mir leid«, sagte Mickey.

»Fick dich«, sagte Harry mit hervorquellenden Augen. »Glaubst du, es schert mich einen feuchten Dreck, ob es dir verdammt noch mal leid tut? Durch die Scheißwand würde ich dich am liebsten prügeln, durch die Scheißwand.«

»Yo, Harry, Mann, ich glaube, Sie machen da einen Fehler«, sagte Charlie.

»Da gibt's keinen Fehler«, schnitt Mickey Charlie das

Wort ab. »Ich hab das Geld genommen, ich geb's zu, aber ich zahle alles zurück.«

»Und ob du das zurückzahlst, verdammt«, sagte Harry. »Du wirst mir jeden beschissenen Cent zurückgeben, den du mir geklaut hast, *mit* Zinsen, du Scheißdieb. Aber so leicht kommst du mir nicht davon. Ich hab schon die Cops gerufen. Sie sind hierher unterwegs. Ich zeig dich an. Jetzt hast du Angst, was? So isses richtig, hab ruhig Angst. Ist mir scheißegal, ob du Angst hast, du dreckiger Mistkerl. Wie lange geht das schon so? Seit du mit der Arbeit hier angefangen hast? Beklaust du mich schon seit drei Jahren, Scheiße noch mal?«

»Nein«, sagte Mickey.

»Nein was? Was soll das heißen, ›nein‹, verdammt?«

»Nein, ich habe erst … kürzlich angefangen«, sagte Mickey und sah Charlie an, der immer noch verwirrt schien.

»Warum sollte ich dir nur ein einziges Wort glauben, du dreckiges Stück Scheiße? Du lügst mich jetzt schon seit … wie lange an?« Harry wandte sich an Charlie. »Weißt du, zuerst dachte ich, du wärst es. Tut mir leid, aber das hab ich gedacht. Darum hab ich Pinocchio hier gefragt, ob er glaubt, du würdest stehlen, und er sagt: ›Nein, Charlie würde nie stehlen.‹ Und dabei ist dieser kleine Wichser der Dieb. Wie dumm bin ich eigentlich, hä? Strunzdumm oder wie?«

Wenige Minuten später betraten zwei Polizisten den Laden. Harry berichtete, dass er Mickey beim Stehlen erwischt und dass Mickey im Laufe der letzten Jahre womöglich Hunderte oder Tausende von Dollar gestohlen habe. Der ältere Polizist fragte Mickey, ob das stimme, und Mickey antwortete, er habe nur ein paar hundert Dollar genommen. Der Beamte sagte Mickey, er sei verhaftet, und der andere Beamte legte ihm Handschellen an. Als Mickey aus dem Geschäft geführt wurde, sah er Charlie an und blinzelte ihm einmal langsam zu, was so viel heißen sollte wie: Mach dir deswegen keine Sorgen.

Passanten blieben stehen und sahen zu, wie die Polizisten Mickey zu einem ein Stück weiter an der Straße geparkten Einsatzwagen führten. Sie brachten ihn auf das Revier in der Lawrence Avenue. Dort musste er zwei Stunden in einer Arrestzelle warten, bis man ihm die Fingerabdrücke abnahm und ihn fotografierte. Sie ließen ihn nochmals zwei Stunden in einer Zelle warten, dann fuhr man ihn in den zentralen Polizeigewahrsam von Brooklyn, wo ein Wärter ihn durch ein Labyrinth von Zellen führte, die der Mann »Gräber« nannte. Die Zellen waren fensterlos und wurden von Neonlampen erhellt. In jeder Zelle drängten sich Dutzende von Gefangenen, es war sehr laut, alle redeten und schrien durcheinander. Die feuchtkalte Luft stank nach Pisse.

Man steckte Mickey in eine Zelle zu etwa dreißig anderen Insassen, die alle wie hartgesottene Verbrecher aussahen. Mickey wusste, dass er wahrscheinlich Angst haben sollte, doch ihm war alles egal. Im Schneidersitz, mit geschlossenen Augen, saß er in einer der Ecken der Zelle und hoffte, dass die ganze Welt verschwinden würde.

Eine Gruppe von sechs Schwarzen am anderen Ende der Zelle lachte laut; Mickey schlug die Augen auf und sah, dass sie in seine Richtung blickten. Mickey verstand nur gelegentlich das eine oder andere Wort – »weißer Junge«, »Miststück«, »Schwuchtel«. Er schaute weg, versuchte, sie zu ignorieren, doch als er wieder hinsah, kamen die Typen auf ihn zu. Ein großer Kerl mit kurzem Afro und einem Goldzahn ging voran. Er blieb ein paar Schritte vor Mickey stehen und sagte: »Was hast du gemacht, weißer Junge?«

Mickey sah wieder weg, da trat ihn der Große hart gegen das Schienbein. Mickey kippte um, hielt sich das Bein. Die Typen lachten lauter.

»Ich hab gefragt, was du gemacht hast, weißer Junge. Jemanden vergewaltigt? Deinen kleinen weißen Schwanz in irgendeinen Arsch gesteckt?«

Wieder lachten die Typen.

»Sie mich an, weißer Junge«, sagte der Große. »Yo, sieh mich an, hab ich gesagt.«

Mickey, dessen Schienbein immer noch schmerzte, schaute auf. Der große Typ spuckte Mickey ins Gesicht. Die anderen lachten noch lauter, als Mickey sich über Wange und Stirn wischte.

»Ich weiß, was du gemacht hast«, sagte der Große. »Der weiße Junge hat Geld von der Bank geklaut. Darum isser hier. Der weiße Junge hat Geld von der Bank geklaut.« Er stieß Mickey mit dem Zeigefinger an, sagte: »Der weiße Junge hat Geld von der Bank geklaut.« Die anderen stimmten mit ein: »Der weiße Junge hat Geld von der Bank geklaut.« Mickey hatte den Kopf gesenkt und die Augen geschlossen.

Der Große kniete sich vor Mickey hin und fing an,

ihn ins Gesicht zu schlagen, zuerst leicht, dann härter, bis Mickeys Gesicht vor Schmerz brannte. Er wollte den Großen wegschubsen, doch die anderen zogen Mickey an den Armen hoch und hielten ihn fest, während der Große Mickey weiter ins Gesicht schlug und dabei sagte: »Der weiße Junge hat Geld von der Bank geklaut. Der weiße Junge hat Geld von der Bank geklaut. Der weiße Junge hat Geld von der Bank geklaut…«

Schließlich kamen zwei Wärter in die Zelle und zerrten die Typen weg. Mickeys Unterlippe blutete, und sein Gesicht fühlte sich wund an. Die Cops führten Mickey den Gang entlang in eine andere überfüllte Zelle. Mickey setzte sich in eine Ecke und starrte ins Nichts. Etwa eine Stunde später brachte ihm einer der Cops ein paar feuchte Küchentücher für sein Gesicht.

Ein Mann kam mit dem Abendessen für die Gefangenen vorbei – Salamisandwiches. Ein paar Stunden später, gegen Mitternacht, tauchte ein gelangweilt wirkender Typ in einem zerknitterten Anzug auf, sagte, er sei vom Rechtsbeistand, und wollte mit Mickey reden. Der Mann stellte Fragen zu seinem Fall, und Mickey beantwortete sie. Mickey sagte, er wolle sich schuldig bekennen.

Mickey musste bis zum nächsten Tag warten, ehe ein Richter Zeit für ihn hatte. Er versuchte, auf dem Boden ausgestreckt, zu schlafen, doch unter der hellen Beleuchtung, bei all dem Lärm und seinem immer noch schmerzenden Gesicht war das unmöglich.

Gegen zwei Uhr am nächsten Nachmittag brachte man Mickey in den Gerichtssaal. Dort wurde ihm ein Anwalt zugeteilt, der der Richterin sagte, Mickey bekenne sich des schweren Diebstahls schuldig. Die Richterin erinnerte Mickey an Mrs. Litsky, seine Lehrerin in der dritten Klasse, die ihn immer gehasst hatte, doch da das Mickeys erste Straftat war, erklärte sie sich einverstanden, ihn ohne Kaution auf freien Fuß zu setzen. Eine Anhörung wurde für Ende Dezember festgesetzt, und die Richterin wies Mickey an, sich von dem Fischgeschäft und von Harry Giordano fernzuhalten.

Als Mickey schließlich aus der U-Haft entlassen wurde, war es schon nach halb fünf Uhr. Zerschlagen, erschöpft und in die grelle untergehende Sonne blinzelnd, trat er hinaus auf die Schermerhorn Street. Es war viel kälter und windiger als gestern, und Mickey fror in seinem Sweatshirt, ohne Jacke.

Er ging hinüber zur Flatbush Avenue und stieg in den Bus nach Hause. Er schlief ein, den Kopf zur Seite gekippt, und als er aufwachte, war er auf der Avenue T, etwa sechs Haltestellen hinter der, wo er eigentlich aussteigen wollte. Er nahm einen Bus zurück in die Gegenrichtung, und als er endlich zu Hause ankam, war es fast sechs Uhr und stockdunkel.

Mickey ging direkt zu seinem Bett und sank darauf zusammen. Nur Sekunden später, wie ihm schien, klingelte es an der Tür. Mickey ignorierte das Geräusch, hielt es für einen Teil seines Traums, doch es klingelte immer weiter, und allmählich wurde ihm klar, dass er nicht mehr schlief.

Noch immer in den Klamotten, die er seit zwei Tagen trug, und mit plötzlichen, bohrenden Kopfschmerzen, ging Mickey nach unten. Blackie bellte wie verrückt, und irgendwer nahm den Finger nicht von der Türklingel. Mickey öffnete die Tür und sah die beiden Detectives, die ihn wegen Chris' Tod vernommen hatten, Harris und Donnelly.

»Wir haben Sie doch nicht geweckt, oder?«, fragte Harris. »Es ist erst halb zehn – wir nahmen nicht an, dass Sie schon schlafen würden. Andererseits, wir haben gehört, dass Sie eine harte Nacht hinter sich haben.«

»Lassen Sie mich raten«, sagte Donnelly. »Die dicke Lippe hat man Ihnen drüben im zentralen Polizeigewahrsam verpasst. Sie hatten Glück, dass es dabei geblieben ist. Ein junger Bursche wie Sie, mit so einer Reh-im-Scheinwerferlicht-Miene hätte genauso gut in der Notaufnahme landen können.«

Von Blackies Gebell wurden Mickeys Kopfschmerzen nur noch schlimmer.

»Und, was gibt es?«, fragte Mickey.

»Es gibt, dass wir Ihnen ein paar Fragen stellen müssen«, sagte Harris. »Das können wir entweder hier machen oder auf dem Revier. Sie haben die Wahl.«

Konnte sein Leben denn wohl noch schlimmer werden, fragte sich Mickey und sagte: »Kommen Sie rein.«

Die Detectives folgten Mickey nach oben und in die Küche. Am Tisch gab es zwei Stühle. Detective Donnelly und Mickey setzten sich, Detective Harris blieb stehen.

»Also, heute Nachmittag ist mir was Komisches passiert«, begann Harris. »Ich überprüfe gerade ein paar Leute, mit denen ich wegen des Mordes an Chris Turner gesprochen habe, und was finde ich da – Ihr Strafenregister. Ihre erste Festnahme, gerade erst gestern Nachmittag. Wenn das kein Zufall ist, hm?«

»Das hat nichts mit Chris zu tun«, sagte Mickey.

»Nichts, hm?«, sagte Harris. Er sah Donnelly an. »Komisch. Ich glaube nicht, dass es nichts damit zu tun hat, was denkst du, Matt?«

Donnelly schüttelte den Kopf.

»Sehen Sie«, fuhr Harris fort, »wenn ein Typ, den ich wegen eines Einbruchs befrage, einen Diebstahl gesteht, dann muss ich fast denken, dass da ein Zusammenhang besteht. Sie waren in der bewussten Nacht mit Chris Turner zusammen, nicht wahr?«

»Nein«, sagte Mickey.

»Kommen Sie schon«, sagte Harris. »Warum gestehen Sie's nicht gleich? Sie und Chris waren da, und wer noch? War Ralph DeMarco dabei?«

»Nein«, sagte Mickey.

»Nein, DeMarco war nicht da, aber Sie waren da –«

»Nein, ich war nicht da, und ich habe keine Ahnung, ob Ralph da war.«

Harris grinste und sah Donnelly an.

»Warum haben Sie denn Ihren Chef beklaut?«, fragte Donnelly. »Sind Sie knapp bei Kasse?«

»Ich habe einen Fehler gemacht«, sagte Mickey.

»Ich habe Sie nicht gefragt, ob Sie einen Fehler gemacht haben«, sagte Donnelly. »Sondern, warum Sie das gemacht haben.«

Mickey schaute weg, dachte nach, sagte dann: »Ich brauchte das Geld.«

»Sie haben also gestohlen, weil Sie Geld brauchten«,

sagte Donnelly. »Wie originell. Wo lag das Problem, sprang nicht genug bei raus, als Sie mit Ihren Freunden in das Haus eingebrochen sind?«

»Ich bin in kein Haus eingebrochen.«

Donnelly drehte sich zu Harris um.

Harris sagte zu Mickey: »Hören Sie, wir wissen, dass Sie in dem Haus waren. Wenn Sie uns vielleicht erzählen, wer mit Ihnen dort war und wie Chris Turner erschossen wurde, schonen wir Sie vielleicht ein wenig. Schließlich wäre das Ihre zweite Verhaftung in zwei Tagen. Hoffentlich ist Ihnen klar, wie ernst das für Sie werden könnte.«

»Sie wollen, dass ich lüge und Ihnen erzähle, ich wäre mit Chris in ein Haus eingebrochen?«, sagte Mickey. »Verlangen Sie das von mir?«

»Nein, wir verlangen, dass Sie uns die Wahrheit erzählen«, sagte Harris.

»Ich erzähle Ihnen die Scheißwahrheit. Ich war nicht dort. Ich war an dem Abend zu Hause und habe mir die Knicks angesehen.«

»Und was für ein Zufall«, sagte Harris, »der einzige Mensch, der das bezeugen könnte, ist kürzlich gestorben.«

»Mir egal, ob Sie mir glauben oder nicht«, sagte Mickey.

»Na schön, dann sind wir jetzt total ehrlich zu Ihnen«, sagte Donnelly. »Kein Drumherumgerede, klar? Wir glauben nicht, dass Sie etwas mit dem Mord an Ihrem Freund zu tun hatten. Wir glauben, dass Sie da zufällig reingeraten sind, zur falschen Zeit am falschen Ort. Also, warum machen Sie es sich schwerer als nötig? Warum nicht gestehen? Sagen Sie uns, wer mit Ihnen dort war, was passiert ist, und wir kommen Ihnen auch entgegen.«

»Ich war nicht dort«, sagte Mickey. »Wie oft wollen Sie das noch von mir hören? Ich war nicht dort.«

Plötzlich kam Harris näher. Sein Gesicht war nur noch ein, zwei Fingerbreit von Mickeys Gesicht entfernt. »Pass auf, Arschloch«, sagte er. »Du kannst von Glück reden, dass wir dich nicht schon eingebuchtet haben. Das hätten wir nämlich tun können, und diesmal würde dich der Richter nicht gehen lassen. Es würde dich fünfzig, vielleicht hundert Riesen kosten, wieder das Tageslicht zu sehen. So viel Geld hast du nicht, stimmt's? Nein, dachte ich mir. Wenn du fünfzig Riesen rumliegen hättest, würdest du nicht deinen Chef beklauen und in ein Haus einbrechen.«

»Ich bin in kein Haus eingebrochen!«, schrie Mickey.

»Blödsinn!«, schrie Harris zurück.

»Ich will einen Anwalt«, sagte Mickey, auf einmal mit ruhiger Stimme. »Wenn Sie mir keinen Anwalt zugestehen, müssen Sie mich verhaften.«

Harris, der sich immer noch über den Tisch beugte, sah zu Donnelly hinüber. »Kaum zu glauben, Matt«, sagte Harris. »Der Kleine wird ein Mal verhaftet, und schon isser ein Rechtsexperte, kennt all seine Scheißrechte.«

Harris rückte von Mickey ab und machte Donnelly mit einer Kopfbewegung ein Zeichen. Donnelly stand auf.

»Na schön, wenn Sie wollen, dass wir gehen, gehen wir«, sagte Harris zu Mickey. »Aber vielleicht überlegen Sie sich das Ganze noch mal. Sie sind noch jung – zwanzig Jahre oder länger im Bau, die vergehen da richtig langsam.«

Die Detectives gingen, und Mickey blieb am Küchentisch sitzen, den Kopf in die Hände gestützt. Er war zu erschöpft, um sich wegen der Dinge, die die Detectives gesagt hatten, Sorgen zu machen, und er wusste, dass sie wahrscheinlich ohnehin nichts gegen ihn in der Hand hatten. Sie hatten nicht einmal den alten Mann auf der Straße erwähnt, also hatte der sich wohl nicht gemeldet.

Mickey begann einzudösen und sagte sich, dass er etwas essen sollte. Er hatte zwar keinen Hunger, aber ihm war aufgefallen, dass er seit den zwei Frühstücksbrötchen im Gefängnis nichts mehr gegessen hatte.

Mickey knabberte lustlos an den Resten im Kühlschrank herum – durchweichtes chinesisches Essen, harte Pizza. Sein Schädel pochte immer noch, und das Schienbein schmerzte, wo der Typ ihn am Vorabend getreten hatte. Im Medizinschränkchen im Bad suchte er nach Aspirin, fand aber keins. Er ging in sein Zimmer und ließ sich aufs Bett sinken.

Heller Sonnenschein fiel durch das Fenster in sein Zimmer. Er sah auf die Uhr neben seinem Bett – 12:14. Er ging aufs Klo, kehrte ins Bett zurück und schlief wieder ein.

Als er das nächste Mal aufwachte, war es draußen dunkel. Die Uhr zeigte 17:04 an. Er schlief wieder ein, bis ihn das Telefonklingeln weckte. Beim Griff nach dem Hörer sah er, dass es nach Mitternacht war. Er hatte einen ganzen Tag verpennt.

»Mickey, hier ist Ralph.«

Ehe Mickey etwas erwidern konnte, sagte Ralph: »Wir treffen uns in einer Stunde. Midwood Field, bei den Handballplätzen.«

»Warum?«, fragte Mickey. »Was ist los?«

»Komm einfach«, sagte Ralph.

Mickey wollte noch etwas sagen, doch Ralph hatte schon aufgelegt.

19

Mickey schloss die Augen und döste wieder ein. Ein paar Minuten später wachte er auf und zwang sich aufzustehen.

Obwohl er mehr als vierundzwanzig Stunden durchgeschlafen hatte – dreißig, wenn man die Zeit vor dem Auftauchen der Detectives mitrechnete –, war er immer noch erschöpft. Er zog eine Jeans und ein Sweatshirt an, ging ins Bad und spritzte sich kaltes Wasser ins Gesicht. Es half nicht. Er stand wacklig auf den Beinen, seine Knie fühlten sich an, als würden sie gleich einknicken.

Midwood Field lag etwa zwei Kilometer von Mickeys Haus entfernt. Er und Chris waren manchmal nach der Schule dort gewesen und hatten mit dem Football Fieldgoals geübt. Mickey fiel ein, wie er einmal gerade treten wollte und Chris im letzten Moment den Ball weggezogen hatte, so wie es Lucy immer bei Charlie Brown machte. Mickey war prompt auf dem gefrorenen Kunstrasen ausgerutscht und voll auf dem Arsch gelandet.

Mickey parkte in der Avenue K, fast bei der East 17th Street, auf der Straßenseite gegenüber von den Handballplätzen und dem Footballfeld. Eine Gruppe von vielleicht zehn Jugendlichen stand dort herum, einige in

Midwood-Highschool-Jacken, sie tranken Bier aus Flaschen in Papiertüten und hörten Musik aus einem Autoradio. Es war die wohl bisher kälteste Nacht in diesem Herbst. Mickey saß in seinem Wagen, nur mit einer Windjacke über dem Sweatshirt, und zitterte, er wünschte, er hätte sich etwas Wärmeres angezogen.

Nach etwa fünf Minuten Wartezeit stieg Mickey aus. Vielleicht wartete Ralph auch in einem der geparkten Autos in der Straße. Mickey stand auf dem Gehsteig vor den Handballplätzen und sah sich um, die Hände in den Taschen vergraben, er wippte von einem Fuß auf den anderen, um sich warm zu halten. Die Jugendlichen, ungefähr zwanzig Meter von ihm entfernt, lachten und schrien und schienen weder Mickey noch die Kälte zu bemerken. Nachdem Mickey noch eine Viertelstunde gewartet hatte, fragte er sich, ob er sich in der Uhrzeit geirrt hatte.

Schließlich hatte Mickey die Schnauze voll und ging zurück zu seinem Wagen. Als er die Tür öffnete, hörte er hinter sich jemanden pfeifen. An der Ecke zur East 17th Street, hinter dem Zaun der Handballplätze, sah Mickey die Umrisse einer Gestalt.

Mickey überquerte die Straße wieder und konnte nach und nach Ralph erkennen.

Als Mickey Ralph erreichte, stürzte der sich auf ihn, packte ihn an den Schultern und stieß ihn dann mit dem Gesicht voran gegen den Zaun.

»Was soll der Scheiß?«, sagte Mickey.

Ralph fing an, Mickey zu filzen, tastete seine Arme, seine Taille und jedes Bein von oben nach unten ab.

Dann griff er unter Mickeys Jacke und Sweatshirt und klopfte ihm Brustkorb und Rücken ab.

»Was zum Teufel machst du da?«, sagte Mickey.

Ralph antwortete nicht, sondern tastete Mickeys Hintern ab, dann griff er ihm zwischen die Beine und drückte sein Gemächt.

»Entschuldige«, sagte Ralph, »ich musste sicher sein, dass du nicht verwanzt bist. Komm mit, wir machen eine Spritztour.«

»Eine Spritztour?«, wiederholte Mickey. »Wohin?«

»Ich muss unter vier Augen mit dir reden, wo uns die Kids nicht hören.«

»Die sind am anderen Ende des Blocks, die hören schon nichts«, sagte Mickey. »Also echt, ich hab mir beim Warten hier draußen die Eier abgefroren. Über was willst du reden?«

Ralph sah rüber zu den Jugendlichen, dann sagte er: »Na schön, gehen wir auf die Plätze.«

Mickey folgte Ralph auf die Handballplätze. Sie blieben an einer Stelle in der Mitte stehen, wo es fast ganz dunkel war. Das einzige Licht kam von den Straßenlaternen etwa fünfzig Meter weiter. Mickey konnte Ralph, der nur wenige Schritte vor ihm stand, kaum sehen.

»Die Cops haben mir erzählt, dass sie mit dir geredet haben«, sagte Ralph.

Genau wie nach dem Einbruch war Mickey erstaunt, Ralph so klar sprechen zu hören.

»Ja, das stimmt«, sagte Mickey.

»Hast du mich verpfiffen?«

»Nein«, sagte Mickey. »Natürlich nicht.«

Ralph wartete ein paar Sekunden, schaute zu der Gruppe Jugendlicher hinüber, dann sagte er zu Mickey: »Die Cops haben mich heute zwölf Stunden in die Mangel genommen – die ganze Zeit auf ein und demselben beschissenen Stuhl. Sie haben behauptet, du wärst verhaftet worden, weil du den Fischladen beklaut hast, in dem du arbeitest. Stimmt das?«

»Ja«, sagte Mickey.

»Schlauer ging's wohl nicht«, sagte Ralph. »Dich erwischen zu lassen, gerade jetzt?«

»Keine Bange, ich hab nichts gesagt.«

Eine ganze Weile sah Ralph Mickey schweigend an, mit herunterhängender Unterlippe. Mickey hatte ein ungutes Gefühl, wusste aber nicht recht, warum.

»Wir haben ein Problem«, sagte Ralph schließlich.

»Was für ein Problem?«, sagte Mickey.

»Du weißt doch, dass Filippo Chris erschossen hat, stimmt's?«

»Ja, er hat gesagt, es war ein Unfall.«

»Es war kein Unfall«, sagte Ralph.

Mickey wurde plötzlich übel. »Was redest du da?«

»Er hat dir bloß erzählt, es sei ein Unfall gewesen, aber so war es nicht. Es ging um diese Schlampe Donna. Chris hat sie am Abend vor dem Einbruch gefickt, und als sie die Treppe raufgingen, fing Chris an, es Filippo unter die Nase zu reiben. Filippo hat ihn provoziert, gesagt, Chris' Mutter sei eine miese Säuferin, darauf hat Chris gesagt: ›Wenigstens weiß ich, wie man deine Freundin ordentlich durchfickt.‹ Da hat Filippo ihn einfach erschossen. Eine zweite Kugel hat er in die Zimmerdecke gejagt und dann die Geschichte von dem anderen Typ im Haus erfunden.«

»Woher weißt du das alles?«, sagte Mickey.

»Weil er's mir erzählt hat, verdammt«, sagte Ralph. »Als ich gehört hab, dass sein Onkel Louie nicht in dem Haus war, hab ich ihm 'ne Knarre an den Kopf gehalten und gesagt: ›Erzähl mir, was los ist, oder du landest im Fluss bei Chris.‹ Zuerst hat er behauptet, es war ein Unfall, dann hat er mir die Wahrheit erzählt. Aber das ist nicht alles. Erinnerst du dich an den Brillantring, den er nicht finden konnte? Wie sich herausstellt, hat Filippo ihn eingesteckt. Dann war ihm vielleicht nicht wohl dabei, er dachte, er schuldet mir was, weil ich die Leiche und alles weggeschafft hab, und so kommt er neulich zu mir und sagt: ›Hier sind deine fünf Riesen.‹ Darauf ich: ›Wofür ist das denn?‹, und er erzählt mir, dass er den Ring einem Juwelier in Manhattan verkauft hat.«

»O Gott«, sagte Mickey.

»Jetzt weißt du, was ich meine. Die Cops wissen, dass der Ring aus dem Haus geklaut wurde, und sie haben Filippo schon vernommen. Wenn wir nichts unternehmen, verpfeift uns Filippo vielleicht alle beide.«

»Was können wir tun?«, sagte Mickey.

»Wir können ihn umbringen«, sagte Ralph.

Mickey stand im Dunkeln, und der kalte Wind wehte ihm ins Gesicht.

»Was sollen wir sonst machen«, sagte Ralph, »rumhocken und warten, bis die Cops kommen?«

»Mach, was du willst«, sagte Mickey, »aber halt mich da raus.«

»Du machst mit, dir bleibt nichts anderes übrig«, sagte Ralph.

»Wieso das denn?«

»Wenn du mir nicht hilfst, muss ich Filippo allein ausschalten«, sagte Ralph. »Ich werd's schlampig machen müssen, und wenn die Cops mich erwischen, rat mal, wen ich ihnen als meinen Komplizen nenne.«

»Das würden sie dir nie glauben«, sagte Mickey.

»Willst du das Risiko eingehen, nachdem man dich gerade erst verhaftet hat?«

Mickey und Ralph standen gute zehn Sekunden da, ohne ein Wort zu sagen. Wenn er sich nicht auf die erste Wette für Angelo eingelassen hätte, dachte Mickey, wäre er jetzt nicht hier.

»Und, was willst du von mir?«, sagte Mickey schließlich.

»Geh morgen früh bei Filippo auf der Arbeit vorbei, im Supermarkt, und red mit ihm«, sagte Ralph. »Erzähl ihm, du hast gehört, dass er den Ring verkauft hat, und willst fünf Riesen. Sag ihm, wenn du das Geld nicht kriegst, gehst du zu den Cops. Dann sagst du ihm, er soll dich morgen um Mitternacht auf den Bahngleisen unter der Brücke bei der Flatbush Avenue treffen.«

»Warum da?«

»Weil da die Kids andauernd Böller und Kanonenschläge anzünden«, sagte Ralph. »Wenn jemand die Schüsse hört, denkt er sich nichts dabei. Sag Filippo, du willst ihn an den Gleisen treffen, weil du glaubst, die Cops überwachen dein Haus. Und wenn er dort hinkommt, tauche ich auf und erschieße ihn.«

»Wieso brauchst du mich?«, fragte Mickey. »Warum kannst du das nicht allein machen?«

»Meinst du, er würde kommen?«, sagte Ralph. »Wenn ich ihm sage, er soll mich an einem abgelegenen Ort treffen, nachdem ich ihm schon mal eine Knarre an den Kopf gehalten habe?«

»Aber warum muss ich dabei sein?«, fragte Mickey. »Warum kann ich ihm nicht einfach sagen, er soll dich dort treffen?«

»Glaubst du, er lässt sich blicken, wenn er mich dort sieht? Ruf mich an, falls was schiefgeht. Ich stehe im Telefonbuch – Ralph DeMarco, Fillmore Avenue. Ruf mich morgen Abend um acht an. Ich werd nicht rangehen. Lass das Telefon sieben Mal klingeln und leg wieder auf. Das bedeutet, nein, die Sache ist abgeblasen. Wenn wir es durchziehen, musst du gar nichts machen – ich werd einfach an den Gleisen warten. Wenn ich Filippos Leiche dann weggeschafft hab, hängen wir ihm den Mord an Chris an, den Einbruch, einfach alles. Aber denk dran, achte drauf, dass dir keine Cops folgen, wenn du morgen Abend aus dem Haus gehst. Falls du Cops siehst, vergiss es, kehr wieder um. Und sag Filippo dasselbe. Falls du Cops siehst, geh wieder nach Hause, und wir verschieben das Ganze um eine Nacht. Verstanden?«

Mickey wartete ein paar Sekunden, dann sagte er: »Ist das alles?«

Ralph sagte: »Ja«, und Mickey verließ den Handballplatz. Er überquerte wieder die Avenue K und stieg in sein Auto. Der Motor sprang erst nach mehreren

Versuchen an. Endlich konnte Mickey losfahren und wendete. Im Rückspiegel sah er Ralph an der Straßenecke stehen, die Hände tief in den Manteltaschen vergraben.

20

Mickey kam aus der Dusche, die Haut auf Rücken und Brustkorb leuchtend rosa. Da die Fernsehsender ihr Nachtprogramm beendet hatten, schaltete er das Radio an. Er hoffte, die Musik würde ihn beruhigen, doch als *Back in Black* gespielt wurde, sah er sich wie in einer Rückblende mit Ralph und Filippo in dem gestohlenen Auto, als Chris' Leiche gegen ihn kippte. Er zog den Stecker heraus und schmiss das Radio quer durchs Zimmer. Unten fing Blackie an zu bellen, machte einen Heidenlärm.

»Halt deine verdammte Schnauze!«, brüllte Mickey, doch der Hund hörte nicht auf. Mickey lag wach, überlegte, was er machen sollte. Er wünschte, Rhonda wäre bei ihm.

Um acht Uhr morgens stand Mickey auf und fuhr zum Frühstücken in den Imbiss an der Ecke Nostrand und Avenue I. Er hatte Halsweh, wahrscheinlich weil er gestern Abend in der Kälte draußen gewesen war. Er aß nur einen Teil seiner Spiegeleier mit Speck, dann brach er auf, um mit Filippo zu reden.

Er fuhr die Nostrand Avenue entlang zu dem Waldbaum's in der Nähe des Kings Highway. In diesen Waldbaum's ging er fast nie, auch nicht als Chris noch lebte, weil er Filippo nicht begegnen wollte. Doch er wusste, dass Chris und Filippo immer die Morgenschicht gehabt hatten, darum schätzte er, dass er Filippo jetzt dort antreffen würde.

Er stellte den Wagen auf dem Parkplatz neben dem Supermarkt ab und ging hinein. Sein Gesicht fühlte sich richtig heiß an, vermutlich hatte er Fieber.

Erst suchte er Filippo im vorderen Bereich des Supermarkts, bei den Kassen, dann ging er durch den Gang mit den Frühstücksflocken nach hinten und an der Tiefkühlabteilung vorbei. Von dort machte er sich gerade wieder auf den Rückweg nach vorne, als er Filippo lachen hörte.

Das Lachen erinnerte Mickey daran, wie Filippo ihn in der fünften Klasse auf dem Schulhof in die Ecke gedrängt und gesungen hatte: »Mickey Maus is 'ne Schwuchtel, Mickey Maus is 'ne Schwuchtel.« Dutzende Kinder, darunter auch Mädchen, strömten zusammen und stimmten mit ein, immer lauter wurden Spott und Gelächter.

Mickey kehrte zur Tiefkühlabteilung zurück, wo das Gelächter herkam. Filippo war jetzt allein, klebte Preise auf Fertiggerichte.

»Filippo«, sagte Mickey, als er nur noch wenige Schritte entfernt war.

Filippo drehte sich um. »Scheiße, was willst du denn hier?«

»Wir müssen reden«, sagte Mickey.

Filippo packte Mickey am Arm und zerrte ihn weg, durch die Pendeltüren in den Lagerraum, wo er ihn gegen einen Kartonstapel schubste.

»Bist du denn total irre, dass du hierherkommst?«, sagte Filippo. »Wir haben die Cops am Arsch. Was, wenn uns jemand zusammen sieht?«

»Ich habe mit Ralph gesprochen«, sagte Mickey. »Er sagt, du hast Chris absichtlich getötet. Stimmt das?«

Filippo drückte Mickeys Hals zusammen. »Soll ich dich auch noch umbringen, blöde Schlampe? Mach, dass du verschwindest.«

Filippo drückte Mickey noch ein Weilchen die Kehle zu, dann ließ er los. Mickey würgte, rang nach Luft.

»Warum hast du's gemacht?«, sagte Mickey. »War es wirklich wegen einem Mädchen?«

»Wenn ich dich das nächste Mal würge, lass ich nicht wieder los«, sagte Filippo.

Mickey ertrug es nicht länger, Filippo anzusehen, und er fragte sich, ob es eine gute Idee gewesen war, hierherzukommen.

»Ich bin hier, um dir zu helfen, du Vollidiot«, sagte Mickey. »Ralph ist sauer auf dich, weil du den Ring geklaut hast. Du solltest mit ihm reden und die Sache bereinigen.«

»Ralph ist mir doch scheißegal«, sagte Filippo.

»Red mit ihm. Sag ihm, es tut dir leid oder so was. Keine Ahnung.«

»Warum willst du mir helfen?«, fragte Filippo.

»Ich will dir nicht helfen«, sagte Mickey. »Aber ich will auch nicht, dass noch jemand umgebracht wird, nicht mal du.«

»Hey, Filippo, was geht da ab?«

Die tiefe Männerstimme vom anderen Ende des Lagerraums kam Mickey vertraut vor, er konnte sie aber nicht einordnen.

»Gar nichts«, sagte Filippo.

»Gar nichts?«, sagte der Mann. »Was machst du denn da, wirst du schizo, führst Selbstgespräche?«

Sekunden später tauchte Angelo Santoro hinter Filippo auf. Er war unrasiert, die Haare hingen ihm strähnig ins Gesicht, er trug Jeans und ein T-Shirt. Er schob eine Sackkarre, die mit Kartons voller Tomatensauce beladen war.

Plötzlich fiel Mickey ein, wie er Angelo neulich auf dem Kings Highway gesehen hatte, nur wenige Blocks von diesem Waldbaum's entfernt.

Angelo wirkte kurz verunsichert: »Tja, jetzt ist die Katze wohl aus dem Sack, hm?« Dann setzte Angelo sein Mafialächeln auf und fuhr fort: »Wie läuft's denn so, Kleiner?«

Filippo fing an zu lachen, und Angelo stimmte in das Gelächter ein. Mickey stand da, konnte sich weder rühren noch einen klaren Gedanken fassen.

»Willst du heute Abend für uns noch 'ne Wette abschließen?«, sagte Filippo zu Mickey.

Filippo und Angelo lachten lauter, dann klatschten sie einander ab.

»Ja«, sagte Angelo. »Wenn du meine Wette nicht platzierst, heißt das, du respektierst meine ganze Familie nicht.«

»Was ist los, Mickey Maus?«, fragte Filippo. »Verstehst du keinen Spaß?«

»Tja, hoffentlich haben wir dir nicht zu übel mitgespielt«, sagte Angelo. »Hätten die Seahawks an dem Abend einen Punkt mehr gemacht, wäre ich bei plusminus null gewesen. Na ja. Man kann halt nicht immer gewinnen.«

»Ich fass es nicht, dass du drauf reingefallen bist«, sagte Filippo zu Mickey. »Du warst so was von dämlich.« Er wandte sich an Angelo: »Was hast du ihm gesagt, wie du heißt?«

»Angelo Santoro.«

Filippo lachte, griff sich an die Eier.

Angelo hielt Mickey die Hand hin.

»Sehr erfreut«, sagte er. »In echt heiße ich Jimmy. Jimmy Ramos.«

Mickey stand stocksteif da, die Hände an den Seiten zu Fäusten geballt. Jimmy zog seine Hand zurück.

»Er ist ein Scheiß-Puerto-Ricaner, und du dachtest, er wär Mafioso«, sagte Filippo lachend.

»Ich war nicht übel, das musst du zugeben«, sagte Jimmy zu Mickey. »Vielleicht hätte ich auf 'ne Schauspielschule gehen sollen. Wär vielleicht der nächste Al Pacino geworden.«

Mit einem Tonfall wie Al Pacino in *Scarface* sagte Jimmy: »Okay, fick dich, wie klingt 'n das?«

»Hey, ich hab auch Anerkennung verdient«, warf Filippo ein. »Schließlich hab ich dir gesagt, Mickey ist blöde genug, darauf reinzufallen.«

»Tut mir leid, wenn der Schlag in den Bauch weh getan hat«, sagte Angelo zu Mickey, »aber es musste echt wirken. Darum geht's doch beim Method Acting, stimmt's?«

»Zu welcher Familie gehörst du noch?«, fragte Filippo.

»Colombo«, sagte Jimmy.

»Colombo!«, rief Filippo. »Das ist zum Totlachen!«

Jimmy und Filippo lachten, klatschen sich noch mal ab.

»Ich mach mich besser wieder an die Arbeit«, brachte Jimmy hervor, um Atem ringend und mit rotem Gesicht. Dann sagte er zu Mickey: »Wir sehen uns, Kleiner.«

Als Jimmy weg war, sagte Filippo: »Hast du mir noch was zu sagen, oder machst du dich endlich vom Acker?«

Mickey wollte einfach gehen, es Ralph überlassen, Filippo zu töten, doch dann hatte er eine bessere Idee.

»Ich will fünf Riesen«, sagte er.

»Wie bitte?«, sagte Filippo.

»Ich weiß, dass du von dem Ring noch so viel übrig hast. Das will ich alles haben – heute um Mitternacht.«

»Bist du besoffen oder was?«, sagte Filippo.

»Wenn du mir das Geld nicht bringst, geh ich zu den Cops. Ich sag ihnen alles – über den Einbruch, wie du Chris ermordet hast –«

»Du dreckiges Stück Scheiße«, sagte Filippo. »Ich hau dir deinen Scheiß-Schwuchtelschädel in zwei Stücke.«

»Um Mitternacht auf den Bahngleisen beim Flatbush-Avenue-Tunnel«, sagte Mickey. »Wenn du nicht da bist, geh ich zu den Bullen.«

Als Mickey aus dem Lagerraum stürmte, rief Filippo ihm nach: »Warte, komm sofort zurück!« Aber Mickey ging weiter.

Auf halbem Weg zurück zum Eingang des Supermarkts sah Mickey Jimmy auf sich zukommen. Sie blieben voreinander stehen.

»Hey, gib nicht mir die Schuld«, sagte Jimmy und hielt beide Hände hoch. »Es war Filippos Idee, nicht meine.«

Mickey setzte seinen Weg fort und rammte Jimmy im Vorbeigehen mit aller Macht den Ellbogen in die Rippen. Jimmy verlor das Gleichgewicht und stolperte gegen die Regale mit Tomatensauce. Mickey hörte Jimmy aufschreien und Gläser zu Boden knallen, doch er verließ den Supermarkt, ohne sich umzusehen.

21

Mit durchgetretenem Gaspedal fuhr Mickey von dem Waldbaum's-Parkplatz. Zu Hause angekommen, ging er direkt zu dem Telefon in der Küche und rief Vincent's Fish Market an. Als Harry ranging, legte Mickey auf. Er wartete eine Stunde und rief wieder an. Diesmal sagte Charlie: »Vincent's Fish.«

»Charlie, hier ist Mickey. Ich weiß, dass Harry heute da ist, aber kannst du nach der Arbeit zu mir nach Hause kommen? Ich muss dich um einen Gefallen bitten.«

Um kurz vor acht Uhr abends rief Mickey die Auskunft an und ließ sich die Nummer von Ralph DeMarco in der Fillmore Avenue geben. Dann, um Punkt acht, wählte er die Nummer, ließ es sieben Mal klingeln und legte auf.

Den Rest des Abends blieb Mickey in seinem Zimmer. Obwohl er seit dem Frühstück nichts gegessen hatte, war er nicht hungrig. Immer und immer wieder ging er in Gedanken den Plan durch, war sich ganz sicher, dass er funktionieren würde. Um Viertel vor zwölf verließ er seine Wohnung. Normalerweise fing Blackie an, wie verrückt zu bellen, sobald Mickey die Treppe runterging, doch in dieser Nacht blieb der alte Hund mucksmäuschenstill.

Es war wieder eine kalte Nacht, aber nicht so windig wie sonst in letzter Zeit, und auf der Albany Avenue war es friedlich und still. Zitternd stieg Mickey in sein Auto. Nach ein paar Versuchen sprang der Motor endlich an, dann fuhr er los Richtung Avenue J.

Als Mickey in die Flatbush Avenue einbog, fröstelte ihn immer noch. Er befühlte mit dem Handrücken seine warme Stirn und fragte sich, ob er Fieber hatte.

Als Mickey die Avenue I passierte, fiel ihm ein, dass er vergessen hatte, darauf zu achten, ob die Cops ihm folgten. Er verlangsamte, fuhr rechts ran, sah sich rings um und blickte in den Rückspiegel. Ein paar Autos waren direkt hinter ihm gewesen, doch sie fuhren weiter und waren bald nicht mehr zu sehen. Mickey beugte sich vor, nahe an den Heizungsschlitz, aus dem kalte Luft zu kommen schien. Schließlich befand er, dass niemand ihm folgte, und fuhr auf der Flatbush Avenue weiter.

Direkt vor der Brücke über die Bahngleise fand er eine Parklücke und stieg aus. Als Junge hatte er manchmal auf den Gleisen gespielt. Am Nationalfeiertag waren Chris und er bei der Albany Avenue durch eine Lücke im Zaun gestiegen, und Chris zündete seinen Vorrat an illegalem Feuerwerk an. Gelegentlich kam ein Güterzug vorbei. Als Mickey acht oder neun war, stellte er sich manchmal vor, wie er auf einen der Züge sprang und irgendwohin fuhr, weit weg, nach Kalifornien oder Florida. Mickey wusste noch genau, wie enttäuscht er gewesen war, als Chris ihm erzählte, dass die Güterzuggleise der Long Island Railroad nicht viel weiter als nach Ost-Brooklyn und Queens führten.

Mickey war früher immer weiter oben, bei der Albany Avenue, durch ein Loch im Zaun auf die Gleise gelangt, wusste aber nicht genau, wie man von der Flatbush Avenue da hinkam. Er ging an dem dunklen Sizzler-Restaurant am hinteren Ende der Gleise vorbei, sah sich über die Schulter um und lief dann am Restaurant-Parkplatz entlang. Er war erschöpft und verspürte einen leichten Schwindel. Abseits der Straßenlaternen wurde es dunkler, und er wünschte sich, er hätte eine Taschenlampe dabei.

Am anderen Ende des Parkplatzes entdeckte er ein kleines Loch unten am Zaun, das ihm groß genug vorkam. Er kauerte sich hin und schob sich mit dem Kopf voran hindurch. Der Boden auf der anderen Seite des Zaunes war abschüssiger als erwartet, und seine Hände rutschten ab. Es gelang ihm, sich wieder aufzustützen, als sich etwas Spitzes unten am Zaun durch die Jeans hinten in sein rechtes Bein bohrte. Er fing an zu schreien, riss sich aber zusammen, weil er keinen Lärm machen wollte. Es fühlte sich an, als hätte sich ein Nagel oder etwas ähnlich Spitzes, das aus dem Zaun ragte, in sein Bein gebohrt, doch vermutlich blutete er nicht allzu schlimm. Er biss sich auf die Unterlippe, um den Schmerz zu unterdrücken, und wand sich unter dem Zaun durch.

Langsam und vorsichtig ging er auf dem steilen, gefrorenen Boden nach unten. Er hatte vergessen, wie verdreckt die Gleise und das Gelände darum herum waren. Er trat auf Bierflaschen, Reifen, Radkappen, Plastiktüten und anderen Müll; einmal glaubte er zu spüren, wie eine Ratte über seinen rechten Fuß huschte.

An den Bahngleisen angekommen, sah er Filippo vor dem Tunneleingang stehen, seine Hände hingen seitlich am Körper hinunter. Er trug seine Khaki-Militärjacke, und das schummrig-orange Licht von der Straße oben schien auf ihn herab. Die Jacke hatte jede Menge Taschen, und Mickey nahm an, dass in einer von ihnen eine Knarre steckte. Mickey griff mit der linken Hand in seine Tasche und umklammerte den Griff von Charlies .38 Special.

»Hast du mein Geld?«, schrie Mickey.

»Ja!«, schrie Filippo zurück.

»Lass sehen«, sagte Mickey.

Als Filippo in seine Tasche griff, umklammerte Mickey Charlies Waffe noch fester, dann kam Filippos Hand wieder hervor, mit einem Portemonnaie. Er öffnete es, hielt ein paar Scheine hoch. Mickey zog Charlies Revolver und richtete ihn auf Filippo.

»Halt die Hände hoch und leg das Geld da hin«, sagte Mickey.

»Uuh, so 'n harter Kerl, hat 'ne Knarre«, sagte Filippo.

»Ich mein's ernst«, sagte Mickey. »Lass das Geld fallen und lass deine Scheißhände oben!«

»Is ja gut, is ja gut«, sagte Filippo. »Reg dich ab.«

Filippo ließ Portemonnaie und Geldscheine zu Boden fallen.

»Hände hoch!«, schrie Mickey.

Lächelnd hob Filippo die Hände.

»Geh zurück«, sagte Mickey.

Filippo ging ein paar Schritte nach hinten und blieb stehen.

»Zurück bis an den Tunnel«, sagte Mickey.

Filippo ging weiter rückwärts und machte direkt am Tunneleingang halt.

Der Schmerz in Mickeys Bein wurde schlimmer. Die Waffe immer noch im Anschlag, ging er langsam geradeaus, auf jede Bewegung achtend, doch Filippo stand einfach da und rührte sich nicht. Als Mickey näher kam, wurde Filippos Lächeln breiter. Das gleiche Lächeln hatte Mickey heute im Supermarkt gesehen und auch schon oft davor.

Mickey blieb stehen, die Waffe auf Filippos Kopf gerichtet, doch sie begann in seiner verschwitzten Hand zu zittern.

»Was willst du machen, mich erschießen?«, sagte Filippo. »Uuh, guck mal, ich schlottere vor Angst. Du kannst mich nicht erschießen. Dazu bist du viel zu sehr Schwuchtel. Na komm, du kleiner Schwanzlutscher, lass sehen, wie du's machst. Na los, besorg's mir!«

Mickey wollte dieses kranke Grinsen endgültig zum Verschwinden bringen, doch er konnte nicht abdrücken. Die Waffe im Anschlag, ging er neben den Gleisen zu dem Geld.

»Ich wusste, du schaffst das nicht«, sagte Filippo. »Du beschissene kleine Schwuchtel. Du Memme.«

Vor dem Portemonnaie angelangt, merkte Mickey, dass nur ein paar Dollarscheine auf dem Boden lagen.

»Wo sind die fünf Riesen?«, sagte Mickey.

»Die stecken in deinem Schwuchtelarsch«, sagte Filippo.

Hinter Filippo, aus dem Inneren des Tunnels, ertönte ein Schuss. Mickey duckte sich, und als er aufschaute, hielt auch Filippo eine Waffe in der Hand, wollte gerade abdrücken. Mickey hatte noch nie eine Waffe abgefeuert – vor diesem Nachmittag hatte er noch nicht mal eine in der Hand gehalten – und schoss aufs Geratewohl, wobei der Rückstoß seinen Arm hoch in die Luft riss. Filippos Schuss pfiff an Mickeys Kopf vorbei. Dann wurde im Tunnel noch ein Schuss abgegeben, und Filippo ging zu Boden.

Mickey machte kehrt und rannte, so schnell er konnte, zur Böschung. Er hatte die Orientierung verloren und wusste nicht genau, ob er in die richtige Richtung lief. Noch immer schoss jemand auf ihn, und Mickey lief gebückt und sagte sich, dass er eine Chance hatte, wenn er es bis zur Böschung schaffte, wo es dunkler war.

»Ralph, du verdammtes Arschloch«, stöhnte Filippo.

Mickey wollte sich gerade umsehen, als er noch einen Schuss hörte. Mit gesenktem Kopf rannte er weiter, spürte keinen Schmerz. Die Böschung war nur noch wenige Schritte entfernt, und Mickey hoffte, dass er an der richtigen Stelle war, um zum Loch im Zaun zu gelangen. Mickey stolperte über etwas, vielleicht eine Eisenbahnschwelle, und fiel hin, knallte mit dem rechten Knie auf den Boden. Er rappelte sich wieder auf und kletterte weiter, hielt sich an Unkraut, Müll, an allem Möglichen fest, um das Gleichgewicht zu halten. Ralphs Schritte und sein schwerer Atem schienen näher zu kommen, und Mickey kraxelte weiter, betete, dass das Loch im Zaun wirklich hier war.

Oben an der Böschung bückte Mickey sich und tastete im Dunkeln herum, fand die Öffnung aber nicht.

Hinter sich hörte er Ralphs Keuchen. Er war an der falschen Stelle, dachte Mickey, er würde nie wegkommen, und Ralph würde ihn töten.

Mickey war drauf und dran aufzugeben, als er die Öffnung fand, direkt vor sich. Er wollte hindurchkriechen, doch Ralph war direkt hinter ihm, wohl nur noch wenige Schritte entfernt. Mickey drehte sich um und schoss. Er hörte ein tiefes, schmerzerfülltes Stöhnen, dann stürzte ein schwerer Körper hinab Richtung Bahngleise. Sekunden später herrschte Stille.

Das Gesicht dicht über dem Boden, quetschte sich Mickey unter dem Zaun hindurch und ging dann weiter zur Flatbush Avenue. Er erreichte seinen Wagen und ließ den Motor an. Dann wendete er – wobei er nur knapp einen vorbeibrausenden Lastwagen verfehlte – und fuhr weg. Er wollte nach Hause, er wollte ins Bett und so tun, als hätte es diese Nacht nie gegeben, doch da fiel ihm ein, dass er Charlies Revolver noch hatte. Fast wäre er an einer Ecke rechts rangefahren, um die Knarre in einen Gullischacht zu schmeißen, doch er verwarf diese Idee als zu riskant. Zwei Menschen lagen verwundet, vielleicht tot auf den Bahngleisen, und die Waffe, mit der auf Ralph geschossen wurde, fehlte. Die Polizei würde auf der Suche danach die gesamte Gegend durchkämmen.

Die Flatbush Avenue schien sich auf einmal zu drehen, und Mickey musste das Lenkrad mit beiden Händen packen, um weiter geradeaus zu fahren. Er dachte an das Geräusch, das Ralphs Körper gemacht hatte, als er am Fuß der Böschung gelandet war, und wie Filippo »Ralph, du verdammtes Arschloch« gestöhnt hatte.

Offensichtlich hatte Ralph Mickey und Filippo eine Falle gestellt, vielleicht den Eindruck erwecken wollen, sie hätten sich gegenseitig erschossen.

An der Avenue U bog Mickey scharf rechts ab, ließ das Einkaufszentrum Kings Plaza hinter sich und fuhr in eine Parklücke. Er stieg aus, blickte den menschenleeren Gehweg hinauf und hinunter und ging weiter, vorbei an einem ausgebrannten Häuschen. Als er das Wasser der Jamaica Bay vor sich sah, auf dessen Oberfläche der orange Widerschein der Laternen flackerte, warf er den Revolver, so weit er konnte, und hörte ihn in etwa zwanzig Meter Entfernung ins Wasser klatschen.

Wieder bei seinem Wagen angelangt, wurde Mickey klar, dass er alles nur noch schlimmer gemacht hatte. Er war die Waffe losgeworden, aber falls Ralph noch lebte, würde er den Cops erzählen, Mickey habe auf ihn geschossen. Mickey konnte sich zwar auf Selbstverteidigung berufen, doch die Cops würden ihm nie glauben. Dass er sich der Waffe entledigt hatte, ließ ihn verdammt schuldig wirken.

Lange saß Mickey in dem Wagen, den Kopf auf das Lenkrad gelegt, und versuchte nachzudenken. Schließlich ließ er den Motor an und fuhr zurück auf die Flatbush Avenue. Er bog in die East 23rd Street ein und dann in Rhondas Auffahrt. In dem Haus war es dunkel, doch ein Flutlicht beleuchtete das Haus von der Seite. Er ging die Stufen hinauf, klingelte an der Haustür und legte sich seine ersten Worte zurecht: Es tut mir leid. Wenn sie ihn liebte – und sie liebte ihn, das wusste er –, würde sie ihm vergeben müssen.

Nachdem er eine Weile gewartet hatte, klingelte Mickey wieder. Ihm wurde klar, dass es nach Mitternacht war, wohl kurz vor eins, und er vielleicht Rhondas ganze Familie weckte.

Er drückte noch mehrmals auf die Klingel, dann ging im Wohnzimmer ein Licht an, und Mickey sah, dass sich die Vorhänge hinter den Fenstern zur Straße bewegten. Er klingelte erneut, darauf fing er an zu klopfen – zuerst normal, dann hämmerte er mit den Fäusten gegen die Tür.

»Rhonda, wenn du da bist, hier ist Mickey. Na los, mach auf. Ich muss dich sprechen.«

Er hämmerte wieder gegen die Haustür.

»Na komm, mach die Tür auf. Hier draußen ist es eiskalt. Bitte, Rhonda, bitte.«

Er klingelte noch mehrere Male.

»Also echt, das ist unfair. Mach die Tür auf. Bitte, ich muss mit dir reden. Mach einfach die Tür auf.«

Mickey hämmerte minutenlang gegen die Tür, klingelte und schrie, Rhonda solle aufmachen. Endlich hörte er schwere Schritte näher kommen, dann schwang die Tür auf, und da stand Rhondas Vater, in einem dunkelblauen Trainingsanzug.

»Verschwinde sofort von meinem Grundstück«, sagte er.

»Ich muss Rhonda sprechen«, sagte Mickey.

»Mach bloß, dass du abhaust, du kleiner Dreckskerl!«

Mickey glaubte, in der halbdunklen Diele Rhonda zu sehen. Er drängte sich an ihrem Vater vorbei, wollte ins Haus. Vielleicht erwischte er ihn dabei auch mit dem

Ellbogen, denn Rhondas Vater stolperte rückwärts und verlor das Gleichgewicht. Mickey schaute sich um und sah ihn die Vortreppe hinunterstürzen, er versuchte, nach dem schmiedeeisernen Geländer zu greifen, verfehlte es und fiel hart auf den Beton. Eine Wunde klaffte seitlich an seinem Kopf, und er krümmte sich, probierte aufzustehen. Rhondas Stiefmutter lief schreiend aus dem Haus, eilte zu ihrem Mann, und dann sah Mickey den Polizeiwagen, der gerade vorfuhr. Er ging die Vortreppe hinunter, als ein Cop aus der Beifahrertür stieg. Mickey blickte zu seinem Auto in der Auffahrt hinüber, vielleicht konnte er es noch erreichen und davonfahren, doch dann dachte er: Wozu soll das gut sein?

Auf der anderen Seite des Einsatzwagens stieg noch ein Cop aus, und gemeinsam kamen sie auf Mickey zu.

22

Mickey wurde direkt in den Zentralen Polizeigewahrsam geschafft. Nachdem man ihm schwere Körperverletzung zur Last gelegt hatte, brachte man ihn nach unten in das Zellenlabyrinth. Der Wärter steckte ihn in eine überfüllte Zelle, wo er sich in der Ecke auf den Boden hockte und ins Nichts starrte.

Die ganze Nacht lang wurden Gefangene in die Zelle gebracht und andere weggeholt, doch sie alle ließen Mickey in Ruhe. Aber dann, gegen Morgen, Mickey hatte gerade den Kopf nach hinten an die Betonwand gelehnt und die Augen geschlossen, hörte er einen Mann sagen: »Hey.«

Mickey schaute auf, und da stand ein Obdachloser über ihm. Sein Gesicht war fast schwarz vor Dreck, und er hatte lange fettige Haare. Er trug zerrissene, schmutzige Klamotten, die er wohl im Müll gefunden und schon seit Wochen anhatte, und er stank fürchterlich. Mickey schloss die Augen wieder, wandte sich ab und hoffte, der Typ würde ihn in Ruhe lassen.

»Ich hab ›Hey‹ gesagt«, fing der Typ wieder an. »Warum guckst du mich nicht an?«

»Geh weg«, sagte Mickey.

»Hey«, sagte der andere. »Wie heißt du?«

Mickey antwortete nicht.

»Ich hab gesagt: Wie heißt du? Hä? Wie heißt du?«

Mickey drehte sich noch weiter ab. Etliche Sekunden vergingen, und Mickey wusste, dass der Typ nicht weggegangen war, denn er roch ihn immer noch. Dann spürte Mickey warme Flüssigkeit auf seinem Kopf und dem Nacken, und einige Zellengenossen fingen an zu lachen. Mickey stand auf und lief zur anderen Seite der Zelle, verfolgt von dem Obdachlosen, der seinen Penis zwischen Daumen und Zeigefinger hielt und weiterpinkelte. Ein Wärter kam, brachte den Obdachlosen in eine andere Zelle und gab Mickey ein bisschen Küchenpapier, damit er sich säubern konnte.

Am Morgen lehnte Mickey das Frühstück – Brötchen mit Butter – ab. Er saß einfach in der Ecke und wartete darauf, dass man ihn von seinem Elend erlöste. Er hatte keine Ahnung, warum die Detectives so lange brauchten. Wenn Ralph und Filippo tot waren, musste man die Leichen inzwischen entdeckt haben.

Gegen Mittag ließ sich Mickeys Anwalt blicken. Er stellte sich als Alan Greenberg vor. Er war ein großgewachsener, sehr schlanker Typ mit lockigen braunen Haaren. Er mochte um die dreißig sein, wirkte aber viel älter.

Greenberg setzte sich gegenüber von Mickey und schlug einen kleinen Spiralblock auf.

»Sieht so aus, als wären Sie in letzter Zeit ziemlich beschäftigt gewesen«, sagte Greenberg. »Schwerer Diebstahl, zu einem Einbruch und einem Mord vernommen worden, und jetzt sitzen Sie wegen schwerer Körperverletzung. Was haben Sie als Nächstes vor?«

Mickey schaute weg. Ihm war nicht danach, mit irgendeinem Klugscheißer von Anwalt zu reden, wenn es doch nur noch eine Frage der Zeit war, bis man ihn wegen Mordes anklagte.

»Gucken Sie nicht so niedergeschlagen«, sagte Greenberg. »Der Mann, den Sie angegriffen haben, musste zwar genäht werden, hat das Krankenhaus aber schon wieder verlassen. Wenn Sie sich schuldig bekennen, was ich Ihnen rate, weil seine Frau das Ganze gesehen hat, müssen sie vermutlich ein paar Monate auf einen Prozesstermin warten. Wenn Sie ein braver Junge sind, kommen Sie mit der Zeit davon, die Sie in U-Haft gesessen haben. Was den schweren Diebstahl angeht, da muss ich mit der Staatsanwaltschaft sprechen, aber es ging nicht um viel Geld, und ich schätze, das kriegen wir auf leichten Diebstahl reduziert. Dann sollten Sie mit Bewährung davonkommen, mit Sozialstunden, so was in der Art. In höchstens vier Monaten sind Sie wieder auf der Straße und können den Nächsten krankenhausreif schlagen.«

Mickey sah weg.

»Was ist los«, sagte Greenberg, »letzte Nacht nicht geschlafen? Ist ziemlich schwierig, wenn man angepisst wird. Ich hab's gehört.«

»Können Sie mich nicht einfach in Frieden lassen, verdammt?«, sagte Mickey.

»Ganz ruhig«, entgegnete Greenberg. »Das ist nicht das Ende der Welt. Sie haben noch Glück, dass der Typ keine schweren Verletzungen hat, das hätte Ihnen ein paar Jahre eingebracht. Ich habe auch noch andere gute

Neuigkeiten für Sie – sieht ganz so aus, als wären Sie bei der ganzen Manhattan-Beach-Sache aus dem Schneider.«

Zum ersten Mal, seit Greenberg die Zelle betreten hatte, sah Mickey ihn an.

»Was reden Sie da?«, sagte Mickey.

»Ich hab's gerade oben gehört, bevor ich runterkam«, erklärte Greenberg. »Ein gewisser Castellano wurde heute Morgen auf den Güterzuggleisen der LIRR tot aufgefunden.«

»Filippo Castellano?«, sagte Mickey.

»Genau der«, sagte Greenberg.

»Was ist mit ihm geschehen?«

»Er wurde erschossen.«

»Und wieso bin ich aus dem Schneider?«, fragte Mickey.

»Ralph DeMarcus hat ihn erschossen.«

»Sie meinen DeMarco.«

»Kann sein«, sagte Greenberg. »Er wurde festgenommen, als er die Gleisanlagen verließ. Er hatte sich das Bein oder den Fuß gebrochen oder so was – und er hielt die Mordwaffe noch in der Hand. Er ist jetzt im Krankenhaus, ist aber schon verhaftet.«

Mickey dachte daran, wie er letzte Nacht auf Ralph geschossen und wie laut der gestöhnt hatte. Vielleicht war der Schuss danebengegangen und Ralph war nur die Böschung runtergestürzt.

»Haben Sie sich auch wirklich nicht verhört?«, fragte Mickey.

»Ganz sicher«, sagte Greenberg. »Wieso? Erzählen Sie

mir ja nicht, dass Sie auch noch in die Sache verwickelt sind.«

Mickey wurde klar, dass es keinen Unterschied machte, wenn sein Schuss Ralph nicht getroffen hatte. Ralph war geschnappt worden und würde Mickey wegen des Einbruchs verpfeifen, falls er es nicht schon getan hatte.

»Und falls doch?«, fragte Mickey.

Greenberg sah Mickey direkt an und sagte dann: »Sie veralbern mich nicht, oder?«

»Was kümmert es Sie?«, sagte Mickey.

»Hören Sie«, sagte Greenberg, »wenn Sie sich selbst helfen wollen, erzählen Sie mir genau, was Sie wissen.«

Inzwischen kam es ohnehin nicht mehr darauf an, dachte Mickey und erzählte Greenberg alles, von dem Einbruch und wie Filippo Chris erschossen hatte und was auf den Bahngleisen passiert war.

Als Mickey fertig war, sagte Greenberg: »Vielleicht ist es nicht so schlimm, wie Sie glauben.«

»Was reden Sie da?«, sagte Mickey. »Ralph weiß, dass ich bei dem Einbruch dabei war.«

»Aber wieso sollte er sie später verpfeifen, wenn er es jetzt nicht getan hat? Er hat nichts zu gewinnen, wenn er Sie verrät. Außerdem habe ich mir sein Vorstrafenregister angesehen. Er hat schon wegen Einbruch gesessen, der Staatsanwalt wird sich also diesmal nicht auf eine Absprache einlassen. Und selbst wenn Ralph singt, warum sollte jemand auf ihn hören? Hinter ihm waren sie her, nicht hinter Ihnen.«

»Sie glauben also wirklich, dass ich in ein paar Monaten wieder draußen bin?«, fragte Mickey.

»Wenn Sie klug sind und die Klappe halten«, sagte Greenberg. »Falls die Cops mit Ihnen über letzte Nacht sprechen wollen, sorgen Sie dafür, dass ich mit Ihnen im Raum bin, und stellen Sie sich dumm. Aber ich bezweifle wirklich, dass sie Ihnen hart zusetzen werden. Wie gesagt, die hatten es auf DeMarco abgesehen, und den haben sie jetzt.«

Mickey dachte kurz nach – drei Monate im Gefängnis, dann konnte er sich eine Arbeit suchen, Geld sparen, im Herbst Rechnungsprüfungskurse belegen.

»Alles in Ordnung?«, fragte Greenberg.

»Mir geht's gut«, sagte Mickey. »Hey, ich darf doch ein Telefongespräch führen?«

Während der Wärter mit ihm den Flur entlangging, malte sich Mickey immer noch die Zukunft aus. Mit 24 wäre er amtlich zugelassener Buch- und Rechnungsprüfer und würde vierzigtausend im Jahr verdienen. Er würde in Manhattan wohnen, in einem schicken Apartment oben in einem Wolkenkratzer, mit Blick auf Brooklyn in der Ferne.

Im Telefonzimmer schloss der Wärter Mickeys Handschellen auf und sagte: »Nur zu.«

Aufgeregt wählte Mickey die Nummer und sagte in den Hörer: »Hi, ist Rhonda da?«